CW01628575

FEDOR DE GROOT

SØNDERHO

Sønderho

Fedor de Groot
1e druk oktober 2021

Uitgeverij: Godijn Publishing
Vormgeving omslag: Jen Minkman
Foto omslag: Depositphotos
Auteursfoto: Jacqueline Louter (Jaxpix)

ISBN 978-94-93233-60-7
ISBN E-book 978-94-93233-61-4
NUR 305

©2021 Godijn Publishing | www.godijnpublishing.nl

Alle rechten voorbehouden. Niets uit deze uitgave mag worden verveelvoudigd en/of openbaar worden gemaakt, door middel van druk, fotokopie, microfilm of op welke andere wijze ook, zonder voorafgaande schriftelijke toestemming van Godijn Publishing.

Voor Esther

"De grootste overwinning die je kunt behalen,
is die op jezelf"
Fedor de Groot

Proloog

1 juli 1998, Sønderho, Denemarken

Liggend op haar bed kijkt Monika naar de poster van Britney Spears die aan het schuine dak is geplakt. Het stuk plakband aan de linkerbovenhoek heeft losgelaten. Het papier wappert in een luchtstroom die vanaf het wad dwars door het huis lijkt te waaien. Monika drukt een punaise door de "B" van Britney. Echt fan is ze niet van de zangeres, de poster hangt er om een andere reden. Ze heeft moeite met de titel van de hit *"Baby One More Time"*, omdat het nóóit bij *"One More Time"* blijft wanneer Vita er niet is. Dan zorgt haar vader voor haar en haar zus Isabel, maar vooral voor zichzelf. Een rilling siddert door haar lichaam als ze aan hem denkt.

'Britney,' zegt Monika hardop. Ze staat op en loopt naar het raam dat uitkijkt over het wad dat er grijs en saai uitziet, net als haar leven. De zon breekt door het wolkendek, de omgeving ziet er ineens een stuk aantrekkelijker uit, haar gevoel blijft echter onveranderd somber.

Wanneer ze naar rechts kijkt ziet ze de duinen waar ze vanochtend vroeg nog getraind hebben in infiltratie en verkenning. Iets wat haar klasgenoten niet doen, iets waar nooit over wordt gesproken buiten dit huis. Ze kijkt naar het schema dat naast de kalender boven haar bureau hangt. Hardlopen, krachttraining, schiettraining, psychologie. Het lijkt alsof haar vader hen, haar zus en haarzelf, wil voorbereiden op een oorlog.

Met de duim van haar linkerhand wrijft ze over de zijkant van haar rechter middelvinger. Het nummer dat er vorige week is getatoeëerd kriebelt een beetje. 5.03.2. Vooral de vijf deed zeer.

Voor het huis wordt een auto gestart, een blauwe Saab rijdt over het gravelpad richting de Gammeltoft Vej. Het is Vita die naar Esbjerg gaat om boodschappen te doen. De auto slaat rechtsaf en verdwijnt uit het zicht.

Ze hoort het geluid van voetstappen op de trap. Een van de traptreden kraakt. Ze verstijft en telt het aantal stappen. Vijf, zes ... Wanneer de zevende traptrede kraakt weet ze wie er naar boven komt. Ze ruikt de geur van oud zweet en zijn rokersadem nog voordat haar vader in haar slaapkamer verschijnt. Huiverend kijkt ze naar de deurknop.

Het geluid van voetstappen nadert haar slaapkamerdeur, wordt even iets zachter, waarna het weer versterkt en dan wegebt. Een ongemakkelijk gevoel van opluchting schiet door haar heen. Er wordt een deur geopend aan de andere kant van de overloop, ze hoort de zware bromstem die haar doet rillen en een deur die weer dichtslaat. In de slaapkamer van haar zus valt iets op de grond.

Monika zucht, ze gaat op haar bed zitten en pakt het boek dat op haar nachtkastje ligt: “Survivaltechnieken”, dat ze van hem moet lezen wanneer hij bij haar zus is. Het boek kent ze inmiddels uit haar hoofd en ze legt het terug op het nachtkastje.

Ze staart naar de poster met Britney en denkt aan haar zus die nu liggend op haar rug naar hetzelfde lachende gezicht staart, net zoals zij altijd doet wanneer haar vader bij haar is. Het is een identieke poster, slechts vijf meter van haar vandaan, maar voor haar zus valt er niets te lachen.

De opluchting die Monika voelde is slechts voor even. Ze hoort de deur van de slaapkamer van haar zus open en dichtslaan. Veel sneller dan anders, ze weet wat dat betekent. Hulpeloos kijkt ze naar de poster boven haar bed.

Het geluid van voetstappen komt dichterbij. Ze pakt het cadeau dat ze vorig jaar voor haar verjaardag van haar zus kreeg uit de lade van haar nachtkastje. De deur wordt opengegooid, de kamer vult zich met een misselijkmakende geur.

'Leg het mes maar op het nachtkastje.'

Monika kijkt verbaasd naar de politieagent die ze herkent als de vader van Bodil, een klasgenoot van haar, en dan naar haar vuist die een mes vasthoudt. Het mes schittert in het zonlicht dat door het raam naar binnen valt.

De punt van het mes is rood, net als haar T-shirt, het laken en haar vader, die achterover op haar bed ligt, met zijn broek op zijn knieën. Op de vloer naast het bed ligt een plasje bloed, een spoor van spetters loopt richting de overloop. Ze draait haar hoofd naar Britney, die haar nog steeds toelacht en vreemd genoeg rode vlekken in haar gezicht heeft.

'Leg het mes maar weg.'

Opnieuw kijkt ze naar de agent. Ze wil iets aan hem vragen. Over de andere Monika in haar hoofd, die een veel leuker leven heeft, maar ze houdt haar mond.

Langzaam beweegt haar arm naar het nachtkastje. Wanneer ze het mes loslaat voelt ze dat het een beetje plakt, alsof het geen afscheid van haar wil nemen, haar voor altijd wil beschermen.

'Goed zo. Beneden wacht een mevrouw op je. Zij gaat ervoor zorgen dat je ergens kunt gaan wonen waar het veilig is.'

1

26 juli 1941, 23 Cedar Gardens, Londen, Groot-Brittannië

Al de hele dag regent het aan een stuk door, de ruitenwissers kunnen de grote hoeveelheid regen amper aan. Victor kijkt vanaf de achterbank naar de vele beschadigde gebouwen en het puin dat in grote hopen bij elkaar is geschoven. Het is het resultaat van de Duitse bombardementen van vorig jaar. Hij weet dat zijn beslissing de juiste was.

De chauffeur rijdt een zijstraat van Eburystreet in en stopt de Austin voor een eenvoudig bakstenen gebouw van vier verdiepingen. De regen geselt de ramen van het gebouw, waarvan er een groot aantal gebroken zijn. De verf van de kozijnen bladdert af en er zitten grote scheuren in de muren.

'Weet u zeker dat dit het juiste adres is?'

De chauffeur draait zich om en knikt. '23 Cedar Gardens.'

'Dank je wel.' Victor stapt uit, de regen in en klapt zijn paraplu open. De voordeur is in net zo'n slechte staat als de rest van het gebouw. Hij trekt aan de bel.

Er klinkt geknars van een sleutel die wordt omgedraaid, de deur zwaait open.

'Goedemorgen,' zegt Victor tegen de tengere vrouw van eind twintig die de deur opent. 'Ik heb een afspraak met ...'

De vrouw knikt en wijst met haar linkerarm naar een lange gang achter haar. 'Het is de laatste deur aan uw linkerhand. Uw paraplu en uw jas kunt u meenemen.' Ze draait zich om en verdwijnt achter een deur.

Victor loopt de aangewezen gang in, die er, in tegenstelling tot de buitenzijde van het gebouw, goed onderhouden uitziet. Aan het einde van de gang is zowel aan de rechter- als aan de linkerkant een deur. Recht voor hem is achter een raam een fraai aangelegde tuin te zien. Hij staart een moment naar de regen die op de beplanting klettert, zijn gedachten nemen hem mee naar de gruwelen van de oorlog waar hij met zijn werk een einde aan hoopt te maken.

De deur klemt een beetje wanneer hij hem opent. De ruimte waar hij binnenstapt is ruim en licht. Hij neemt plaats op een van de stoelen die in het midden van de ruimte zijn geplaatst. Na vijf minuten hoort hij achter zich een deur opengaan.

'Mijnheer Nymark?'

Victor draait zich om, in de deuropening staat een vrouw in uniform. 'Dat klopt. Mijn excuses dat ik wat verlaat ben. Het hoofd van de afdeling is hopelijk nog bereid mij te spreken?'

De vrouw wuift zijn excuus weg. 'Ik ben Anna Bolton, hoofd van GenMedical.' Ze gaat zitten op een van de stoelen tegenover Victor.

'U bent het hoofd?'

Anna glimlacht minzaam. 'Het zijn lastige tijden. Het leger, maar ook de bedrijven, hebben vrouwen hard nodig om het werk van de mannen die aan het front zijn over te nemen.' Een moment valt er een stilte, met op de achtergrond het getik van de regen.

'Waarover wilt u mij spreken?'

'Voordat ik u dat vertel, moet u een ding heel goed begrijpen. U kunt nog terug naar huis. Wanneer u met mij meegaat naar de briefingroom is er geen weg meer terug. Geheimhouding is van levensbelang. Ik bedoel dat letterlijk.'

'Dat is mij in Denemarken duidelijk gemaakt door uw collega. Geen contact met familie, vrienden of wie dan ook. Ik heb mijn keuze gemaakt.'

Anna staat op. 'Volgt u mij.'

Ze lopen door verlaten gangen en komen uit bij een grijs geschilderde stalen deur.

'Dit is de toegang naar GenMedical, ik ben benieuwd wat u van uw nieuwe werkomgeving vindt.' Anna drukt op een knop.

Er gebeurt ogenschijnlijk niets, dan draait de deur open. Achter de deur staat een soldaat die een mitrailleur op hen richt. Wanneer hij Anna ziet, laat hij het wapen zakken. 'Mevrouw Bolton, mijnheer Nymark, u bent aangemeld.' Hij doet een stap naar achteren.

Victor kijkt langs de soldaat door de deuropening naar een betonnen trap die steil naar beneden in het donker verdwijnt.

'Je komt hier niet zomaar binnen,' zegt Victor.

'Er zijn in Londen veel geheimagenten actief, vooral uit de Sovjet-Unie en natuurlijk Duitsland.'

De soldaat sluit de deur achter hen en draait een schakelaar om. Langs de trap springen meer lichtpunten aan.

Victor volgt Anna de eindeloze trap af. Hun voetstappen klinken hol tussen de betonnen muren. ‘Hoe diep is het hier? Een meter of twintig?’

‘Veertig. De in- en uitgang die u in het vervolg moet gebruiken ligt op ongeveer zestig meter diepte.’

‘Zo diep?’

‘Dat is het metrostation van Hampstead. U kunt in het vervolg via die weg van en naar het laboratorium komen.’

‘En de ingang op Cedar Gardens?’

‘Dat is een façade. Er is op nummer drieëntwintig al jaren een handelsbedrijf gevestigd.’

Onderaan de trap schuift een deur geruisloos opzij.

‘Mijn God.’ Victor loopt een groot, helder verlicht laboratorium binnen. Er is niemand, het is doodstil.

‘Dit wordt uw werkplek. Alle apparatuur hier is nieuw.’ Anna wijst naar het plafond. ‘De tl-verlichting is speciaal ingevlogen uit Amerika. Indien u nog iets nodig heeft, kunt u dat krijgen. Loopt u mee? Uw collega’s wachten op u.’

Ze lopen door het laboratorium en Victor is onder de indruk van de apparatuur. Een witte pijl met daarop de afkorting PV, wijst naar een deur.

‘Er is hier nog een andere afdeling gevestigd?’

‘De afdeling Persoonsverwisselingen. Uw werk zal dat van hen in de toekomst overbodig maken.’

‘Dat duurt nog wel even, vrees ik.’

‘Ik begreep van mijn informant dat u al ver gevorderd bent met het reproduceerproces?’

‘Het reproduceren via, ik noem het de meerlingenmethode, is inderdaad succesvol.’ Hij haalt een envelop uit zijn binnenzak en geeft deze aan Anna. ‘Dit zijn de voorwaarden waar de Duitse officieren aan moeten voldoen die u wilt verwisselen.'

Anna opent de envelop en haalt er een getypte lijst uit. 'U vraagt specifiek om jonge officieren?'

'Dat heeft te maken met de moeders van de officieren, zij moeten nog vruchtbaar zijn.' Victor spreidt zijn handen. 'Zij zijn de leverancier van de eitjes die we nodig hebben voor het proces.'

'Zoals u het zegt, klinkt alsof u het over kippeneieren heeft.'

'Dat spijt … '

'U hoeft zich niet te verontschuldigen. De veroudering, hoever bent u daarmee?'

'Het verouderingsproces is nog een uitdaging. Voordat we zover zijn dat we daadwerkelijk mensen kunnen verwisselen, zijn deze jonge en talentvolle officieren opgeklommen in de hiërarchie en voldoen ze aan de tweede belangrijke voorwaarde: ze zijn Majoor, Oberstleutnant of Oberst.'

'Ik begrijp het. De veroudering is dus een probleem, zegt u?'

'Nog wel. In tegenstelling tot verjonging, dat is veel eenvoudiger.'

'U kunt mensen verjongen?'

'Ik heb het over celvernieuwing, ook op hoge leeftijd is dat geen probleem. U bent toch vooral in veroudering geïnteresseerd?'

'Dat klopt,' zegt Anna. 'Hoewel verjonging voor mezelf aantrekkelijk in de oren klinkt.'

Ze lopen door een smalle gang met aan weerszijden een aantal cellen met een stalen hekwerk. Victor kijkt een van de cellen in en staat stil bij de volgende. Anna is doorgelopen en draait zich om.

Victor kijkt haar verbaasd aan. 'Dit is één van mijn proefpersonen uit mijn laboratorium?'

Anna knikt. 'Ze zijn hier allemaal.'

'Dat is fantastisch. Dit scheelt mij maanden onderzoek.' Victor kijkt weer naar de vrouw. 'Hoe oud denkt u dat zij is?'

Anna kijkt naar de vrouw die op haar bed voor zich uit staart. 'Vijfendertig, misschien iets jonger?'

'Ze is zeven en de best gelukte veroudering tot nu toe. Helaas blijft ze qua geestelijke ontwikkeling hangen op een leeftijd van circa tien jaar.'

'Qua uiterlijk ziet ze er geloofwaardig uit. Zeven jaar is alleen wel te lang voor de plannen van GenMedical.'

'Ik ben er inmiddels achter hoe ik het verouderingsproces kan versnellen. Het proces kan ik verkorten naar een aantal maanden, hooguit een jaar. De praktijktesten zullen dat moeten uitwijzen.'

'Dat zou fantastisch zijn. Hier is het.'

Anna opent een deur. Ze betreden een vergaderruimte, die doelmatig is ingericht. Er staan een aantal aan elkaar geschoven tafels, die samen een grote vergadertafel vormen. Rond de tafel zitten een aantal personen te wachten.

'Neemt u plaats.' Anna loopt door en gaat voor een schoolbord staan.

Victor gaat zitten.

Niemand zegt iets.

'Goedemiddag allen. Welkom bij GenMedical.' Anna wijst op het schoolbord waar met grote letters "GenMedical" geschreven staat. Er komt een fotograaf naar voren lopen. Anna negeert hem. De fotograaf maakt een foto van het moment en trekt zich weer terug.

‘Vandaag schrijven wij geschiedenis. Wij starten het programma waarmee wij de vijand zullen verslaan. Het zal niet morgen zijn en niet volgende maand, maar uw werk zal een keerpunt betekenen in deze oorlog.’

2

2 oktober 1986, Sønderho, Denemarken

Het laboratorium ligt er ogenschijnlijk verlaten bij. Er klinkt een piepje, een deur slaat dicht, dan wordt het weer stil. Sean, die is binnengekomen, loopt naar een couveuse, kijkt naar de baby die ligt te slapen en draait zich naar de man die naast hem is komen staan.

'Ze zijn op weg naar huis?' vraagt Sean aan Oskar.

'Ik heb ze in Kopenhagen op het vliegtuig gezet, morgenochtend zijn ze in Accra.'

'Dit was de laatste keer dat we draagmoeders gebruikt hebben, vermoed ik?'

'Inderdaad. De machines zijn bijna gereed. Bij een volgende serie verwacht ik dat we de ectocribs kunnen inzetten.'

Sean kijkt weer naar de baby. 'De toestand van nummer negen is zorgwekkend. Ik vraag me af in welk stadium er iets fout is gegaan.'

'Trek het je niet aan. Acht uit negen is een bijzonder goede score. Vergeet niet dat we nog niet zo heel lang geleden blij waren als er een op de honderd bleef leven. Dan heb ik het nog niet eens over de kwaliteit van dat leven. Nu vallen de cijfers in ons voordeel uit.'

'Daar heb je gelijk in. Ga je haar euthanaseren? Ze is niet bruikbaar voor het experiment.'

'Ik kan haar wellicht nog gebruiken als vergelijkingsmateriaal voor een vertrouwelijk onderzoek dat door het hoofdkantoor aan ons is gegund.'

'Vertrouwelijk? Ons werk is sowieso vertrouwelijk.'

Oskar knikt. 'Daar kom ik zo op terug. Iets anders. Over deze acht.' Hij loopt langs een aantal couveuses. 'Nummer drie en acht blijven hier.'

'Waarom deze twee?'

'Het zijn de sterkste. De rest zal dienen als vergelijkingsmateriaal.'

'Ik kan niet wachten om de eerste gegevens te analyseren. Welke datum wil je aanhouden als geboortedag?'

'14 oktober. Ze zijn dan voldoende ontwikkeld om aan de adoptieouders over te dragen.'

'Het is echt fantastisch dat het je gelukt is.'

'Het is óns gelukt. Vergeet je eigen inbreng niet.'

'Dank je.'

'Nog even over dat vertrouwelijk onderzoek dat ik zojuist noemde. Ik wil je toevoegen aan het onderzoeksteam. Daarnaast blijf je vanzelfsprekend verbonden aan het experiment met nummer drie en acht.'

'Heel graag.'

'Ik zal aan Londen doorgeven dat het team compleet is. Iedereen die aan het onderzoek meewerkt, zal opnieuw worden gescreend door de klant.'

'Ze doen dat zelf? Is dat niet vreemd?'

'GenMedical maakt sinds het begin van de Tweede Wereldoorlog deel uit van de Britse geheime dienst, MI6. Zij zullen je dat nog uitleggen. Volgende week dinsdag zal de screening plaatsvinden in Londen. In december of januari kunnen we van start.'

'Weet u al wat het onderzoek inhoudt?'

Oskar legt zijn hand op de schouder van Sean. 'Het is geen onderzoeksopzet zoals je hier gewend bent. Het gaat om verloren gegane kennis uit de Tweede Wereldoorlog over veroudering. Die moeten we ons weer eigen maken.'

'Veroudering? Is daar vraag naar?'

Oskar lacht. 'Ik snap je verbazing. Ik kan er op dit moment niet meer over zeggen.'

'Ik sluit mij graag aan bij het team.'

'We zullen lab vier in gereedheid brengen.' Oskar legt zijn hand op de couveuse van nummer drie. 'Negentienhonderdzesentachtig is het begin van een nieuw hoofdstuk in de genetica.'

3

2 juli 2001, Skodsborg, Denemarken

Het grote containerschip lijkt vlak langs haar slaapkamerraam te varen. Monika weet dat de kapitein speciaal voor haar pleegvader zo dicht langs de kust over de Sont manoeuvreert. Op de zijkant van het schip staat heel groot de naam “HCS, Hedegaard Container Shipping” geschilderd. Hoewel ze hier nog geen jaar woont, voelt ze zich verbonden met haar nieuwe familie en met de naam Hedegaard. De foto van haar pleegouders, Frederik en Eloise, hangt aan de wand, zij hebben er alles aangedaan om zich bij hen thuis te laten voelen. Het meest opgelucht is ze over het feit dat haar pleegvader nooit alleen naar haar kamer komt.

Het schip verdwijnt in een mistbank, ze draait zich weg van het raam. Ze schrikt hevig wanneer ze haar echte vader naast haar bed ziet staan. Zijn broek ligt op zijn schoenen. Het heft van een mes steekt uit zijn kruis. Er is vreemd genoeg geen bloed te zien. Ze sluit haar ogen. Er gilt iemand. Het klinkt vertraagd, ver weg. Dan wordt alles grijs, zoals de mist waarin het schip zojuist verdween.

‘Schat?’ Monika hoort een vrouwenstem, opent haar ogen en tilt haar hoofd op. Ze ligt op de houten vloer van haar kamer. Bij haar voeten zit Eloise. Links van haar zit een vrouw in een fel geel uniform op haar knieën.

'Gaat het weer? Deze mevrouw is van de ambulance en gaat je even onderzoeken,' zegt Eloise.

'Waarom?'

'Je was bewusteloos, lieverd. Ik hoorde je gillen. Ben je ergens van geschrokken?'

'Hij was hier.'

'Alweer?'

'Wie bedoel je?' vraagt de ambulancebroeder.

'Mijn vader, hij stond naast mijn bed.'

'Ze bedoelt uw man?' De ambulancebroeder kijkt naar Eloise.

'Haar biologische vader. Ze heeft ...' Eloise zwijgt even om de juiste woorden te vinden. 'een bepaalde achtergrond. Haar vader zit daar een gevangenisstraf voor uit.'

'Ik begrijp het. Ik kan de crisisopvang inschakelen?'

'Ik heb haar psychologe gebeld. Ze is onderweg.'

'Heeft ze dergelijke flauwtes wel meer?'

Eloise knikt. 'Ze heeft ook aanvallen waarbij ze niet meer weet wie ze is.'

De vrouw staat op. 'Ze lijkt niets lichamelijks te mankeren. Haar hartslag en bloeddruk zijn wat verhoogd. Mijn collega zal haar zo iets geven waar ze rustig van wordt.' Er kraakt een traptrede. 'Daar zal je hem hebben.'

Monika, die nog steeds op de vloer zit, kijkt naar de man die de slaapkamer binnenkomt. Ze verstijft, deinst terug, kruipt achteruit naar de hoek van haar kamer. 'Nee!' schreeuwt ze en ze sluit haar ogen.

'Monika?' De stem klinkt zacht en vriendelijk. 'Ik wil even met je praten.'

Monika herkent de stem en kijkt de vrouw aan die voor haar op de planken vloer zit. Naast haar zit Eloise. Monika gaat tegen de rand van het bed zitten. 'Sorry.'

'Je hoeft je niet te verontschuldigen, lieverd. Agnes wil even met je praten. Goed?' vraagt Eloise.

'Ja.'

Eloise wrijft een traan weg en laat ze alleen.

Agnes gaat naast Monika tegen het bed zitten. 'Over de aanval van daarnet. Had je het idee dat je in een ander lichaam zat? Misschien ergens anders was?'

'Nee.' Monika pulkt aan een nagelrand. 'Dit keer was het alleen mijn vader die ik zag. En later weer. Het was mijn vader niet, hè?'

Agnes schudt haar hoofd. 'We maken ons zorgen. De therapie die je krijgt lijkt niet voldoende te helpen. Een keer in de week is misschien te weinig.' Agnes pakt de hand van Monika en kijkt haar aan. 'Hoe zou je het vinden om een paar maanden intern op Hovedborg te wonen? We kunnen je daar beter helpen.'

'En Frederik en Eloise? Ik vind het hier fijn.'

'Dat is goed om te horen. Je pleegouders kunnen je iedere dag opzoeken. Zij willen graag dat je beter wordt.'

'Oké.'

'De eerste tijd blijf je de hele week bij ons. Later mag je in het weekend naar huis.'

'Ik hoef niet naar school?'

Agnes lacht. 'Niet naar je gewone school. Je volgt de lessen bij ons en moet gewoon huiswerk maken.'

Monika laat zich van de brede vensterbank afglijden en kijkt de kamer rond die de komende maanden haar thuis is, maar het nooit echt zal worden.

De grote ramen laten veel daglicht toe, het maakt de kamer niet minder kaal en grijs. Het enige dat haar herinnert aan haar fijne slaapkamer in Skodsborg is de poster van Anastacia. Ze kijkt ernaar en haast automatisch begint ze de melodie van "Paid my dues" te neuriën.

Agnes komt de kamer binnen. 'Goedemorgen Monika. Zullen we verder gaan met waar we vrijdag gebleven zijn?'

'Dat is goed.'

'Heb je het weekend nagedacht over mijn laatste vraag?'

'Ja.'

'En?'

'Ik wil later bij de politie.'

4

3 maart 2015, Malmö, Zweden

Vanuit het raam van haar slaapkamer kijkt Isabel naar het parkeerdek van het winkelcentrum dat in het gele licht van de lantaarnpalen is gehuld. De parkeervakken zijn leeg, de winkels zijn gesloten. Wat is achtergebleven zijn de olievlekken en bandensporen op het grijze beton. De strepen en vlekken doen haar denken aan een schilderij van Jackson Pollock. Ze heeft dat vorig jaar in het Guggenheim Museum in New York gezien.

Ze legt een laatste stapel boeken in een verhuisdoos en plakt de kleppen dicht met bruin tape. Volgende week is de verhuizing. Haar pleegouders gaan naar een nieuw appartement aan de rand van de binnenstad, zij naar een huurappartement in de Turning Torso, een wolkenkrabber die hoog boven Malmö uittorent. Nog een keer kijkt ze uit het raam naar het winkelcentrum. Dit uitzicht gaat ze in ieder geval niet missen.

In de gang wurmt ze zich langs een stapel verhuisdozen naar het toilet. Daarna loopt ze de woonkamer in. Gitte kijkt televisie, Elin leest een boek. Het is tijd voor Fika, denkt ze, koffie met wat lekkers. Dit keer zijn het kaneelbroodjes. Niet de kleine van Ikea, maar de door Gitte zelfgemaakte grote.

Isabel neemt een hap.

'Smaakt het?' vraagt Gitte.

Isabel knikt, slikt het laatste stuk van het broodje door en likt haar vingers af. 'Echt lekker. Zal ik de kast straks leeghalen?'

'Graag. Er staan nog dozen naast. Die kun je gebruiken,' zegt Elin.

Isabel neemt een slok koffie. 'Je kaneelbroodjes, die ga ik missen.'

Gitte draait haar hoofd weg. 'Ga die dozen maar vullen.'

Isabel staat op, loopt naar haar pleegouders en omhelst ze een voor een. 'Bedankt. Voor alles.' Isabel veegt een traan uit het gezicht van Gitte. 'Ik woon straks drie straten verder. Jullie zijn altijd welkom.'

'Het voelt toch anders.' Ze blijven nog even gezamenlijk zitten, mijmerend over de tijd samen.

Isabel staat op. 'Ik ga de kast in jullie slaapkamer leeghalen.'

Ze vouwt een verhuisdoos open en zet hem voor de kast. Wanneer ze de deuren opent, ziet ze mappen, boeken en losse papieren opgestapeld op de planken liggen. De eerste vier mappen verdwijnen in de doos. De volgende map blijkt een fotoalbum. Ze gaat op het bed zitten en bladert er doorheen. Het zijn foto's uit de tijd dat ze nog in Aalborg woonden en Gitte getrouwd was met José Alonso, haar pleegvader. De enige man waar Gitte van heeft gehouden, overleed vlak voor ze naar Zweden zouden verhuizen. Het is voor haar gevoel een eeuw geleden.

Het album legt ze in de doos en pakt een stapel kartonnen mapjes uit de kast. Op de bovenste staat op een wit label "Isabel Nymark". "Nymark" is doorgehaald. Iemand heeft er "Alonso" onder geschreven, ze herkent het handschrift niet. Nieuwsgierig opent ze de map.

Het zijn papieren over het pleegouderschap en geprinte mails van de pleegzorginstantie. Isabel bladert de mailwisseling door. Het betreft een interne mailwisseling van het pleegzorgbureau die is meegestuurd. In een overzicht staat haar naam, die van Monika en van iemand die Siobhán heet. Verbaasd kijkt ze naar de derde naam. Siobhán? Ze draait de pagina om. Haar hart gaat sneller kloppen. Bovenaan staat de naam van Monika en de naam van de familie waar ze aan is toegewezen: Hedegaard. Eindelijk heeft ze een naam gevonden waar ze naar op zoek kan. Deze informatie komt direct van pleegzorg, is weliswaar van lang geleden, maar wel uit de eerste hand. Ze tempert haar hoop op succes. De rest van de pagina's levert geen nieuwe informatie op.

'Wat heb je daar?' vraagt Gitte, die de slaapkamer is binnengekomen.

Isabel geeft de papieren aan Gitte. 'Ik kwam deze mailwisseling tegen. De naam van de familie waar Monika aan is toegewezen staat erin.'

'Echt? Ik ken deze papieren helemaal niet.' Verbaasd bladert Gitte door de papieren. 'Deze mails zijn voor intern gebruik. Ik denk dat iemand ze per ongeluk in het verkeerde dossier heeft gedaan.'

'En ik vond deze naam: "Siobhán". Zij is in een tehuis geplaatst.'

'Je hebt één zus, Monika, géén Siobhán. Daar is ons nooit iets over vertelt. Dit lijkt me meer een intern overzicht van de kinderen die uit huis geplaatst gaan worden. Er staat geen achternaam bij.'

'Dat zou kunnen. Mag ik dit meenemen?'

'Wil je Monika gaan opzoeken?'

'Misschien. Ooit.'

5

12 augustus 2015, GenMedical HQ, Londen

Soren legt een officieel uitziend document voor zich neer. Hij kijkt Vita aan die tegenover hem op de bank zit. 'Hoe kom je hier aan?'

'Via Siobhán. Het is dat ik haar tegenkwam in de gevangenis waar Oskar zat, anders zou ik sowieso nooit gehoord hebben over zijn nalatenschap. Ik heb die klootzak altijd nagelopen, maar wordt niet eens genoemd in dit stuk.'

'Ik wist helemaal niet dat Oskar zich bezig hield met meerlingen. Met hoeveel zijn ze?'

'Negen.'

'Jij wist daarvan?'

'Ik bemoeide me in die tijd alleen met het huishouden. Siobhán is altijd een zorgenkindje geweest. Naar de andere twee had ik geen omkijken. Totdat Monika …'

'En de andere? Waar zijn die gebleven?'

'Geadopteerd. Ik heb in 1998 op verzoek van Oskar, die toen al vastzat, zijn archief vernietigd. Ik heb voor Monika en Isabel een lijstje gemaakt met de namen van hun zussen en een dossier over Anna Bolton naar hen toegestuurd dat ik in Oskars kantoor vond. Dat klinkt nu heel naïef. Siobhán was heel snel buiten beeld. Als ik had geweten van deze nalatenschap ...' Vita schudt haar hoofd. 'Ik had die papieren zelf moeten bewaren.'

Soren geeft een foto van Siobhán aan Vita. 'Ze lijkt als twee druppels water op Anna.'

'We weten in ieder geval hoe ze er nu uitzien.'

'Ze krijgen allemaal deze brief en instructies?'

'Daar ga ik wel vanuit. Van de notaris begreep ik dat ze de andere acht nog niet hebben gevonden.'

'Je hebt hem gesproken?'

'Hij was in eerste instantie wat terughoudend, zoals alle notarissen zijn, inmiddels heb ik hem kunnen overtuigen dat ik Siobhán's voogd ben vanwege haar psychosociale problemen.'

'Weet hij van dit plan?'

'De envelop was verzegeld. Hij heeft van Oskar de instructie gekregen dat degene die zich op 13 december 2018 meldt, de nalatenschap krijgt.'

Soren tikt de datum in op zijn laptop. 'Een donderdag. Waarom die specifieke datum?'

'Het is tien jaar na zijn overlijden.'

'En als niemand anders dan Siobhán zich die dag meldt?'

'De hele nalatenschap vervalt dan aan Siobhán.' Vita lacht. 'Aan ons dus.'

'Deze instructies lijkt hij later te hebben toegevoegd, het is een ander lettertype.' Soren houdt een A4-tje omhoog.

'Dat weet ik niet. De envelop was, zoals ik net al zei, verzegeld. Siobhán kwam naar mij toe, omdat ze niet goed begreep waar het over ging. Ik heb samen met haar de envelop geopend en de papieren met haar doorgenomen.'

'Over hoeveel geld hebben we het eigenlijk?'

'Vijftig.'

'Duizend?'

'Miljoen dollar.'

'Jez... Vijftig miljoen.'

'Op dit moment. Het stijgt nog steeds in waarde, vooral het vastgoed en het Apple-aandelenpakket.'

'Ik begrijp nu waarom je door de telefoon zo enthousiast was.'

Vita glimlacht. 'Je laat je scrupules varen?'

'Voor vijftig miljoen dollar zou ik mijn eigen kind verkopen als ik die had.' Soren gaat staan en kijkt uit over de Theems. 'Denk je dat ze het plan aan kan?'

Vita gaat verzitten. 'Er zijn bij Siobhán verschillende psychische aandoeningen gediagnosticeerd, ze is aan de ene kant heel slim, maar ook naïef, empathieloos en ze leeft soms in haar eigen wereld. Daar kunnen we gebruik van maken. We moeten haar wel duidelijk vertellen wat er van haar wordt verwacht.'

'Ben je niet bang dat de verdenking op jou valt als ze onverhoopt gepakt wordt?'

'Dat zal niet snel gebeuren wanneer we haar goed begeleiden. Bovendien heeft niemand na '98 ooit nog naar mij omgekeken. Siobhán kent mij trouwens alleen bij voornaam. Ze herkende mij niet van vroeger.' Vita kijkt op haar horloge. 'Ik denk dat ze hier zo wel zal zijn.'

Soren kijkt naar een foto van Siobhán die voor een vervallen appartementenblok staat. 'Ze woont nog steeds in dit vreselijke gebouw in hoe heet het ook alweer?'

'Odense, de wijk Vollsmose. Ik begrijp niet dat je daar kunt wonen.'

'Ze woont er alleen?'

'Het is niet iemand waar een partner het lang bij uithoudt. Dat ze zelfstandig woont, is al heel wat.'

Er wordt op de deur geklopt, een oudere vrouw met kort grijs haar steekt haar hoofd om de deur. 'Soren? Je bezoek is er.'

'Dank je, Jeannette.' Soren gaat staan. 'Dag Siobhán, kom verder, ga zitten.'

Schuchter komt Siobhán de kamer binnen. Ze fleurt op wanneer ze Vita ziet. 'Hej!'

'Hej. Goede reis gehad?' Vita kust Siobhán op haar wang.

'Ja. Wat kom ik hier doen?'

'We gaan uitleggen wat er van je verwacht wordt.'

'Het plan van papa.'

'Van Oskar inderdaad. Als je meedoet, kun je deze week nog verhuizen naar een mooi appartement in Kopenhagen en hoef je nooit meer de toiletten op het station schoon te maken,' zegt Vita.

'Nooit meer? Dat zou fijn zijn. Het is zulk smerig werk. Van de week zat de poep tot aan het ...'

Soren komt tussenbeide. 'Je hebt mijn broer de laatste jaren van zijn leven vaak gesproken in de gevangenis. Je kon het goed met hem vinden?'

'Hij dacht dat ik Monika was. Dat was altijd zijn lievelingetje, ik heb het maar zo gelaten.'

'Misschien was hij een beetje in de war?' Soren buigt zich naar Siobhán. 'Hij heeft een plan opgesteld, waardoor jij zijn enige erfgenaam kunt worden.'

Soren zit achter zijn bureau, de deur van zijn kantoor gaat open. Vita komt de kamer binnenlopen.

'Ik heb Siobhán even bij Jeannette achter een laptop gezet.'

'Het lijkt wel alsof je tegen een betonnen muur praat.' Soren schudt zijn hoofd.

'Siobhán is uitgekookt. Ze heeft Oskar jarenlang voor de gek gehouden door zich voor te doen als Monika.'

'Of hij haar.'

'Het belangrijkste is dat ze geen enkel bezwaar heeft om de anderen eh ... uit te schakelen.'

'Ik blijf het een bizar plan van hem vinden,' zegt Soren. 'Je moet ziek zijn om zoiets te verzinnen.'

Vita knipoogt. 'Het was je broer. Ik hoop niet dat het in je genen zit.'

'Ik vraag mij echt af waarom hij dit plan zo heeft opgesteld.'

Vita lacht. 'Wat maakt het uit. We hebben vijftig miljoen redenen.'

'Hoe gaan we verder?'

'Het opsporen van de acht kan veel tijd kosten. We hebben geen achternamen, geen woonplaatsen, we weten eigenlijk alleen de voornamen en de geboortedatum. Van Monika en Isabel heb ik een adres van pleegzorg gekregen. Ik heb er een doos heen gestuurd, gevuld met informatie over Oskar, een oude map die ik in zijn bureaulade vond en wat persoonlijke spullen van hun kamer.'

'De adressen heb je zeker niet meer?' vraagt Soren.

'Een van de twee woonde in Zweden, Umea als ik het mij goed herinner. Monika is in een Deens pleegouder gezin opgenomen. De adressen ... geen idee.'

'We kunnen Siobhán naar dit probleem laten kijken. Autisten zijn, dacht ik, heel gefocust op een taak?'

'Ze is niet alleen autistisch, maar heeft ook een gedragsstoornis. Ze zal door ons begeleid moeten worden. Anders vinden we die anderen nooit,' zegt Vita.

'De notaris ook niet.'

'Ik wil het risico niet lopen, we moeten ze vinden en ons aan Oskars plan houden.'

'Je bent er nogal op gebrand dat ze worden gedood.'

Vita loopt naar Soren. 'Ik wil dat geld.' Ze kust hem. 'En samen met jou ...'

Soren drukt Vita tegen het bureau. Zijn handen glijden langs haar lichaam. 'Je bent zo lekker.'

Vita laat zich achterover op het bureau zakken. 'Dankzij jouw medicijn.'

Soren stroopt de rok van Vita omhoog, knielt en trekt een wit kanten slipje opzij. Net als hij voorover bukt gaat de deur van het kantoor open. Soren schiet omhoog.

'Wat zijn jullie aan het doen?' Siobhán staat in de deuropening met een stuk papier in haar hand.

Vita trekt haar rok naar beneden. 'Eh ... Soren keek even wat er kriebelde op mijn dijbeen.'

'Oké. Ik heb Monika gevonden op de computer.'

'Dat meen je niet,' zegt Soren.

'Echt wel! Ik zal het jullie laten zien op de laptop.'

'Monika Hedegaard.' Vita kijkt naar een foto waarop Siobhán lijkt te staan. De vrouw op de foto is echter gekleed in een dure galajurk. 'Ken je die familie?'

Soren knikt. 'Ik heb de naam een keer op een container zien staan.'

'Die familie bedoel ik inderdaad, steenrijk en zeer gesteld op hun privacy. Dit is bij de première van een musical in 2013, een van de weinige keren dat de familie in de media is verschenen.'

Soren steekt zijn duim omhoog naar Siobhán. 'Goed werk.'

Siobhán bloost. 'Dank u.'

'Monika is rechercheur in Kopenhagen,' zegt Vita. 'Misschien kunnen we het plan iets aanpassen. Als het lukt, gaat ze voor ons op zoek naar de andere zussen.'

'Er bestaat een kans dat die notaris erachter komt. De moorden komen ongetwijfeld in de media,' zegt Soren.

'Monika doen we als laatste, daarnaast weten we niet of de anderen in Denemarken wonen, waarschijnlijk kraait er geen haan naar. Het enige probleem is hoe we Monika kunnen motiveren om ...'

Siobhán toont een andere foto op het scherm. 'Ze heeft een vriend, Jens. Dat staat hier.'

'Ik begrijp geloof ik wat je bedoelt. Probeer meer informatie over hem te vinden,' zegt Vita.

'Volgens papa hebben ze allemaal een nummer.'

Vita bestudeert het gezicht van Siobhán. Ze lijkt het te menen. 'Wie hebben er een nummer?'

'Mijn zussen, op een van hun vingers.'

'Ik heb bij jou geen nummer gezien.'

'Ik ben ... geestelijk mislukt volgens papa. Daarom heb ik geen nummer gekregen volgens hem.'

Vita trekt Soren mee. 'Ik denk dat we serieus met Siobhán in gesprek moeten. Ze weet meer dan ik dacht.'

'Jij hebt een vertrouwensband met haar. Maak daar gebruik van.'

'Dat ga ik zeker doen. We moeten rekening houden met haar geestelijk vermogen. Haar trainen gaat maanden duren.'

6

15 oktober 2017, Kopenhagen, Denemarken

Vanuit de auto kijk ik naar de vrouw, die op de stoep voor het centraal station om zich heen kijkt: Maja Fedorova. Ze heeft hetzelfde DNA als ik, aan het dure designerjurkje en de Prada-rolkoffer zie ik dat haar leven anders is verlopen dan dat van mij. Heel anders.

Tijdens de bezoeken aan mijn, en haar vader, in de gevangenis, ben ik erachter gekomen dat er acht van hen zijn. Of eigenlijk negen. Acht geslaagd, één mislukking. Dat ik, de mislukking, bij hem was leek Oskar niet te interesseren. Technisch gezien is hij onze createur. De bouwstenen van het leven had hij naar eigen inzicht gemodelleerd naar zijn moeder, Anna Bolton. Na die eerste ontboezeming vertelde hij me alles. Over mijn andere "zussen", de steekpartij en de reden dat hij in de gevangenis zat. Ik bleek niet de enige te zijn die regelmatig zijn volle aandacht kreeg. Weer voel ik een steek van jaloezie als ik daaraan denk. Dat gaat mij niet nog een keer gebeuren, hij is nu van mij alleen. Net zoals het geld.

Ik stap uit en zwaai. Ze glimlacht als ze me ziet en komt bevallig op me afgelopen. Het slanke lichaam, de lange benen, het is alsof ik in de spiegel kijk. Ik pak haar rolkoffer aan.

'Stap in. Het is nog een stuk rijden,' zeg ik tegen Maja.

In de auto praat ze honderduit. Over haar ex-man, een Russische oliecharg, haar penthouse in Moskou en het werk als model voor de grote modemerken uit Parijs en Milaan. Ik hoef niets te zeggen, heb ook niets te melden. De wegen raken langzaam maar zeker uitgestorven, de omgeving is kleurloos en saai. Zoals mijn leven, de perfecte plek voor mij. Het alleen zijn bevalt me.

'We zijn er bijna,' zeg ik, wanneer we de veerboot afrijden.

'Ik kan me bijna niet voorstellen dat ik hier ben geboren.'

Ik hoor iets in Maja's stem waar ik grote moeite mee heb: emotie, gevoel. Volgens papa ben ik geboren zonder gevoelens, ben ik een ding. Niettemin voelde ik iets voor hém en hij maakte er dankbaar gebruik van. Bij Maja voel ik afkeer, misschien is het wel jaloezie.

We rijden een gravelpad op dat naar het afgelegen huis leidt, ik parkeer de auto voor de deur.

'Het is niet zo goed onderhouden. Het valt me een beetje tegen hoe het eruit ziet,' hoor ik haar zeggen. Energiek stapt ze uit.

Ik zie papa op de bank in de woonkamer zitten. Zo te zien heeft hij zijn plas niet kunnen ophouden. Het ducttape op zijn mond heeft losgelaten, het hangt nog aan een kant aan zijn wang. Papa schreeuwt om aandacht. Dat lukt. Maja blijft stokstijf staan.

Even sluit ik geërgerd mijn ogen. Ik ben vanochtend vergeten de gordijnen dicht te doen. Hetgeen in gang is gezet toen Maja in de auto stapte wordt er alleen maar door vervroegd. Ik pak mijn wapen uit het dashboardkastje en draai de demper erop. Haar gezicht toont in korte tijd verschillende emoties: verbazing, walging, angst. Bitch. Met je succesvolle perfecte leven. Hij is van mij alleen. Ik stap uit, het wapen in mijn rechterhand. Het voelt met de demper erop wat uit balans. Ik richt en haal de trekker twee keer over.

Het display op het dashboard met de vier digitale cijfers geeft aan dat het bijna zeven uur in de ochtend is. Ik zet de auto uit. Op slag is het stil. Ik ben weer terug in de stad waar ik vanochtend met Maja ben vertrokken. Een dag eerder dan ik gepland had. Het heeft geen consequenties voor het plan.

In de haven is het nog rustig om deze tijd. Er komt een kleine boot voorbij gevaren. Ik wacht tot hij uit het zicht is verdwenen en stap uit.

Ze is zwaar, letterlijk dood gewicht, terwijl ze niet meer dan vijftig kilo weegt. Ik heb erop getraind, wekenlang, tot ik die zakken met zand soepel kon verplaatsen. Een menselijk lichaam is iets anders dan een zak zand, zo blijkt. Hijgend zet ik Maja op het bankje. Na vijf minuten ben ik tevreden en pak de spuitbus. “5.05.2” en “08.14¨ spuit ik op de rugleuning. Voor degene die het aangaat is de boodschap overduidelijk.

Ik stap in de auto, die achter de kiosk staat, en rijdt weg. Het is eindelijk begonnen. Wanneer ik opzij kijk, zie ik haar aankomen. De fietser die iedere ochtend langs het beeld van de zeemeermin rijdt, is precies op tijd.

7

16 oktober 2017, Kopenhagen, Denemarken

De zon komt pas over drie kwartier op. Mishel Rodriguez voelt dat het een mooie dag gaat worden. Net zo mooi als de afgelopen dagen en het weerbericht geeft ook voor de komende dagen heerlijk weer aan voor de tijd van het jaar. Ze houdt van de warmte van de zon, die in Puerto Lopez in Ecuador, waar ze is geboren, bijna altijd schijnt. In Denemarken gaat de zon vaak achter de wolken schuil.

Ze fietst langs een paviljoen en vervolgt haar weg naar de Langelinie Allé, waar ze sinds een aantal maanden iedere dag een aantal appartementen schoonmaakt. Ze stopt. De wandelboulevard ligt er zo vroeg in de morgen nog donker en verlaten bij. Ze geniet van de stilte. Er wordt verderop een auto gestart, in het licht van de straatlantaarns ziet ze een oude stationcar wegrijden bij de kiosk. Ze blijft nog een aantal minuten staan, stapt weer op haar fiets en rijdt verder naar de bekendste zeemeermin ter wereld. Al fietsend kijkt ze naar het beeld. De eerste keer dat ze het zag, vond ze het nogal klein.

Op een bankje, dat om een grote boom is geplaatst, zit een jonge vrouw. Ze fietst langs en groet de vrouw, die niets terugzegt. Een vreemd gevoel overvalt haar, ze moet denken aan de dag dat ze haar oma dood in haar stoel vond. De lege ogen. Een moment twijfelt ze, kijkt op haar horloge en draait zich dan om. Langzaam fietst ze naar de vrouw, remt en stapt af.

'Goedemorgen,' zegt ze weer.

De vrouw reageert niet. Lege grijze ogen.

Ineens wil Mishel het liefste weg, maar wil de vrouw niet alleen achterlaten.

Haar blik valt op een aantal cijfers die links en rechts van de vrouw op de rugleuning van het bankje zijn gespoten. Het blauw van de cijfers steekt fel af tegen het donkergroen geschilderde hout.

"5.05.2" en "08.14" staat er. Vertwijfeld kijkt ze om zich heen. In de verte komt een auto aanrijden. Het is een taxi. Zwaaiend met haar armen rent ze op de auto af. Achter haar klettert haar fiets op het asfalt. De taxi stopt en de chauffeur stapt uit.

Mishel gebaart hijgend naar de vrouw. 'Ze is dood.'

8

16 oktober 2017, Kopenhagen, Denemarken

De wekker laat de tonen van First Aid Kits "Ghost Town" horen, eerst zachtjes, dan steeds luider. Met een achterwaartse zwaai met haar rechterarm legt Monika de wekker het zwijgen op. De stilte doet vreemd genoeg pijn aan haar oren, net zoals geluid en licht pijn doen. De hoofdpijn pulseert achter haar ogen. Het is alweer bijna achttien jaar geleden dat ze voor het laatst deze hoofdpijn had, die na een aanval kwam opzetten en een aantal dagen in haar hoofd bleef rondtollen.

Ze richt zich op en drukt twee ibuprofens uit het stripje dat op het nachtkastje ligt. Ze slikt de pillen door met een slok water en laat zich weer achterover op het bed vallen. Een moment blijft ze roerloos liggen, terwijl de geluiden van buiten, een vliegtuig dat opstijgt en de oude diesel van haar buurman die gestart wordt, haar hoofd in denderen. Geërgerd blaast ze uit, wetend dat de ergernis de hoofdpijn verhevigt.

Het bed kraakt wanneer ze zich omdraait en naar de lege plek naast zich kijkt. Het dekbed ligt nog strak over het kussen alsof Jens er nooit heeft gelegen. De plek zal ooit worden opgevuld. Het zal anders worden nu ze voor het eerst in haar leven haar gevoelens de ruimte heeft gegeven. Een keuze heeft gemaakt waar Jens geen deel vanuit maakt.

Hoofdschuddend richt ze zich weer op en kijkt naar de wekker. Vijf voor half zes. Ze pakt haar iPhone en stuurt een appje naar haar collega Torsten met de vraag of hij haar over een uur kan ophalen.

Wanneer ze zich weer op haar bed laat terugvallen, voelt ze iets ruws in haar rug. Verbaasd schuift ze opzij, er steekt een witte enveloppe onder haar kussen vandaan. Even twijfelt ze, trekt dan voorzichtig de enveloppe onder het kussen vandaan. ”5.03.2” staat er in grote blauwe letters op geschreven. Met haar linkerduim wrijft ze over hetzelfde nummer dat sinds haar twaalfde op haar rechter middelvinger staat getatoeëerd.

Op die bewuste dag in 1998 werd alles anders, toen haar vader weer naar haar kamer kwam. Het is negentien jaar geleden, het lijkt gisteren. Vertwijfeld denkt ze terug aan die dag, nooit heeft ze meer iets van hem gehoord, ze heeft hem verbannen uit haar hoofd. Nee. Ze heeft geprobeerd hem te verbannen. Dat is nooit gelukt.

De envelop is niet dichtgeplakt. Ze haalt een foto en een brief uit de envelop. Een gevoel van afkeer maakt zich van haar meester. Tegelijkertijd is ze nieuwsgierig naar haar vader die haar zoveel leed heeft berokkend, haar leven voor een groot deel heeft bepaald.

Haar hand begint te trillen wanneer ze de man op de foto herkent. Ze schiet overeind.

‘Nee!’ Op de foto is Jens te zien die op een stoel zit vastgebonden. Zijn ogen zijn gezwollen, zijn neus staat in een vreemde hoek en boven zijn rechter wenkbrauw zit een snee. Bloedvlekken sieren het blauwe Okimono T-shirt met een opdruk van een grijze muurplug. Het

T-shirt heeft ze hem gegeven voor zijn laatste verjaardag, vlak voordat ze het uitmaakte.

Bruusk vouwt ze de brief open, hij scheurt daarbij. Ze kijkt naar de ondertekening. De brief is inderdaad van haar vader. Weer pakt ze de foto.

Ze zoekt op haar telefoon het laatste appje dat Jens stuurde. "Ik hou nog steeds van je. Ik weet ook dat het voorbij is", staat er op het scherm. Ze heeft gekozen voor zichzelf en haar gevoelens voor Eva laten prefereren boven haar relatie met Jens. De gevoelens voor Eva bleken niet wederzijds.

Ze gaat op de rand van het bed zitten, pakt de brief en leest hem opnieuw door.

'Een opdracht?' mompelt ze en kijkt naar de wekker. Nog tijd genoeg om te douchen. Ze stopt de foto en de brief in de envelop. Besluiteloos blijft ze zitten.

HOVEDBORG

PSYKIATRISK INSTITUTION

Invulformulier cliënt

Lieve 5.03.2,

Het heeft mij veel tijd gekost om te herstellen van de steekwonden die je mij hebt toegebracht. Ik ben niet boos op je, tenslotte heb ik je gecreëerd, dus hoe zou ik ooit boos op je kunnen zijn?

De straf die ik voor ons fijne samenzijn heb gekregen, heb ik uitgezeten. Ik ben vrij en ik wil de tijd die wij van elkaar gescheiden zijn geweest inhalen.

Ik heb een opdracht voor je uitgezet, zodat je mij kunt vinden, net zoals wij vroeger deden. Je was er destijds erg goed in. Deze opdracht zal vast geen probleem voor je zijn.

Om er weer in te komen zal ik de eerste code om het sleutelwoord te vinden, achterlaten in Kopenhagen.

Ik kijk naar je uit en zal op je wachten. Samen met Jens.

Liefs,
Je vader

De code van mijn verblijfplaats is:
BSXXR KTWBJ VQHVU WFRRN ICKSJ

Hovedborg Psykiatrisk Institution
Toldbodgade 1033, DK-1253, København-K, Danmark

9

16 oktober 2017, Kopenhagen, Denemarken

Torsten kijkt naar de foto en leest de brief nogmaals door. Monika's collega schudt zijn hoofd.

'Laat mij eens lezen.' Luna, die naast Torsten op de passagiersstoel zit, steekt haar hand uit. Ze pakt de envelop aan van Torsten en leest de brief snel door. 'Vreemd, zeker in combinatie met die foto. Je weet zeker dat het Jens is?'

'Ja.'

Torsten draait zich naar de achterbank. 'Je vader spreekt je aan met een nummer.'

Monika wrijft met haar duim over het nummer op haar rechtermiddelvinger terwijl ze Torsten in de binnenspiegel aankijkt en haar hoofd schudt. Hij dringt niet verder aan.

'Wat bedoelt je vader met "gecreëerd"?' Luna wijst op het woord in de brief.

'Misschien dat hij mijn moeder zwanger heeft gemaakt? Niet dat ik weet wie dat is.'

'Vreemde omschrijving.'

'Hij is ook vreemd.'

'En die opdracht, deed je die vroeger al?'

Monika zucht. 'Mijn zus en ik kregen thuis een soort commandotraining. Fysiek en mentaal. In de duinen op Fanø moesten wij een route volgen aan de hand van codes. Pas als we aan het eind van de route waren, kregen we te eten en mochten we naar huis. Ik heb menig nacht alleen doorgebracht in de duinen.'

'Bizar,' zegt Luna.

Monika knikt. 'Met mooi weer was het niet zo erg, soms vond ik het zelfs wel spannend, alleen met sneeuw en kou was het afzien, dan schuilde ik in een bunker.'

'Waar trainden jullie voor?'

'Hij heeft alleen gezegd dat het voor het bedrijf was waarvoor hij werkte. Iets medisch; Medical nog wat. Mijn vader ... Hij heeft ons, mijn zus en ik, misbruikt. Ik heb hem ... hij is daarvoor veroordeeld. Wij zijn in 1998 uit huis geplaatst, apart van elkaar.'

'Sorry, dat wist ik niet.' Torsten start de Passat. 'En je zus, zie je die nog wel eens?'

'Die heb ik niet meer gezien. Ik ben toen al snel in een pleeggezin geplaatst. Zij hebben mij later geadopteerd.'

'Geef nog eens.' Torsten trekt de brief uit de handen van Luna. 'Hier, deze code onderaan, dat is zijn verblijfplaats, die zou je moeten kunnen vinden volgens hem.'

'De code is een zogenaamde Vigenèrecode, die gebruikte hij vaak. Je hebt een sleutelwoord nodig om hem op te lossen.'

Torsten draait zich weer om naar Monika. 'Wat is het sleutelwoord dan?'

'Dat is de vraag.'

Torsten geeft de brief terug aan Monika.

Luna doet hetzelfde met de foto. 'Ga je het melden bij Gerhardt?'

'Ik kan niet anders, denk ik.'

Torsten trekt op en voegt in tussen het overige verkeer.

Monika kijkt naar de opkomende zon die tussen de gebouwen door schijnt. De stralen strelen haar gezicht, ze sluit haar ogen en denkt na over de brief en de foto. Jens. Een machteloos schuldgevoel neemt bezit van haar, de brief trilt in haar hand. Nogmaals leest ze hem door, op zoek naar het sleutelwoord, de tekst geeft geen duidelijkheid.

Torsten draait de straat in bij het bureau en remt af.

De telefoon van Luna gaat over, ze beantwoordt de oproep. 'Luna Mortensen, politie Kope... oh, ben jij het. Ja, natuurlijk weet ik dat te vinden. We zien je zo.' Luna drukt het gesprek weg en draait zich om naar Monika. 'Er is een dode vrouw gevonden bij de Kleine Zeemeermin.'

10

16 oktober 2017, Kopenhagen, Denemarken
Na een snelle rit door de stad parkeert Torsten de VW op de stoep bij een kleine jachthaven. Ze lopen naar de plaats delict. Monika kijkt naar een zeilboot die de haven uitvaart.

'Zou je mee willen?'

Monika kijkt Luna aan. 'Lijkt mij heerlijk, zo'n boot, alleen met de zee en de wind, verder niks aan je hoofd.' De brief en de foto, die ze nog steeds in haar hand heeft, stopt ze in de zak van haar jack.

'Het is een mooie dag,' zegt Torsten, 'Voor oktober.'

'Jammer dat wij er niet van kunnen genieten. Dit gaat nog wel even duren,' zegt Luna.

Een agente ziet ze aankomen lopen en houdt het afzetlint omhoog.

'Goedemorgen, jullie zijn snel.' De agente kijkt naar Monika. Haar ogen vernauwen zich. 'Hoe kan ...'

'Is er iets?' vraagt Monika.

'Ik zou zweren dat u daar op dat bankje zit.'

'Hoe bedoel je?'

'Die vrouw. Heeft u een misschien een zus die op u lijkt?'

Monika denkt aan Isabel, lang geleden. Ze leken op elkaar. 'Eh ... een zus. Je denkt dat ...' Monika loopt naar het bankje.

Torsten houdt haar tegen. 'Eerst je overall.'

Een paar minuten later lopen ze, gekleed in een witte overall en overschoenen, op de vrouw af. Monika voelt hoe haar ademhaling stokt en met elke stap die ze zet, worden haar benen zwaarder.

'Gaat het?' Luna legt haar hand op de schouder van Monika.

Monika knikt en zuigt de frisse ochtendlucht haar neus in. 'We kijken even en daarna laten wij het onderzoek over aan de forensische opsporing.'

De vrouw zit op het bankje alsof ze ieder moment kan opstaan, hen gedag zal zeggen en naar haar werk gaat.

Monika kijkt naar het gezicht van de vrouw. Ze begrijpt waarom de agente denkt dat zij er zit: het is haar spiegelbeeld in 3D. Een verlammende verbijstering maakt zich van haar meester.

'Zo,' hoort ze Torsten zeggen.

'Is het je zus?' vraagt Luna.

Monika kijkt naar het gezicht van de vrouw.

Nogmaals vraagt Luna of de vrouw de zus van Monika is.

'Ik weet het niet zeker. Isabel had volgens mij een moedervlekje in haar gezicht, deze vrouw niet. Het is lang geleden.'

Luna bekijkt het gezicht van de vrouw van dichtbij. 'Geen poeder of make-up. En geen moedervlek.'

'Isabel is je enige zus?' vraagt Torsten.

Monika geeft geen antwoord, kijkt naar de cijfers op het bankje, terwijl ze over het door de rubberen handschoen bedekte nummer op haar vinger wrijft. Ze knielt en pakt de rechterhand van de vrouw. Voorzichtig spreidt ze de wijs- en middelvinger. Een nummer wordt zichtbaar. “5.05.2”.

‘Wat is er?’

Monika kijkt Luna aan en trekt haar handschoen uit. Ze laat zien wat er tussen haar wijs- en middelvinger staat. ‘5.03.2.’ Monika wijst naar het bankje, ‘Zij is nummer 5.05.2.’

Luna schudt verbaasd haar hoofd. ‘Wat betekent het?’

‘Dat heb ik mij sinds mijn twaalfde afgevraagd, ik weet het nog steeds niet.’ Ze slikt hoorbaar. ‘Dit is Isabel niet, zij is nummer 5.08.2.’

‘Wie is dit dan?’

11

16 oktober 2017, Kopenhagen, Denemarken

'Maja Fedorova, geboren op 14 oktober 1986, ze is dus eenendertig en woonachtig in Moskou. Jij bent toch ook van de week jarig geweest?' Torsten laat een Russisch paspoort zien.

Monika knikt. De verbijstering over haar spiegelbeeld op het bankje is overgegaan in totale verwarring. Ze is nauwelijks in staat om iets te zeggen. Van een afstand kijkt ze naar de vrouw waar een hele ploeg onderzoekers omheen loopt. Haar maag roert zich.

'Wie heeft haar eigenlijk gevonden?' Het klinkt schor.

'Volgens de agente die de gegevens van de getuige heeft opgenomen, mevrouw Mishel Rodriguez.'

'Klinkt niet echt Deens,' onderbreekt Torsten.

'Ze komt uit Ecuador, het is die mevrouw.' Luna wijst naar een kleine vrouw die ineengedoken op een bankje zit. Naast haar zit een agente.

Ze lopen ernaar toe.

De agente staat op wanneer ze Monika en haar collega's aan ziet komen. 'Dit is een collega van de recherche. Zij wil u wat vragen stellen.'

'Mevrouw Rodriguez?' vraagt Monika.

Mishel schrikt hevig wanneer ze Monika ziet. *¡Dios mio, se vive!* Mijn God! Je leeft!'

Monika gaat naast Mishel op het bankje zitten. 'Ik begrijp dat u schrikt, ik ben zelf ... Spreekt u Deens?'

'Redelijk. Is zij familie van u?'

Monika wil antwoorden, maar bedenkt zich. 'U zag haar op het bankje zitten? Heeft u nog iets opvallends gezien, verdachte personen misschien?'

Mishel schudt haar hoofd. 'Er waren geen andere mensen, het is hier in de ochtend altijd verlaten. Ik geniet ... Wacht eens, ik zag wel een auto bij die kiosk daar wegrijden. Een stationcar. Zilvergrijs.'

'Weet u het merk? Of heeft u het kenteken kunnen zien?'

'Het enige dat ik mij kan herinneren is dat de achterzijde nogal vierkant was, met van die hoge achterlichten. Sorry, ik ben niet geïnteresseerd in auto's.'

Monika kijkt Mishel na, die de richting van de Langelinie Allé op fietst en loopt dan naar haar collega's.

'Nog wat wijzer geworden?' vraagt Luna.

'Niet echt, ze heeft een zilvergrijze stationcar weg zien rijden. Vraag even bij Verkeer na of ze wat foto's hebben van vierkante stationcars met hoge achterlichten dan mag je die nog aan haar laten zien.'

Luna lacht. 'Een stationcar zoals dat oude ding van jou?'

'Dat zou zomaar kunnen.'

De kist met daarin het lichaam van haar spiegelbeeld wordt in een bestelbus geschoven. Monika kijkt de bus na totdat deze uit het zicht is verdwenen. Ze steekt haar hand in haar jaszak, voelt de brief en bedenkt zich dat ze helemaal niet meer aan Jens heeft gedacht. Een onrustig schuldgevoel maakt dat ze opeens haast krijgt.

'Torsten, wil je mij afzetten bij het bureau? Ik wil Gerhardt over Jens spreken.'

'Dat is goed.'

Ze lopen naar de VW en Torsten ziet iets onder een van de ruitenwissers zitten.

'Ja hoor, hebben ze nou een bekeuring gegeven?' Geïrriteerd trekt Torsten een verkreukelde envelop onder de ruitenwisser vandaan. '5.03.2? Shit, het is denk ik voor jou.'

Met een trillende hand pakt Monika de envelop aan en kijkt om zich heen. Achter de afzetlinten staan tientallen mensen te kijken. Toeristen die naar het beeldje komen kijken en zich vervolgens bij de opnamen van een Netflixserie wanen, voorbijgangers op weg naar hun werk. Haar vader ziet ze er niet tussen, ze stapt in de VW.

Een siddering glijdt over haar rug wanneer ze een brief uit de envelop haalt.

Torsten rijdt stapvoets onder het afzetlint door dat over de auto heen schuurt. 'Is het van je vader?'

'Het is zo te zien een hint. Die zin over het "nieuws". Er staat mij iets bij dat ik een krantenartikel thuis heb liggen over de arrestatie van mijn vader.'

'Wil je het ophalen?'

'Dat is goed. Het is niet ver omrijden'

HOVEDBORG

PSYKIATRISK INSTITUTION

Invulformulier cliënt

Mijn liefste 5.03.2,

Het spel is begonnen, de route is uitgezet. Het eerste nummer is bekend: 08.14.

Een hint : het was lokaal groot in het nieuws.

Verbreed je blik, kijk de komende tijd voorbij je eigen grenzen en je zult de weg vinden.

Met innige groeten,
Je vader

De code van mijn verblijfplaats is:
BSXXR KTWBJ VQHVU WFRRN ICKSJ

Hovedborg Psykiatrisk Institution
Toldbodgade 1033, DK-1253, København-K, Danmark

De Esbjerg Courant

2 juli 1998 / Lokaal nieuws / door Jilda Jakobsen

Dochter (12) steekt vader met mes

De 12-jarige Monika N. uit Sønderho gebruikte gisterochtend een mes om verder misbruik door haar vader, Soren N. (42), te voorkomen. Ze raakte hem in het kruis en de onderbuik. N. werd zwaargewond naar het ziekenhuis in Esbjerg afgevoerd, waar een levensreddende operatie nodig was.

De huishoudster, die boodschappen haalde, trof bij terugkomst een bloedbad aan en belde de politie. De huishoudster werkt al jaren voor het gezin en heeft volgens eigen zeggen nooit iets alarmerends opgemerkt.

De politie heeft N. in het ziekenhuis officieel aangehouden. Na zijn herstel wordt hij overgebracht naar de staatsgevangenis en zal hij zich op een latere datum moeten verantwoorden voor zijn daden.

De politiewoordvoerder kon niet aangeven waar de moeder van de meisjes zich op dit moment bevindt en of zij op de hoogte is van het misbruik. De zusjes zijn voorlopig opgevangen in de crisisopvang in Esbjerg.

12

16 oktober 2017, Kopenhagen, Denemarken
Torsten rijdt de Teglholms Allé in en stopt langs de stoep. Monika kijkt naar het nieuwe kantoorgebouw. Het opgevouwen krantenbericht in haar hand knispert. De doos waarin het krantenbericht zat was vreemd genoeg al opengerukt. Hoe ze haar hersenen ook pijnigt ze kan zich niet herinneren wanneer ze dat heeft gedaan.

'Red je het wel met Gerhardt?' vraagt Torsten. 'Zal ik anders meegaan?'

'Dat gaat wel lukken. Ga jij terug naar Luna en kom als jullie klaar zijn naar het bureau. Ik wil eind van de middag de eerste resultaten bespreken. Zullen we zeggen om half zes?'

'Goed. Zal ik op de terugweg pizza meenemen?'

'Lekker.'

Ze stapt uit, loopt het gebouw in en blijft in de deuropening van een kamer staan. Ze klopt op de deurpost.

Gerhardt kijkt over zijn bril naar Monika en dan weer naar de foto. 'Je weet zeker dat dit Jens is?'

'Zijn gezicht is weliswaar gehavend, maar ik herken hem. Het shirt dat hij aan heeft heb ik hem voor zijn verjaardag gegeven. Het merk Okimono wordt volgens mij in Denemarken alleen online verkocht. Dus ja, het is Jens.'

Gerhardt geeft de brief en foto aan Monika. 'Je denkt dat de moord op Maja Fedorova met deze brief en met Jens te maken heeft?'

Monika trekt verbaasd haar wenkbrauw op. 'Hoe weet je haar naam?'

Gerhardt glimlacht. 'Ik heb een eerste verslag gekregen van Luna. Je was met Torsten onderweg hierheen, zei ze.'

'Oké. Ik denk inderdaad dat het te maken heeft met de dood van Maja.'

'Je kent haar niet?'

'Nee.'

'Nooit gezien, over gehoord of ...'

'Echt niet. Ze moet op de een of andere manier familie zijn, daarvoor is de gelijkenis te groot. Misschien dat Isabel, mijn zus, het weet. Alleen weet ik niet waar zij op dit moment woont.'

'Daar is achter te komen. En je vader?'

Monika gaat verzitten en zucht. 'Die heb ik sinds 1998 niet meer gezien. Via mijn pleegouders heb ik vernomen dat hij destijds een lange gevangenisstraf heeft gekregen, omdat hij ons ...'

Er valt een ongemakkelijke stilte.

'Heb je de ouders van Jens al ingelicht?' doorbreekt Gerhardt de stilte.

'Die zijn in 1972 bij een vliegtuigongeluk in Dubai om het leven gekomen. Hij was toen één en bij zijn tante toen het gebeurde. Zijn pleegouders zijn al overleden.'

'Geen broers of zussen?'

'Nee'

'Heb je hem al gevonden?'

'Mijn vader?' Monika schudt haar hoofd. 'Ik ben direct na de melding naar de Langelinie gegaan.'

'Welke gevangenis zat hij?'

'Tot 2006 in Horsens. Daarna is hij overgeplaatst naar Enner Mark. Daar hebben mijn pleegouders nog bericht van gekregen. Verder weet ik niets over die tijd, ik ben nooit bij hem op bezoek geweest.'

'Ik vraag het na bij een kennis van mij die er heeft gewerkt. Concentreer jij je met je team op de aanwijzingen uit de brief en die op het bankje. Houd mij op de hoogte.'

Monika knikt en wil opstaan.

Gerhardt kucht. 'Zolang niet bekend is wat je band met Maja Fedorova is, blijf je de leider van het onderzoek. Mocht er inderdaad een familieband zijn. Nou ja.'

'Ik begrijp het.'

'Hoe voel je je? Over Jens bedoel ik.'

Het klinkt ongemakkelijk. Monika weet dat dit van Gerhardt al meer is dan dat ze normaal gesproken kan verwachten. Ze haalt haar schouders op.

'Machteloos. Ik weet niks, mijn vader doet in de brief overkomen alsof ik alles weet over die codes.' Ze schudt haar hoofd. 'Bovendien was de relatie tussen Jens en mij al enige tijd verbroken.' Monika kijkt naar een witte schoorsteen aan de overkant van de straat. 'Ik heb het gevoel dat Jens niet meer in leven is.'

'Je moet positief blijven. Concentreer je op de codes, op de oplossing ervan. Je vader zal Jens niks aandoen zolang je hem niet hebt gevonden. Hij wil je naar zich toe lokken door Jens als pressiemiddel te gebruiken. Daar moet je gebruik van maken.'

Er valt een korte stilte. Gerhardt gaat verzitten. 'Iets anders. Ben je bereid om een DNA-test te doen? Om te bevestigen, dan wel uit te sluiten dat je familie bent van Maja?'

Monika kijkt op de klok die hoog boven haar aan de muur hangt, het is vijf voor half zeven. Ze neemt een hap van haar pizza.

'Lekker.' Monika steekt haar duim op naar Torsten. 'Laten we beginnen Luna. Wat hebben we tot nu toe?'

Luna kijkt op het scherm van haar computer. 'Het meest opmerkelijke is natuurlijk de gelijkenis van het slachtoffer met eh … jou.' Ze knikt naar Monika. 'De doodsoorzaak is nog niet met zekerheid vastgesteld.'

'Ze heeft twee kogelwonden. Is dat niet genoeg?' onderbreekt Torsten haar.

Luna tikt op haar hoofd. 'En een klein boorgaatje in haar schedel. De autopsie zal daar meer duidelijkheid over moeten geven.'

'Die is morgen. Ga jij mee?' Monika kijkt Torsten aan. Die knikt ter bevestiging. 'Ga verder Luna.'

'Het lichaam is op het bankje geplaatst en werd rechtop gehouden met ducttape. Waarom zou iemand op deze wijze een lichaam neerzetten?'

Monika pakt een foto van Maja van tafel. 'Aandacht wellicht? De moord wordt groots in de media gebracht. Ja, Torsten?'

'Gaan we bij het onderzoek naar de dader alleen uit van je vader?'

'Goede opmerking. Ik wil geen tunnelvisie, hoewel mijn vader vanwege de brieven en de nummers wel bovenaan het lijstje staat.'

'Maja woonde in Moskou. Zou Europol dat voor ons kunnen oppakken?' vraagt Luna.

Monika schudt haar hoofd. 'Neem direct contact op met de Russen. Berndt van de Zedenafdeling spreekt goed Russisch, zijn vrouw komt ervandaan, die wil ons vast helpen.'

'Dat doe ik wel, Luna,' zegt Torsten.

Luna bladert door haar aantekeningen. 'Ik heb Verkeer gevraagd om foto's van zo'n vierkante stationcar. De achterlichten zijn nogal specifiek en dan kom ik uit bij jouw Volvo.'

Monika lacht. 'Er zijn vast meer auto's met hoge achterlichten.'

'Serieus. Ik heb mevrouw Rodriguez foto's laten zien van een aantal stationcars. Een paar Volvo's, een Toyota Corolla en een Mitsubishi Lancer. Allemaal vrij vierkant en met van die hoge achterlichten. Mevrouw Rodriguez is er zeker van dat het een Volvo 850 is.'

'De mijne was het niet, die stond in de garage met een kapotte uitlaat.'

'Alweer?'

Monika negeert de opmerking van Luna. 'Torsten zoek jij uit hoeveel van die auto's er in Denemarken rondrijden?'

De deur van de kamer gaat open en er verschijnt een hoofd met blonde krullen in de deuropening. 'Eet smakelijk allemaal. Eh … Monika? Je DNA-sample is per koerier naar Genicsdirect in Londen en de universiteit hier in Kopenhagen verzonden. Binnen een paar dagen zou je van beiden uitsluitsel moeten krijgen.'

'Dank je wel, Erland. Pizza?' Erland schudt zijn hoofd en sluit de deur.

'Paar dagen? Dat is snel,' zegt Torsten.

‘Zeker. Wanneer blijkt dat ik familie ben, lig ik uit het onderzoek.’

‘We zullen zien.’

‘De codes,’ gaat Luna verder. ‘De code 5.05.2 komt overeen met het nummer dat op de rechtermiddelvinger van het slachtoffer staat.’

‘Net zoals bij mij.’

Luna knikt. ‘Heel opmerkelijk. En die code 08.14? Zegt je dat iets?’

Monika denkt aan de tijd op Fanø, de codes die haar vader achterliet in de duinen. ‘Dit is gebaseerd op de Vigenère-code. Het sleutelwoord is belangrijk. Ik zal laten zien hoe het werkt.’ Ze pakt de brieven van haar vader erbij.

Torsten ziet het. ‘In die tweede brief staat iets over dat krantenbericht dat we bij je thuis hebben opgehaald.’

‘Waar is dat eigenlijk gebleven?’ vraagt Monika.

Luna geeft het krantenbericht aan.

Monika leest het door. ‘Het enige wat ik kan verzinnen is dat de code “regel 8, letter 14” inhoudt. Wat is regel 6? Alleen van de tekst? Of vanaf boven, inclusief de regel met de datum en auteur?’

Torsten pakt het krantenbericht aan van Monika. ‘Is dat de oplossing denk je? Regel- en letternummer?’

‘Weet je iets beters?’ Monika kijkt hem vragend aan.

‘Op dit moment niet. Als we even uitgaan van jouw hypothese … Eh … Dan wordt dat: regel 6, letter 14, dat zou een “R”, de laatste letter van “huishoudster”, en nu?’

‘Het zegt nog niks. We moeten eerst meer letters hebben,’ zegt Luna. ‘Ik denk dat we er met deze moord alleen nog niet zijn.’

Monika kijkt bezorgd naar Luna. 'Daar ben ik ook bang voor.'

'En Jens?' vraagt Torsten.

'Ik heb enige tijd geleden de relatie verbroken. Het ging niet meer. Daarom begrijp ik niet dat mijn vader Jens heeft ontvoerd.' Monika kijkt naar de grond. 'Ik voel mij er zo schuldig over.'

'Dat heb je nooit verteld,' zegt Luna. 'Maar het is niet jouw schuld. Je vader wil je ermee onder druk zetten. We zullen er alles aan doen om Jens te vinden. Ik heb al een opsporingsverzoek de deur uitgedaan voor heel het land.'

'Dank je.' Monika staart voor zich uit. 'Dat onder druk zetten is hem overigens gelukt.'

'Waarom heb je het uitgemaakt?' vraagt Torsten.

Luna geeft Torsten een duw. 'Dit is niet het moment ...'

'Het geeft niet. Ik had gevoelens voor een ander. Dat was alleen niet wederzijds.'

13

17 oktober 2017, Malmö, Zweden

Het koude water uit de douchekop loopt over haar hoofd. Op slag is ze wakker. Isabel draait de kraan dicht, droogt zich af en stapt de douchecabine uit. In de grote spiegel ziet ze een slanke en gespierde vrouw. De omschrijving knap zou ze zichzelf nooit geven, maar over aandacht van het andere geslacht heeft ze zeker niet te klagen. Haar ogen volgen een paar waterdruppels die vanuit haar nek naar beneden glijden. Met de handdoek wrijft ze het plekje tussen haar borsten droog. Na zich te hebben aangekleed, föhnt ze haar lange haar en draait het in een eenvoudige staart.

Vanuit haar appartement op de zesenveertigste verdieping van de "Turning Torso" kijkt Isabel naar de Sontbrug, dat voor haar meer dan alleen een betonnen verbinding met Denemarken is. Het is de navelstreng naar antwoorden op de vragen waarmee ze al zolang rondloopt, altijd heeft weggestopt.

Ze buigt voorover en kijkt door de telescoop die in haar woonkamer staat naar de imposante brug. Ze draait de telescoop iets op het statief. Achter het eiland Saltholm ligt Kopenhagen. Het beeld is wazig, alleen de hogere appartementenblokken zijn zichtbaar.

Er klinkt een zacht tingeltje achter haar. Op het scherm van haar laptop, die op de keukentafel staat, is een bericht binnengekomen. Ze klikt op de melding van een nieuwssite over Kopenhagen. Haar nieuwslijn.

Snel leest ze het bericht door. Een gewonde bij een verkeersongeluk, twee overvallen, één op een benzinestation en één op een Netto supermarkt. Niks bijzonders. Isabel klikt het weg.

Een moment staart ze naar het lege scherm. Ze schrikt op als er een volgende melding verschijnt. Het is een persbericht van de politie van Kopenhagen, ze begint te lezen. Er is een vermoorde vrouw gevonden bij het beeldje van de Zeemeermin. De politie geeft niet veel details vrij. Op haar laptop zoekt Isabel naar meer informatie, maar vindt niets meer dan het persbericht dat op diverse nieuwssites wordt gedeeld. Ze klikt op 'afbeeldingen'. Er staan enkele foto's van het bankje waarop de vrouw zat. De foto's zijn van veraf genomen en korrelig. Op de Facebookpagina van een lokale fotopersdienst staat een betere foto van het bankje. Ontzet kijkt Isabel naar het nummer dat op het bankje staat. Ze wrijft zachtjes over het nummer op haar vinger. Ze klikt nogmaals op het persbericht en leest het artikel opnieuw.

'Tips of informatie over deze zaak kunt u richten aan rechercheur Monika Hedegaard die leiding geeft aan het onderzoek,' zegt ze hardop.

Isabel loopt naar haar slaapkamer. Van een Ikeakledingkast pakt ze een doos, ooit gebracht door haar pleegouders, die de doos weer via de kinderbescherming hebben gekregen.

Even weet ze niet wat ze zal doen. Na de verhuizing heeft ze een aantal keren op het punt gestaan contact op te nemen met Monika. Op zoek te gaan naar haar verleden. Door haar werk, de lange uitzendingen naar

Afghanistan en de relatie met Kjeld is de noodzaak op de achtergrond geraakt. De laatste maanden is ze meer bezig met de tijd dat ze op Fanø woonde.

Met enige moeite peutert ze het plakband los. Isabel trekt de kleppen omhoog en de geur van het eiland wervelt haar neus in. Het is een mengeling van brak water, zand en vocht, heel bekend, fijn is het niet.

Bovenop ligt een krantenartikel uit 1998, ze pakt het op, leest het door en legt het naast zich op het dekbed. Ze huivert wanneer ze de geluiden in haar hoofd hoort die onlosmakelijk verbonden zijn met het krantenartikel. Geluiden uit de kamer van toen, aan de andere kant van de overloop, in het huis op Fanø.

De andere spullen uit de doos legt ze ernaast: een oude map, een boek over survivaltechnieken, een stapel foto's en een mes. Met haar wijsvinger drukt ze op het knopje op het heft van het mes dat op het dekbed ligt. Er schiet een glanzend lemmet uit het heft. De punt van het mes maakt een gaatje in het dekbedovertrek. Met haar hand wrijft ze over haar rechterzij en voelt de verdikking van het litteken onder haar trui. De lichamelijke pijn is lang geleden verdwenen, psychisch is het altijd een etterende wond gebleven.

Ze pakt de spullen van haar bed en loopt ermee naar de keuken. De foto's spreidt ze uit over de tafel. Die waarop ze nog baby was als eerste, een waarop ze met groot wapen staat afgebeeld, als laatste. Haar zus Monika is op een aantal foto's helemaal te zien, twee andere geven een detail van haar prijs.

'5.03.2,' mompelt Isabel, terwijl ze naar de rechterhand van haar zus op de foto kijkt. Ze wist dat ze gelijk had toen ze de foto van het bankje zag, er bestaat nog een zus naast Monika en gezien het nummer dat op haar eigen vinger staat getatoeëerd, minstens nog vijf andere.

Peinzend kijkt ze naar de weerspiegeling van het uitzicht over de Sont dat in het scherm van de laptop te zien is. Ze moet naar Kopenhagen.

Isabel schuift de foto's bij elkaar, legt het stapeltje naast zich neer en opent de map. Het is een oud dossier, het papier kraakt van ouderdom. Het dossier bevat ongeveer dertig pagina's en ze heeft er, gezien de inhoud, spijt van dat ze de doos niet eerder heeft opengemaakt.

Op een lijstje dat, aan het papier te zien, recent aan de spullen in de doos is toegevoegd, staan acht verschillende vrouwennamen. Acht keer Nymark. Ook haar geboortenaam staat ertussen: Isabel Nymark. Ze staat zelf als tweede in het rijtje. De rest van de namen, op die van haar zus Monika na, zeggen haar niets. Het aantal klopt wel met de nummering op haar vinger. Isabel kijkt peinzend naar buiten. De vrouw in Kopenhagen. Er is een zus vermoord die ze niet kende, nog niet.

Ze denkt aan de brief die ze gisteren van Gitte kreeg. Deze was bezorgd op het oude woonadres in Umeå en doorgestuurd door een buurman. Even denkt ze aan de tijd in de stad gelegen aan de Botnische Golf. Elin was twee jaar na het overlijden van haar stiefvader José Alonso naast hen komen wonen. Gitte bloeide op door haar komst. In 2001 verhuisden ze met zijn drieën naar Malmö.

De brief vindt ze terug op het gangkastje. De envelop heeft ze nog niet durven openmaken vanwege het nummer dat erop staat. Haar nummer. Ze wrijft weer over het nummer op haar vinger. Even twijfelt ze, maar scheurt de envelop toch open.

Het is een brief van haar vader. Hij belooft haar antwoord te zullen geven op haar vragen wanneer ze naar Kopenhagen komt.

'Antwoord?' Isabel schudt vertwijfeld haar hoofd. Tientallen brieven heeft ze naar Horsens State Prison gestuurd, met één vraag: waarom? Nooit heeft ze een reactie van hem gekregen. De brief gaat verder met beloften, excuses en dat het allemaal anders zal worden wanneer ze elkaar weer zullen zien. Beloften. Daar heeft ze er genoeg van gehoord in haar leven en niet alleen van haar vader. Alleen Kjeld was daarin anders. De enige belofte die hij in zijn leven heeft gebroken is dat ze samen oud zouden worden. Ze legt de brief terug op het kastje.

Terug in de keuken pakt ze de map er weer bij. Staand aan de keukentafel bladert ze verder. Achter in het dossier zitten kopieën van oude papieren, ze ziet een paar keer dezelfde namen staan; Victor Nymark en Anna Bolton. Is Viktor niet haar opa? De laatste naam zegt haar ook wel iets, maar ze kan niet meer terughalen waarvan. Misschien dat haar vader de naam weleens heeft genoemd.

Ze slaat de pagina om. Haar zenuwbanen blokkeren elk signaal, traag laat Isabel zich op de keukenstoel zakken. Ze kijkt naar een foto van zichzelf. Op de zwartwit foto staat ze afgebeeld in kleding uit de jaren 40 van de vorige eeuw. Ze staat naast een lange tafel waarop papieren liggen en koffiekopjes staan. Op een schoolbord op de achtergrond staat "GenMedical" geschreven. Ze weet dat ze dit niet is, maar de gelijkenis is verbluffend. Onderaan de foto staat in kleine letters "Anna, briefingroom, 1941". Zou dit haar oma zijn? Een moment kijkt ze nog naar de foto en trekt dan de laptop naar zich toe.

Google geeft een aantal hits op de naam "Anna Bolton", een paar resultaten gaan over vrouwenrechten in de Tweede Wereldoorlog, een ander resultaat is een persbericht van het Mundaneum in België over een nalatenschap van Anna Bolton. Het Mundaneum. Nooit van gehoord, denkt ze en ze duwt de laptop van zich af. De rubberen voetjes piepen over de tafel.

De onderzoeker in haar wil op onderzoek uit, voelt, nee, wéét dat er meer achter het nummer op haar vinger zit. Haar voorzichtige kant zegt haar ver weg te blijven van datzelfde verleden. Ze kijkt weer naar de weerspiegeling in het scherm van haar laptop. Kopenhagen.

Op haar telefoon tikt ze een nummer in. 'Met mij. Kun je de gegevens van iemand in Denemarken voor mij opzoeken? Monika Hedegaard. Ze werkt bij de politie van Kopenhagen. App het me maar.' Ze legt haar telefoon neer. Twee jaar geleden heeft ze de nieuwe achternaam van haar zus gevonden in papieren van de pleegzorg. Nooit heeft ze de stap durven zetten om naar haar toe te gaan. Ze heeft zich op haar werk gestort, de uitzendingen naar Afghanistan en Kjeld.

Nog lange tijd blijft ze vertwijfeld naar het scherm staren. Een tingeltje doet haar opschrikken uit haar gedachten. Het is een appje van haar collega met de gegevens van rechercheur Monika Hedegaard.

Ze denkt na over de volgende stap. Van Anna Bolton wil ze sowieso meer weten, dan moet ze waarschijnlijk naar België. De zoekopdracht "GenMedical" geeft op Google alleen hits over een innovatief bedrijf in gentherapie, een kwestie van verder uitzoeken. Het moordonderzoek is de snelste weg naar resultaat. En naar Monika. Ze kijkt naar het klokje op de magnetron. Het is te laat om nog te vertrekken. Ze heeft de hele avond om het onderzoek naar Anna Bolton voor te bereiden. Het belangrijkste is de hereniging met Monika. De grootste hobbel die ze moet nemen, is zichzelf overtuigen dat ze dit moet doen.

14

18 oktober 2017, Kopenhagen

Monika rijdt de Frederik's V. Vej in en parkeert de auto in een parkeervak tegenover het gebouw waar de autopsie op Maja Fedorova zal plaatsvinden.

Torsten klikt zijn gordel los. 'Heeft het opsporingsverzoek van Jens al iets opgeleverd? De eerste vierentwintig uur zijn het belangrijkste.'

Monika drukt op de start/stopknop. De motor slaat af. 'Niets.'

'Wie voert de autopsie uit?'

'Henrik Hansen.'

'Zie je er niet tegenop?'

'Een beetje.'

Ze melden zich bij de balie en lopen daarna naar het laboratorium waar de autopsie zal plaatsvinden. Na hun beschermende kleding te hebben aangetrokken, wachten ze op de arts en de assistent.

'Goedemorgen. Ik ben Karen Hoberg, Phd-student, ik zal doctor Hansen assisteren, komt u verder.'

Ze volgen de studente naar het vertrek waar op een roestvrijstalen tafel een lichaam onder een wit laken ligt.

Achter de tafel staat een grote man. Hij kijkt bezorgd naar Monika. 'Is dit verstandig? Het is toch familie van je?'

'Bedankt voor je bezorgdheid, Henrik.' Monika schudt haar hoofd. 'Ik ken haar niet, het is voor mij een volslagen onbekende.'

'Goed dan. We gaan beginnen. De scan hebben we al gedaan voordat jullie kwamen.' Henrik knikt naar Karen. 'Het doek mag ervan af.'

Karen slaat haast teder het doek om en vouwt het op. Bij iedere slag wordt meer van het lichaam zichtbaar.

'Wat een lekker ding,' verzucht Torsten.

Monika kijkt hem woedend aan.

'Sorry. Je ziet er natuurlijk hetzelfde ...'

Monika volgt de contouren van Maja's lichaam. Het is alsof ze zichzelf op de tafel ziet liggen. Maja is iets slanker en haar nagels zien er verzorgd uit, niet zo afgekloven als die van haarzelf, het haar is lichtblond geverfd, blonder dan zij het ooit heeft gehad.

'Een eerste indruk. Karen?' vraagt Henrik.

'Eh ... een jonge vrouw, rond de dertig.'

'Ze is eenendertig,' verbetert Monika, wat haar een geërgerde blik van Henrik oplevert.

'Eenendertig,' gaat Karen verder. 'Slank, gewicht vijfenvijftig kilo, lengte een meter tweeëntachtig. Aan de verzorging van het haar, tanden en nagels kunnen we zien dat het iemand is die daar veel geld voor over heeft. Ook de rest van haar lichaam ziet er verzorgd uit. In haar hartstreek heeft ze twee kogelwonden.'

'Prima,' zegt Henrik. 'We gaan verder met het uitwendige onderzoek.'

Monika pakt het koffiebekertje aan van Karen en neemt een slokje. Het smaakt nergens naar, het nog volle koffiebekertje gooit ze in de afvalbak.

'Gaat het? Ik dacht zo-even dat u zou flauwvallen.'

'Het is zo luguber om in jezelf gesneden te zien worden.'

'Dat snap ik. Ze is echt geen familie van u?'

'Niet dat ik weet. Je zou zeggen van wel, gezien de gelijkenis.'

Henrik komt de gang oplopen. 'Karen? Wil je haar zo voor me dichtmaken?'

Monika kijkt Henrik aan. 'Wat denk je?'

'Het is ongelofelijk hoe ze op je lijkt. Het DNA-onderzoek zal moeten uitwijzen of ze familie van je is. De schotwonden zijn de doodsoorzaak, recht door het hart. Ik zet de conclusies vanzelfsprekend vandaag nog voor je op papier.'

'Dank je. Het zou wel erg zijn om familie te hebben en die weer gelijk kwijt te raken.'

Er valt een stilte, die ruw wordt onderbroken wanneer Torsten een knop indrukt op de koffiemachine.

'Is er veel hersenvocht weggezogen?' Monika rilt bij de gedachte.

'Het gaatje in de schedel is niet groot, er kan een flinke injectienaald doorheen. De ventriculi laterales die zijn aangeprikt zijn, zoals ik net al zei, de belangrijkste producenten van hersenvocht. Ik verwacht daarom dat er enkele milliliters zijn weggezogen.'

'Enig idee waarom ...'

'Ik ben dit nog nooit tegengekomen.'

'Ga je mee?' Torsten knijpt zijn inmiddels lege koffiebekertje fijn en gooit het richting de prullenbak, maar mist.

Ze nemen afscheid van Henrik en lopen naar de auto. Een vreemd gevoel overvalt Monika op het moment dat ze wil instappen, alsof iemand anders haar gedachten overneemt, haar bewegingen worden traag.

Monika steunt met haar hand tegen de auto. 'Ik voel mij niet echt lekker.'

'Komt dat opeens opzetten?'

'Ik had het voor de autopsie al. De spanning denk ik. Rij jij maar.'

'Naar het bureau?'

Monika knikt. 'Ik doe even mijn ogen dicht. Misschien gaat het straks beter.'

15

18 oktober 2017, GenicsDirect Ltd, London

Tom zucht wanneer hij de stapel met nieuwe DNA-samples in de kleine goederenlift ziet liggen. Hij draait zich om naar zijn collega.

'Mel! Sorteer jij ze deze keer? Ik blijf niet bezig.'

Melanie bromt iets onverstaanbaars.

'Wat zei je?'

'Ja, is goed.'

'Er zit één spoedje tussen.' Tom laat een rode enveloppe zien.

Melanie knipoogt. 'Die leg ik wel onderop de stapel.'

'Als je het maar uit je hoofd laat. Wil je koffie?'

'Een espresso.'

'Ben zo terug.'

Melanie kijkt Tom na die richting de koffiemachine sloft. 'Luie sukkel,' mompelt ze en stort zich op de verdeling van de binnengekomen DNA-samples.

Er wordt op de toegangsdeur van het lab geklopt. Het is de receptioniste.

Melanie opent de deur. 'Wat heb je voor ons?'

'Een expresszending, uit Kopenhagen zo te zien.'

'Dank je wel.' Melanie legt de expresszending in het *"To do"* bakje.

Tom opent de deur met zijn keycard. 'Een espresso voor mevrouw.'

'Er is net nog een expresszending binnengekomen.' Melanie neemt een slok van haar koffie.

'Die doe ik wel. Pak jij de rode van het NFI?'

Melanie knikt.

Aan het einde van de middag stopt Tom de DNA-samples uit Kopenhagen in de machine, drukt op een knop en sluit het deurtje.

'Fijne avond. Tot morgen,' zegt Melanie wanneer ze het lab uit loopt.

'Wacht even. Ik loop met je mee naar het station.' Tom wijst naar de machine. 'Daar ga ik niet op wachten.'

16

18 oktober 2017, Kopenhagen, Denemarken

Na een rit van ongeveer vijftig minuten rijdt Isabel de tunnel onder de Sont uit. Voor het eerst sinds lange tijd is ze weer in Denemarken. Het is achttien jaar geleden dat ze in het gezin van Gitte werd opgenomen, ze denkt aan wat ze allemaal heeft gedaan in die tijd. Er valt genoeg te melden aan Monika. Over het leger en Kjeld. Haar ogen beginnen te prikken. Ze kan vertellen dat ze weduwe is, al was ze niet met hem getrouwd. Met haar mouw veegt ze een traan van haar wang.

Op de verkeersborden boven de snelweg staat het centrum al aangegeven, ze houdt links aan. Ze negeert de navigatie die haar rechtdoor stuurt, slaat rechtsaf een nieuwe wijk in met kantoren en appartementenblokken. Vlak voor een Netto-supermarkt slaat ze linksaf een zijstraat in. Het logo van de supermarkt doet haar terugdenken aan de melding van de overval die ze gisteren thuis op de computer zag. Ze haalt haar schouders op, rijdt nog een stukje door, totdat de navigatie op haar telefoon aangeeft dat ze haar bestemming heeft bereikt. Nu moet ze haar zus nog vinden.

Vanuit de auto heeft ze goed zicht op het moderne kantoorpand waar Monika werkt. Er lopen minder mensen in en uit het gebouw dan ze had verwacht. Ze twijfelt over hoe ze de ontmoeting moet aanpakken, pakt haar telefoon en belt het algemene nummer van de politie.

'Politie Kopenhagen. Waarmee kan ik u van dienst zijn?'

'Mag ik rechercheur Hedegaard van u?'

'Wat is uw naam?'

'Isabel Alonso. Ik ben haar zus.'

'Ze heeft een afspraak buiten de deur, ze heeft zich nog niet teruggemeld. Zal ik doorgeven dat u heeft gebeld?'

'Ik bel later nog wel een keer.' Isabel legt de telefoon in de middenconsole en kijkt weer naar het gebouw. Ze denkt aan de eerdere pogingen om haar zus op te zoeken. Nadat ze twee jaar geleden bij het uitruimen van een kast in de papieren die ze vond, de nieuwe achternaam van haar zus had gevonden, was het niet zo moeilijk geweest haar te vinden. Haar zus maakt deel uit van een van de rijkste en bekendste families in Denemarken. Een tijd terug was ze de Sontbrug opgereden. Halverwege had ze willen omkeren, pas in Kopenhagen was daar een mogelijkheid voor. Ze had het niet aangedurfd naar haar zus op zoek te gaan.

De vondst van het lichaam met bijna hetzelfde nummer op haar vinger als dat van Monika en haarzelf is een goede aanleiding om door te zetten. Ze pakt een appel uit haar rugzak en neemt een hap. Wanneer ze een vrouw met donker haar uit het gebouw ziet komen, verslikt ze zich. Haar onderlip begint te trillen. Hoestend gooit ze de appel op de vloer voor de passagiersstoel. Ze kijkt naar zichzelf, en naar Anna Bolton, dit is zeker weten haar zus Monika. Ze is lang en slank, minder gespierd dan zijzelf is. Het haar heeft dezelfde lengte, hangt los langs het gezicht. De kleding die Monika draagt is duurder en vrouwelijker.

Isabel wil uitstappen en naar haar zus toe rennen, maar Monika stapt, samen met een lange blonde man, in een auto. Snel start Isabel haar auto.

Ondanks de drukte op de weg is de Volkswagen eenvoudig te volgen. Na twintig minuten rijdt de auto de Tilburg Allé in. In de verte stijgt een vliegtuig op. De auto stopt voor een eenvoudige woning. Rond de tuin staat een hoge betonnen muur, het heeft iets weg van de Berlijnse Muur in het klein. Alleen de wachttorens missen. Isabel zet haar auto stil langs de stoep. De blonde man stapt uit, loopt om de auto heen en opent de passagiersdeur.

Isabel loopt richting het huis, ze aarzelt. De twijfel of Monika wel op haar zit te wachten neemt toe.

De blonde man draait zich naar Isabel toe. Zijn ogen worden groot als hij haar ziet. De verbazing is van zijn gezicht te lezen. 'Dat kan niet,' zegt hij.

In de deuropening van de auto ziet ze een bekend gezicht verschijnen. 'Monika!' roept Isabel.

Monika kijkt op. 'Isabel?' Het klinkt bedeesd.

Ze kijken elkaar aan, herkenning en opluchting. Monika stapt uit, wankelt en zakt op de stoep in elkaar. Samen met de man tilt Isabel haar zus op. Isabel voelt zich verward. Bezorgdheid en een opgetogen gevoel vechten om voorrang.

'Ze had net al last van duizelingen,' zegt de man. 'Jij bent haar zus Isabel?'

Isabel knikt. 'Laten we haar naar binnen brengen. Heeft ze dit wel vaker eh ...'

'Torsten. Ze klaagt de laatste tijd wel over hoofdpijn en is de laatste paar dagen ziek geweest. Onderweg zei ze dat ze vroeger dit soort aanvallen vaker heeft gehad.'

Ze brengen Monika naar binnen en leggen haar op de bank. Isabel gaat op de rand van de bank zitten.

'Vind je het erg dat ik even blijf, ik ken je niet,' zegt Torsten.

'Geen probleem.'

'We hebben net een autopsie bijgewoond.' Hij wijst naar Monika. 'Ze werd daarna duizelig, maar wilde toch naar het bureau. Zou het migraine zijn?'

'Misschien, daar kun je goed beroerd van zijn. Die autopsie. Was dat de vrouw met het nummer op haar vinger?' Isabel laat haar eigen nummer zien. 'Ik heb het persbericht gelezen.'

Torsten kijkt naar het nummer. 'Nummer acht. Monika wist je nummer nog. Enig idee wat de cijfers betekenen? Je zus weet het niet.'

'Ik ook niet. Het is toen wij twaalf werden op onze vinger getatoeëerd. Dat was een paar maanden voordat we uit huis zijn geplaatst. Mijn pleegouders hebben nog wel navraag gedaan bij de instantie die ons heeft herplaatst. Die wisten het ook niet.'

Isabel kijkt naar Monika die haar ogen opent.

'Hej.'

'Gaat het?' vraagt Isabel.

'Niet echt. Eigenlijk helemaal niet. Ik voel me echt beroerd.'

'Zal ik later deze week terugkomen? Zaterdagavond ben ik vrij. Ik bedoel ... '

'We hebben elkaar zolang niet gezien. En nu ...' Monika zakt weg.

'Misschien is het beter als ik vannacht bij haar blijf.'

Torsten schudt zijn hoofd. 'Dat kan ik niet toestaan. We weten niet wie er precies achter de moord op ...'

'Je vertrouwt me niet?'

'Het is niet persoonlijk. Ik hoop dat je er begrip voor hebt?'

Isabel denkt na. Ze wil bij Monika blijven, maar weet dat Torsten dat nooit zal toestaan. Voor hetzelfde geld is zij de moordenaar. Ze zou in zijn plaats de plotseling opduikende zus allang aangehouden hebben. Dat kan ze zich nu niet permitteren. Snel staat ze op.

'Je hebt misschien wel gelijk. We laten haar slapen.' Isabel geeft een kaartje aan Torsten. 'Hier heb je mijn telefoonnummer. Als er iets is, je kunt me altijd bellen.'

Isabel geeft Monika een kus op haar kruin.

Samen met Torsten loopt Isabel naar de hal. Ze kijkt om. Haar oog valt op een kalender. 'Nog even iets opschrijven.'

'Ik wacht buiten op je,' zegt Torsten.

17

19 oktober 2017, GenicsDirect Ltd, London

De volgende ochtend is Melanie alweer vroeg in het laboratorium. Ze start de apparatuur op, checkt de afdelingsmail en loopt naar de machine waar Tom de samples uit Kopenhagen in heeft gedaan.

Op het display van de machine knippert een nummer, "239" . 'Wat is dat nou weer,' moppert Melanie. Ze scrollt door het menu. Het nummer is een error.

'Is er iets?' Tom komt hijgend het laboratorium in lopen.

'Trein weer gemist?'

'Ja. Wat is er?'

'Dat wonderding van je geeft een error en twee meldingen.' Melanie wijst naar het display van de machine. 'Error 239, nooit gezien. Jij?'

'Zal wel een technisch dingetje zijn. Heb je al koffie gehaald?'

'Nee.'

Tom tikt een paar keer op het display. '239. Hier heb ik het. *"Do not use same samples"*?'

Melanie kan haar lach niet inhouden. 'Sorry hoor. Heb je twee dezelfde in de machine gedaan?'

'Echt niet. Ik weet het zeker, want er zaten twee samples in de zending die moesten met elkaar vergeleken worden. Hier kijk maar.' Tom pakt het aanvraagformulier erbij en geeft het aan zijn collega.

'Vreemd. Zouden ze in Denemarken een fout hebben gemaakt?'

'Ze gaan daar normaal gesproken heel secuur om met de afname van samples.'

'Of het is een eeneiige tweeling, maar daar staat niets over in de aanvraag.' Melanie legt het formulier op de werktafel.

'Bij GenMedical kunnen ze tegenwoordig meerlingen van elkaar onderscheiden.'

'Kunnen zij dit onderzoek dan niet voor ons doen?'

'Het is nog in een experimentele fase. En daarbij is het een erg duur onderzoek. Dat gaan de Denen echt niet betalen.'

Melanie fronst haar voorhoofd. 'En de meldingen?'

'Eh ...' Tom scrollt door het menu van de machine. 'De eerste geeft aan dat de DNA-markers exact hetzelfde zijn. De samples zijn dus van dezelfde persoon. We krijgen een error omdat er niets met elkaar kan worden vergeleken voor het verwantschapsonderzoek.'

'Dat zal het zijn. Dat moet fout gegaan zijn in Kopenhagen, denk je niet? En de tweede melding?'

'Ogenblikje. Kijk eens aan. We hebben een match met onze DNA-database.'

'Print het eens.'

Tom drukt op een knop en er wordt een formulier geprint. Hij pakt het van de printer.

Melanie leest nieuwsgierig over de schouder van Tom mee. 'Anna Bolton? De naam komt me bekend voor. Is zij niet de oprichter van het moederbedrijf van Genicsdirect, GenMedical?'

Tom checkt op zijn telefoon de website van GenMedical en de historie van het bedrijf. 'Je hebt gelijk. Anna Bolton heeft het bedrijf in 1939 opgericht en is in 1944 overleden.'

'Waarom sturen die Denen ons een DNA-sample van de oprichter van GenMedical? Dat is raar.'

'Ik heb een voorgevoel dat wij hier beter ons mond tegenover de Denen kunnen houden,' zegt Tom.

'Ze zijn een goede klant van ons. We zullen iets moeten melden.'

'Ik kijk wel.'

18

19 oktober 2017, Ambach am Starnberger See, Zuid-Duitsland

De ruitenwissers vegen de regen van de voorruit, ik ben onderweg naar de Starnberger See. Een veerboot vaart naar Tutzing. In de verte, richting Oostenrijk, zie ik de Alpen boven de omgeving uit rijzen. Met helder weer zou je de Zugspitze moeten kunnen zien. Ik ben hier niet voor het prachtige landschap en concentreer mij op het doelwit: Dagmar Becker. Ze is van de acht vrouwen die ik zocht degene die ik op social media na Monika het snelst heb gevonden. De andere ben ik bijna allemaal op het spoor gekomen door de inzet van een bètaversie van een gezichtsherkenningssysteem dat via Google en Facebook mensen kan opsporen. Soren heeft blijkbaar goede connecties bij MI6. Alleen Isabel is onvindbaar.

Vanaf Wolfratshausen rijd ik door een dicht bos. De weg brengt mij naar de plek waar Dagmar woont. Ambacht is een gehucht, er staan hooguit dertig woningen, het doet idyllisch aan. De regen heeft de toeristen verjaagd, het is rustig op straat. Ik parkeer voor een zandkleurig Gasthaus en wandel naar de aanlegsteiger van de veerboot. Er is niemand te zien. Ik sla linksaf en loop verder over een kiezelstrand. Het is inmiddels schemerig geworden. Door de struiken heen zie ik dat de straatverlichting is aangegaan. Na een paar honderd meter sluip ik de tuin van Dagmar in en installeer mij naast een tuinhuisje. Ik laat de rugzak van mijn schouders glijden, pak de verrekijker en ga liggen. De regen klettert onverminderd op mij neer, vooralsnog doet het regenpak zijn werk.

Ik stel de kijker in op “nacht”. Het beeld wordt groenig. De kamers waar verlichting brandt lichten fel op. Het is niet de eerste keer dat ik hier ben en ik weet dat ze, op dit tijdstip, ieder moment naar het tuinhuisje kan komen om te gaan schrijven. Ik heb de laatste thriller van haar hand gelezen, ik moet toegeven met veel plezier. Ze heeft talent.

Er slaat een deur dicht. Dagmar loopt onder een grote paraplu en in het licht van de tuinverlichting lijkt ze langer dan ik ben. Ik weet dat het maar schijn is, ze is een kopie van mezelf, net zoals de andere zeven dat zijn. Wanneer ze langs me loopt ruik ik haar parfum.

Er valt een stilte. Alleen het geluid van de regen is hoorbaar op mijn regenpak, en in de Starnberger See. Verbaasd richt ik mij op. Ik had de geluiden van het koffiezetapparaat moeten horen of de wieltjes van haar bureaustoel. Wanneer ik naar het tuinhuisje kijk, is het nog donker. Als ik wil opstaan hoor ik een stem achter mij.

‘Weg bij die rugzak. Ga op het pad staan.’

Ik kijk om. In het schaarse licht lijkt het of ik naar mezelf kijk. Alleen houdt Dagmar een wapen op mij gericht, die van mij zit in de rugzak. Ze schrikt als ze mij in het licht ziet.

‘Ik ben je zus,’ zeg ik. Het werkt, haar interesse is gewekt.

‘Zover ik weet, heb ik geen zus.’

'Zo te zien wel. Laten we even praten,' antwoord ik adrem.

'Ik ben benieuwd naar je verhaal, waarom je mij hier in de struiken ligt op te wachten.' Ze opent het tuinhuisje en doet het licht aan. Het wapen houdt ze op mij gericht. 'Ga zitten.' Ze wijst op een laag krukje.

Ik neem plaats en kijk rond in haar schrijversdomein. Aan de muren hangen de covers van haar bestsellers in verschillende talen. Ze gaat tegenover mij aan haar bureau zitten en legt het wapen binnen handbereik. Mijn rugzak staat naast mij op de grond. De regen roffelt op het dak, het geeft een huiselijke sfeer.

'Waarom heb je niet gewoon aangebeld? Je accent, je bent Zweeds?'

'Deens.'

'Hoe ben je aan mijn adres gekomen?'

'Uit een dossier. Ik heb het bij me,' zeg ik en ik buk naar mijn rugzak.

'Rustig aan,' zegt ze. Het wapen is weer op mij gericht. Ik maak mijn rugzak open, trek er een map uit en geef het aan haar. Mijn linkerhand zakt langs mijn lichaam. Ze legt het wapen neer en bladert door het dossier.

'GenMedical? En hier zou mijn adres in staan? Wat wil je van me?'

'Papa werkte bij GenMedical.' Mijn hand klemt zich om de greep van mijn wapen. 'Hij was altijd vol lof over jullie, ik was de schlemiel in zijn ogen. De gestoorde mislukkeling.'

'Ik kan mij daar iets bij voorstellen.'

Haar woorden doen pijn. Ik richt mijn wapen op haar. 'Hij is trots op me, dat weet ik zeker, want ik voer zijn plan uit.'

Ze haalt haar schouders op. 'Ben je daarvoor helemaal hierheen gekomen? Om mij dit te vertellen? Mij te bedreigen?'

'Wil je niet weten wat het plan inhoudt?'

Ze zucht.

'Het is eenvoudig. Als ik al zijn creaties dood, mag ik zijn geld hebben.'

'Creaties?'

Ze klinkt nog steeds zeker van zichzelf.

'Wat zei je nou over geld?'

En ze is een geldwolf. 'Je bent net als ik, gecreëerd door papa.'

'Ga toch weg, met je rare ideeën. Dat je gestoord bent is zeker. En dat plan? Dat is gewoon jouw plan!' Minachtend kijkt ze me aan. Dagmar schuift de map over het bureau naar mij toe. 'Ik moet verder. De deadline van mijn nieuwe boek nadert en de uitgever …'

'De deadline? Die is nu!' Ik haal twee keer de trekker over.

Dagmar klapt naar achteren. Ze zakt langzaam van haar bureaustoel op de grond.

Ik sta op, doe mijn ding met de spuitbus en pak daarna de boormachine en de injectiespuit. Wanneer ik klaar ben pak ik alles in en vertrek zoals ik ben gekomen. Tien minuten later stap ik in mijn auto. Het ruikt in de auto naar diaree en pis, geen echt lekkere combi en ik laat de voorste ramen zakken. 'Ik doe ze zo weer dicht hoor. Even doorluchten,' zeg ik tegen papa op de achterbank.

Hij reageert niet, kijkt mij alleen aan en draait zijn hoofd weg. Het ducttape op zijn mond kraakt door de beweging.

'Ben je boos? Ik heb precies gedaan wat je wilde.' Mijn stem klinkt teleurgesteld, als papa het maar niet heeft gehoord.

Ik start de auto en rij de straat uit. Op de hoofdweg sluit ik de ramen en probeer de lucht die van de achterbank komt te negeren. Even denk ik dat het onweert wanneer ik een felle flits zie, die van voren lijkt komen. Er volgt geen gerommel, wel begint het weer te regenen.

19

19 oktober 2017, GenMedical HQ, London

Manfred kijkt op van zijn scherm wanneer er op de deur van zijn kantoor wordt geklopt. Een man van achter in de twintig stapt zijn kantoor binnen.

'Sorry Sir, stoor ik?'

'Je bent al binnen, Noah.'

'Ik krijg een opvallende melding vanuit de database.'

'Opvallend in de zin van?'

Noah loopt naar het bureau. 'Ik kan het u beter laten zien. Mag ik?'

Manfred klikt het document weg waar hij in bezig is en staat op.

Noah gaat op de bureaustoel zitten.

'Ik monitor vanzelfsprekend niet de hele dag alle databases, dat is geen doen. We krijgen een melding wanneer er iets wordt opgevraagd door een medewerker die geen autorisatie heeft of een zoekresultaat waaraan een alarm gekoppeld is.'

'Wat is er zo opvallend aan deze melding dat je het persoonlijk komt melden?'

'Het lab van GenicsDirect heeft deze match gekregen na een DNA-onderzoek.' Noah draait het scherm naar Manfred toe die naast het bureau staat.

Een moment staart Manfred naar de naam op het scherm. Even weet hij niet wat hij moet zeggen. Dan kijkt hij naar Noah. 'Uit welke database komt dit?'

'De gezamenlijke DNA-database van GenMedical en GenicsDirect.'

'Welk lab is hiermee bezig geweest?'

'Het lab van GenicsDirect. Het wordt geleid door Tom Yokohama. Zij verwerken onder andere de online verwantschapsonderzoeken die wij aanbieden.'

'Ik ken de diensten die wij verkopen.' Manfred staart weer naar de naam. 'Is dit zo'n online aanvraag?'

Noah schudt zijn hoofd. 'Ze doen tevens de aanvragen van politiekorpsen uit het buitenland. Meestal zijn het second opinion onderzoeken. Deze aanvraag komt van de recherche in Kopenhagen.'

'Oké. Ik regel het verder wel.' Noah loopt naar de deur. 'Oh, Noah? Je hebt deze naam nooit gezien of gehoord en je praat er met niemand over. Is dat duidelijk?'

Noah knikt en sluit de deur achter zich.

Manfred gaat achter zijn bureau zitten, draait het scherm naar zich toe en toetst een sneltoets in op zijn telefoon. 'Soren? Met mij. Ik moet je spreken, het is dringend.'

Een half uur later staat Manfred voor het lab van GenicsDirect. Naast hem staat een verontrust kijkende Soren.

'Enig idee hoe dit kan? Ik was niet op de hoogte van het feit dat wij DNA van Anna in de database hebben,' zegt Manfred.

'Het was een van de eerste samples die ik heb toegevoegd. Net zoals ik het DNA van mijzelf in de database heb zitten.'

'Van jou snap ik het, maar Anna? Ze is al tientallen jaren geleden overleden.' Manfred klopt op de deur van het lab.

'En nog steeds in onze gedachten.'

Een jonge vrouw doet de deur open. 'Goedemorgen, mijnheer Nymark, goedemorgen mijnheer … eh …'

'Is Tom aanwezig?'

'Ja.' De jonge vrouw kijkt het lab door en wijst naar een man die net een kantoor komt uitlopen.

Manfred en Soren lopen naar Tom.

'Tom? Heb je even? Onder vier ogen?' Manfred wijst naar een kantoor verderop in het lab.

Tom gaat op een bureaustoel zitten, Soren en Manfred blijven staan.

'Je hebt bij een DNA-verwantschapsonderzoek een match gekregen op de naam Anna Bolton?' Manfred geeft een formulier aan Tom.

Tom kijkt er verbaasd naar. 'Hoe komt u hieraan?'

'Geef gewoon antwoord op de vraag. De DNA-uitslag van mevrouw Bolton? Graag het hele verhaal.'

'De samples zijn naar ons toegestuurd door de recherche in Kopenhagen. De vraag was eenvoudig: is er verwantschap? Dit soort onderzoeken doen ze ook in Denemarken. Het is voor hen een controle, een second opinion.'

'En?' Manfred maakt een gebaar dat Tom moet opschieten.

'De samples zijn van dezelfde persoon. Op twaalf van de twaalf markers die wij vergelijken. Daarnaast geeft het DNA uit beiden samples een match in de database met het DNA van mevrouw Bolton.'

Tom geeft het printje met de DNA-uitslag aan Soren.

Die vouwt het op en stopt het in de binnenzak van zijn colbert jasje. 'Kan het een fout zijn in de database? Of van de Denen?'

'Met de samples zou dat kunnen, vervuild DNA bijvoorbeeld. Die ervaring hebben wij echter niet met de Deense politie. Integendeel. Zelf houden we alle aanvragen strikt gescheiden. Ik kan het u laten zien …'

'Ik weet hoe het werkt,' zegt Soren.

'Natuurlijk.'

'Kan het een tweeling zijn?'

Tom knikt. 'Dat zou in principe kunnen. De Denen hebben daar niets over in de aanvraag gezet. Normaal gesproken worden er dan ook meer samples aangeleverd.'

Soren laat een volgend formulier zien. Er staat met grote letters *"Match Database"* op. 'En het DNA van mevrouw Bolton?'

'Het is honderd procent van Anna, ik bedoel mevrouw Bolton. Geen twijfel mogelijk.'

'Geeft de recherche aan om wat voor zaak het gaat?' vraagt Manfred.

Tom kijkt Manfred aan. 'Nee, dat doen ze nooit. In dit soort onderzoeksaanvragen van de politie gaat het meestal om een overleden persoon waarbij de familie wil weten …'

'Overleden? Welke computer kan ik gebruiken,' onderbreekt Manfred.

'U kunt deze gebruiken. Mijn collega is even de deur uit.'

‘Kun je ons alleen laten?’ Soren wijst naar het lab. ‘We komen zo bij je.’

Tom sluit de deur achter zich.

Manfred googelt op “Moord, Kopenhagen, vrouw”. ‘Dit is een persbericht van een paar dagen geleden. Een jonge vrouw die vermoord is gevonden op een bankje. De moord waarover ze daarvoor berichten is te lang geleden.’

‘Wie hebben we in Kopenhagen die dit kan uitzoeken?’ vraagt Soren.

‘Op dit moment heb ik niemand in Denemarken. Kurt woont in Hamburg. Die kan ik ernaar toe sturen.’

‘Als dit klopt, liep er blijkbaar een tweede, nu vermoorde Anna rond in Kopenhagen.’

‘Er loopt nog een derde wanneer de aanvraag van de Deense politie juist is. De aanvraag is een verwantschapsonderzoek met de overleden vrouw. Zou het toch een tweeling zijn?’

‘Je hebt gelijk. Bel Kurt, hij moet er vandaag nog heen,’ zegt Soren.

‘Heeft dit gevolgen voor het project? Uitstel zal Harris niet waarderen.’

‘Op dit moment niet. We gaan door met de verbouwing van het laboratorium. Mocht Kurt op een probleem stuiten, is het vroeg genoeg om onze planning aan te passen.’

‘We hebben niet veel speling. Zuid-Afrika gaat zoals het er naar uitziet in 2019 naar de stembus. We hebben twee tot drie maanden nodig om de kandidaat te trainen na zijn geboorte.’ Manfred klikt de website met het persbericht weg.

‘Ik weet het. De veroudering duurt nog te lang en houdt het proces op. Het heeft mijn aandacht.’

'Wanneer geef je die data trouwens vrij? Ik vind het om eerlijk te zijn een groot risico wanneer alle kennis bij één persoon ligt. Het kan de continuïteit van het project schaden.'

'Je weet hoe ik daarover denk. In deze fase vind ik het te gevaarlijk om te delen of buiten het kantoor op te slaan. Harris denkt er overigens hetzelfde over,' zegt Soren. 'Laat Kurt uitzoeken of er twee verwanten van Anna rondlopen.'

'En als dat zo is? Kurt is een getraind probleemoplosser.'

Soren zucht. 'Dat laat ik aan jou over. Los het op.'

Een half uur later is Soren terug in zijn kantoor en wijst een vrouw, die is binnengekomen, naar een zitje. 'Ga zitten, Vita.'

'Wat is er, je doet nogal nerveus?'

'Manfred kwam naar me toe. De Deense politie heeft DNA van Maja ter controle naar GenicsDirect gestuurd. Dat hebben we ingecalculeerd. Helaas kwam daarbij het DNA van Anna naar voren. Ik heb er niet aan gedacht dat ik dat heb opgeslagen in de database. Manfred stuurt ene Kurt naar Kopenhagen om het uit te zoeken.'

'En nu?'

'We zullen moeten afwachten. Ik heb mij vanzelfsprekend van de domme gehouden en het aan Manfred overgelaten. Ik kon niet anders. We moeten iets doen.'

'De DNA-match was tussen Maja en Anna?'

'En nog een derde persoon. Ik vermoed dat Monika zichzelf heeft herkend in Maja en een DNA-test heeft aangevraagd. Zover loopt het volgens plan, alleen de inmenging van Kurt kunnen we niet gebruiken.'

‘Is de uitslag al met de Denen gedeeld?’

‘Dat zou ik op mij nemen, vanzelfsprekend meld ik dat er geen match is of dat het sample is vervuild.’

‘Uitstekend. Alleen Kurt is nog een probleem. Ik verwacht dat hij Monika snel heeft gevonden.’

‘Waar is Siobhán. Ze moet dit ter plekke oplossen.’

‘Op de terugweg uit Duitsland.’

20

21 oktober 2017, Kopenhagen
Monika kijkt naar de medicijnen die in het keukenkastje liggen. Ze pakt de doosjes en drukt een paar pillen uit de strips. De pillen steken fel af op het donkergrijs van de keukentafel. Ze zucht, gaat op de keukenstoel zitten waar Jens altijd zat. Ze drukt nog een aantal pillen uit de strips. Hoeveel zouden er nodig zijn, denkt ze. Even twijfelt ze, schuift de pillen van de tafel op haar hand en spoelt ze weg in de gootsteen. De doosjes gooit ze met een achteloos gebaar terug in het kastje.

Alweer een paar dagen heeft ze last van duizelingen. De blauwe plek op haar linkerarm is gevoelig. Ze denkt aan vanochtend, toen ze bijkwam in de kelder, met geen mogelijkheid kan ze zich herinneren hoe ze daar is terechtgekomen.

Op de kalender staat met grote letters "Isabel" geschreven. De naam is er neergezet door haar zus. Een moment voelt ze zich wat beter, Isabel komt straks langs. Een voorzichtige kennismaking na achttien jaar van elkaar gescheiden te zijn geweest. Waarom is ze Isabel eigenlijk niet gaan zoeken? Ze had haar leven samen met Jens op de rit, dacht ze, en was bang om oude wonden open te rijten.

Een zachte ping geeft aan dat haar eten voor vanavond gereed is, macaroni bolognese. Met het dampende bord eten in haar linker- en een glas wijn in haar rechterhand loopt ze naar de woonkamer. Ze installeert zich op de bank en zet de televisie aan met het geluid uit.

De deurbel gaat. Verbaasd kijkt ze naar de tijd op haar telefoon. Jij bent vroeg, denkt ze. Weer gaat de bel. Ze zet haar glas neer en staat op. Lichtelijk nerveus voor de ontmoeting met Isabel loopt ze naar de voordeur.

Op het moment dat ze de deur opent ziet ze in een flits een vuist op haar afkomen. In een reflex draait ze haar hoofd weg. Ze voelt hoe knokkels haar gezicht schrampen en trapt voluit van zich af in het luchtledige. De man die net nog in de deuropening stond, staat naast haar. Hij trekt haar aan haar trui naar de woonkamer en gooit haar naast de salontafel op de vloer. Wanneer ze zich iets opricht ruikt ze de macaroni bolognese, ze pakt het bord en gooit het naar de man. Deze doet een stap opzij, het bord klettert tegen de keukenmuur. Ze ziet hoe hij de trekker van een taser overhaalt. Een schok schiet door haar lichaam en ze verkrampt. Een vreemd gevoel overvalt haar, ze kijkt naar zichzelf alsof ze in een ander lichaam zit. Ze ziet zichzelf schreeuwen, maar geen geluid voortbrengen. De man doet een stap in haar richting, hij verstart als hij achter zich een stem hoort.

'Weg daar. Leg die taser op tafel.'

De man heeft zich omgedraaid en kijkt ongelovig naar de vrouw die is binnengekomen en naar het pistool in haar rechterhand. 'Jezus. Met hoeveel zijn jullie?'

De vrouw knikt naar de tafel. 'De taser.' De man doet wat hem wordt gevraagd. Op het moment dat hij zich terugdraait van de tafel, maakt hij een trappende beweging richting de vrouw. Er klinkt een schot.

De man grijpt naar zijn bovenbeen. 'Scheisse!' schreeuwt hij en zakt langzaam op de vloer in elkaar.

De vrouw kijkt naar Monika die naast de bank op de grond ligt en dan naar de man. Ze wijst met de loop van het pistool naar een keukenstoel. 'Zitten!'

De man hijst zich moeizaam op de stoel. Uit de rugzak van de man haalt de vrouw een paar lange tiewraps. Zijn armen bindt ze vast aan de leuningen van de stoel, zijn benen aan de stoelpoten. Dan knielt ze bij Monika. 'Hallo zus.'

'Isabel? Ben jij het?'

'Kom, ga even op de bank zitten.'

'Wat is er gebeurd? Mijn hoofd.'

'Die klootzak heeft je getaserd. Je bent even weggeweest, denk ik.'

'Ja?' Monika kijkt Isabel aan en valt haar in de armen. Ze omhelzen elkaar en houden elkaar stevig beet.

Op de achtergrond snuift de man minachtend.

'Gaat het wel? Je kijkt nog een beetje wazig uit je ogen,' zegt Isabel.

'Ik word niet iedere dag getaserd.'

Isabel draait zich naar de man en bekijkt hem eens goed. Het is geen junk of een gelegenheidsinbreker. Met zijn afgetrainde lijf en zijn kaal geschoren hoofd schat Isabel hem in als iemand uit het leger. Ex-Special Forces. De tattoo van een doodshoofd op zijn linkerwang doet daar weer afbreuk aan.

Op de grond ligt een zwart-wit foto die de man heeft laten vallen. Onder het portret staat "Anna, briefingroom, 1941". Ze laat de foto aan Monika zien 'Deze foto heb ik thuis ook. Hij kwam hier dus voor jou.'

Isabel gaat voor de man staan. 'Wat is je naam? Dat praat makkelijker.' Ze vraagt het achtereenvolgens in het Deens en het Engels.

'Rot op,' antwoordt hij in het Engels met een Duits accent.

'Oké.' Isabel doorzoekt zijn kleding en vindt alleen een BMW-sleutel met een Hertzlabel.

'Wil je eens kijken of je zijn auto kunt vinden.' Ze kijkt Monika aan die voor zich uit staart. 'Gaat het?'

'Geef maar hier.'

'Kijk wel uit voor andere klootzakken. Hier, neem dit ding mee.'

Monika neemt de taser aan en loopt de kamer uit.

'We gaan een praatje maken. Je bent vast een mietje van de Wehrmacht?'

Bij het "Wehrmacht" glinstert er herkenning in de ogen van de man. 'Je praat maar een eind weg.'

Isabel schudt haar hoofd. 'Nee. Ik vraag, jij antwoordt.'

Op straat klinkt een bliep van autodeuren die openspringen. De straat wordt heel even verlicht door een oranje gloed. Niet veel later staat Monika naast Isabel met een huurovereenkomst van Hertz.

'Hij heet Kurt Macan.' Monika glimlacht. 'Dat laatste klinkt Oosters.'

'Kurt. Dat Macan zal wel fake zijn, de voornaam is dat meestal niet.' Isabel kijkt de man aan. 'Luister, Kurt. Ik ben erg benieuwd naar wat je hier komt doen en vooral wie je gestuurd heeft.'

'Droom maar lekker verder.'

'Ha, het is een harde. Die zijn het leukst.' Isabel loopt naar de keuken.

'Wat ga je doen?'

'Ervoor zorgen dat hij gaat vertellen wat ik wil weten.' Isabel doorzoekt de keukenladen en haalt er een kaasschaaf, een kurkentrekker en een vleesvork uit. Wanneer ze een kastdeurtje wil sluiten dat op een kier staat, ziet ze de doosjes Oxazepam en Fluoxetine liggen.

Monika ziet het. 'Het gaat momenteel niet zo goed met mij. De medicijnen helpen. Soms.'

Isabel knikt, legt het keukengereedschap op tafel en gaat voor Kurt staan. Die volgt met argusogen de verrichtingen van Isabel. 'Je hebt nog steeds niks te zeggen?'

'Krijg de kl...' De klap is hard. Kurt kijkt met schele ogen naar zijn neus die scheef op zijn hoofd staat. 'Du Schlampe!' sist hij.

'Wie heeft je gestuurd? Wat kom je hier doen?' Kurt schudt zijn hoofd.

'Isabel! Dit kun je niet maken,' roept Monika.

'We moeten weten wie hier achter zit, wie hem heeft gestuurd. Hij was niet van plan gezellig met je uit eten te gaan. Ga een rondje om het huis lopen als het je niet zint.'

'Ik kan mijn collega's ...'

'Monika,' onderbreekt Isabel. 'Of je gaat weg of je helpt me.'

'Wat moet ik doen?'

'Pak een doek voor zijn mond.'

'Hij moet kunnen praten, zei je net.'

Isabel pakt de kurkentrekker van tafel. 'De komende vijf minuten niet.'

Monika propt een vochtige vaatdoek tussen Kurts lippen door naar binnen. Een vreemde gewaarwording neemt bezit van haar lichaam. Het begint steevast in haar hoofd, een prikkeling die zijn weg zoekt naar andere lichaamsdelen. Het neemt haar bewustzijn over, lijkt wel. Ze heeft het de laatste tijd vaker. Wanneer het weer wegebt, wordt ze soms op de gekste plaatsen wakker, zonder dat ze weet wat ze heeft gedaan. Zoals vanochtend in de kelder. Het is beangstigend en vreemd. Gelukkig heeft ze het nog nooit op haar werk gehad.

'Gaat het nog?'

'Ik ga even op de bank zitten.' Monika kijkt vanaf de bank toe hoe Isabel de kurkentrekker in de hand van Kurt draait. Ze draait haar hoofd weg en luistert naar de geluiden: gebonk van de stoel, gepiep en gegrom van die Duitse klootzak en Isabels afgemeten stem. Het is niet de avond geworden waarop ze gehoopt had, hoewel Isabel in haar element lijkt.

'Nog een stukje?' Isabel draait aan het handvat van de kurkentrekker. Isabel voelt hoe het gekrulde staal zich een weg baant door huid, pezen en spieren. Een straaltje bloed druppelt op de keukenvloer. Kurt schuift heen en weer op de stoel en schudt zijn hoofd. Isabel rukt de kurkentrekker in een keer uit de hand. Kurt reageert zo heftig dat de stoel omvalt en met een zware bonk op de vloer terechtkomt.

'Help hem eens overeind zetten,' zegt Isabel. 'He, Monika!'

'Wat?'

'Help eens.'

Samen tillen ze Kurt overeind.

'Ik ga even ergens anders zitten, als je het niet erg vindt.'

Isabel kijkt Monika na die naar de badkamer sloft en richt zich weer op Kurt. Ze pakt de kaasschaaf en wrijft ermee over de inktzwarte tattoo. Kurt trekt zijn hoofd weg, maar ze houdt het staal tegen zijn wang gedrukt en trekt de kaasschaaf omlaag. Er welt wat bloed op langs de snijrand. Ze verhoogt de druk, een dun laagje zwart gekleurd huid maakt zich los van het gezicht. Kurt schudt met zijn hoofd, snuift en er komen onverstaanbare klanken uit zijn keel. Als een plak jonge kaas komt de huid langzaam los van het gezicht. Isabel trekt haar hand terug. Het onderhuidse bindweefsel is zichtbaar geworden. Op de achtergrond hoort ze Monika overgeven.

'Al zin om te praten?'

Kurt knikt en Isabel haalt de vaatdoek uit de mond. Hortend en stotend haalt Kurt adem, de loshangende lap huid trilt mee met de bewegingen die hij maakt.

'Voor wie werk je?'

'GenMedical.'

'Monika?' Isabel hoort de badkamerdeur opengaan.

Monika leunt tegen de deurpost.

'GenMedical?' vraagt Isabel.

'Dat is het bedrijf waar papa eh ... Oskar voor ...'

'Dat was in 1998. Waarom zijn ze opeens in ons geïnteresseerd?'

Kurt gaat rechterop zitten zover de tiewraps dat toelaten. 'Er was iets aan de hand met een DNA-aanvraag uit Kopenhagen. Een match met een oud DNA-sample. Dat moest ik hier uitzoeken.'

'Welk oud DNA?'

'Van die vrouw op die foto, Anna Bolton.' Kurt knikt naar de foto die op tafel ligt.

Monika komt naast Isabel staan. 'Dat klopt. Ik heb een DNA-sample van mij en dat van Maja naar Londen laten sturen voor een verwantschapsonderzoek, dat was naar GenicsDirect.'

Kurt spuugt een klodder met bloed vermengd speeksel uit. 'Dat is onderdeel van GenMedical.'

'Ze zijn door de aanvraag gealarmeerd,' zegt Isabel.

Monika knikt naar Kurt. 'En nu? Als hij niet reageert sturen ze meer van die lui.'

'Dat gaat niet gebeuren. Hij gaat melden dat het vals alarm was en er iets fout is gegaan in het lab.'

'Wat doen we daarna met hem?'

'Normaal gesproken zou ik ...'

'Ik heb het idee dat je dit vaker hebt gedaan' Monika gaat voor Kurt staan. 'Luister. Als ik mijn zus haar zin geef eindig je ...' Ze kijkt Isabel aan, die haar schouders ophaalt. '... in de Sont. Je kunt er voor kiezen om te verdwijnen naar een plek die je zelf kiest nadat je hebt gebeld.'

'Ik kan naar Thailand. Mijn vriendin woont daar,' antwoordt Kurt snel.

'Prima. Eerst bel je met GenMedical. Heb je een naam van je contactpersoon?' vraagt Isabel.

'Manfred heet hij, dat is de enige die ik daar ken. Het is de man die je moet hebben qua beveiliging. Of het zijn echte naam is weet ik niet.'

'Bel hem. Zeg hem dat geen van de personen van de DNA-match iets te maken heeft met Anna Bolton, laat staan dat ze erop lijken.'

'Mijn telefoon ligt nog in de auto.'

'Die heb ik hier.' Monika geeft een iPhone aan Isabel.

Isabel tikt de code in die Kurt opgeeft en ze doorzoekt zijn telefoon 'Tik deze gegevens even over in je eigen telefoon,' zegt Isabel en laat een adres zien.

'Goed. Je hebt geluk dat mijn zus erbij is. Ik heb de gegevens van je vriendin en je dochter. Ik heb altijd al eens naar Thailand op vakantie gewild.'

'Ik bel hem en daarna hoort hij niks meer van mij.'

'Geen geintjes met verborgen boodschappen, geef door wat ze willen horen en daarna kun je gaan.'

'Oké.'

Monika geeft de iPhone aan Kurt. 'Gelukt.'

'Op de speaker,' zegt Isabel.

Kurt drukt op een knop, ze horen een lijn overgaan.

'Manfred.' De stem klinkt diep en donker. 'Is het Anna?'

'Ik heb een kennis gesproken bij de politie van Kopenhagen. Die heeft voor mij de gegevens opgevraagd, die heb ik mogen inzien. Het DNA is hier inmiddels gematcht aan de familie van het slachtoffer. Niemand van hen lijkt op, of heeft een match met Anna,' zegt Kurt.

'Vreemd.'

'Wellicht is het een fout van het lab of de machine?'

'Dat zou kunnen. Heb je het slachtoffer gezien?'

'Nee. Daar heeft mijn kennis de bevoegdheid niet toe. Hij heeft wel een aantal foto's van het slachtoffer uit het dossier laten zien. De vrouw lijkt totaal niet op mevrouw Bolton.'

'Oké. Bedankt. Het bedrag is overgemaakt.' Er klinkt een klik, de lijn wordt stil.

'Kan ik nu gaan?'

Monika knikt en pakt een kniptang aan die Isabel haar aangeeft. De tiewraps springen los. Kurt wrijft over zijn polsen en controleert de wond op zijn bovenbeen. Hij staat op, zet een stap vooruit, grist de vleesvork van tafel en springt op Monika af. Ze vallen achterover op de vloer. Er klinkt een schot. Kurt zakt langzaam op de vloer in elkaar. De vleesvork blijft rechtop in de houten vloer staan.

Isabel staat met een pistool in haar hand bij het dressoir.

'Ik wist gewoon dat hij dit ging doen.'

Monika grimast en zakt als een door het zeewater weggespoeld zandkasteel in elkaar.

21

21 oktober 2017, GenMedical HQ, Londen

Op het scherm is een zwart vlak te zien, er klinkt gestommel en dan verschijnt het gezicht van Siobhán in beeld.

Soren zet het geluid iets zachter. 'Is het gelukt?'

'Meer dan dat. Ik heb meteen een ander probleem opgelost,' zegt Siobhán. 'Ik heb bijna niets hoeven doen.'

'Vertel.'

'Nadat je had gebeld, ben ik direct naar het huis van Monika gereden. De Duitse man waarover je belde, was mij net voor. Hij reed in een BMW, die auto is veel sneller ...'

'Heb je hem kunnen tegenhouden?'

'Dat was niet nodig. Isabel heeft Monika gered.'

'Isabel? Je maakt een geintje zeker.'

'Waarom geloof je mij nooit? Vita gelooft mij wel altijd.'

'Sorry, ga verder.'

'Ze kwam aanrijden in een Toyota met een Zweeds kenteken. Een oude station, een Auris, denk ik, het kan ook een Avensis ...'

'En Kurt?'

'Isabel is naar binnen geslopen. Ze leek wel een jachtluipaard die op een prooi afgaat, zoals je op televisie in een natuurprogramma weleens ziet.' Siobhán zegt een moment niets. 'Waar was ik gebleven?'

'Isabel ging naar binnen.'

'O ja. Ze heeft Kurt neergeschoten en daarna gemarteld. Ik moest mij verstoppen omdat Monika naar buiten kwam.'

'Ze heeft je niet gezien?'

'Die was nog stoned van mijn GHB-mix.'

'En de marteling van Kurt?'

'Isabel deed iets met een kurkentrekker. Volgens mij deed het behoorlijk zeer aan de geluiden te horen.'

'Kurt heeft vanavond doorgegeven dat er geen match is, dat het om een heel ander persoon gaat die niet op Anna lijkt. Nu begrijp ik waarom.'

'Dat klopt niet. We wisten toch van het bestaan van Monika en Maja?'

Soren lacht om de reactie van Siobhán. 'Wij weten dat, andere mensen mogen dat niet weten. Dat laten we zo.'

'Het is een geheim?'

'Precies. Hoe is het afgelopen?'

'Met wie?'

Soren glimlacht. 'Met de Duitse man.'

'Isabel heeft hem doodgeschoten toen hij Monika aanviel.'

'Dat meen ... Wat hebben ze met hem gedaan?'

'Ze hebben de BMW achteruit naar het huis gereden en die man in de kofferbak gelegd. Daarna zijn ze weggereden.'

'Je bent ze niet gevolgd?'

'Jawel.'

Soren zucht. 'En?'

'Ze reden de brug op, richting Zweden.'

Soren denkt na. Over Isabel was niet veel te vinden. Niet op Facebook, niet op andere social media en op het laatst bekende adres bleek ze niet meer te wonen. En nu duikt ze opeens op, doodt Kurt en dumpt hem ergens in Zweden. Afgelegen plekken genoeg.

'Heb je ze nog gezien?'

'Nee.'

'Je kunt verder gaan met het plan. Pas op met Isabel, pak die als laatste, samen met Monika. Ik heb namelijk geen goed gevoel bij haar.'

'Ik werk de lijst af.'

22

21 oktober 2017, Kopenhagen, Denemarken
Het is bijna half twaalf wanneer Isabel en Monika vanuit Zweden over de Sontbrug richting Denemarken rijden. De hele terugweg hebben ze nog niks tegen elkaar gezegd.

Monika verbreekt het stilzwijgen. 'Weet je zeker dat niemand hem daar vindt?'

'Het is een afgelegen en afgesloten terrein. Hij ligt er goed.' Isabel haalt een vrachtauto in.

'Heb je die plek vaker gebruikt voor dit soort dingen?'

Isabel antwoordt niet.

'Wat doen we met deze auto? Terugbrengen naar Hertz?'

'We dumpen hem.'

Een blauw bord met gele sterren geeft aan dat ze Denemarken inrijden. Monika draait zich naar Isabel toe. 'Ik had mij onze eerste ontmoeting na zoveel jaar wel anders voorgesteld. Ik keek er echt naar uit.'

'Ik ook.' Isabel stuurt de BMW een oud en verlaten industrieterrein op. 'Dit is een ideale plek. Hoelang is het vanaf hier lopen naar je huis?'

'Een half uur.'

Drie straten verderop kijkt Isabel om. Een oranje gloed verlicht de omgeving waar ze de BMW hebben achtergelaten. 'Ik hoop voor Hertz dat ze goed zijn verzekerd.

Twee uur later zitten ze uitgeput op de bank. Het huis hebben ze grondig schoongemaakt en daarna nog een keer. Alle sporen zijn uitgewist. Isabel geeuwt en kijkt naar de zwart-witfoto die Kurt heeft achtergelaten. 'Heb jij ook zo'n doos thuisgestuurd gekregen?'

Monika staat op. 'Die staat in de slaapkamer.' Even later komt ze met de doos aanlopen.

'Je hebt er al eens ingekeken?' vraagt Isabel, terwijl ze aan het losse plakband trekt. De kleppen staan open.

'Ik heb er onlangs iets voor het onderzoek uitgehaald. De doos was toen al open, hoewel ik me niet kan herinneren dat ik er ooit in gekeken heb.'

'Denk je dat wij zussen zijn?' vraagt Isabel.

'Natuurlijk zijn wij zussen. Hoezo?'

'Ik moet steeds denken aan Maja, die DNA-match waar Kurt het over had en onze gelijkenis met Anna Bolton. Het is wel vreemd allemaal. Heb je de officiële uitslag van het DNA-onderzoek al gekregen?'

'Ik stuur mijn collega even een appje, die heeft nachtdienst.' Monika tikt meteen een bericht in.

Isabel gooit de inhoud van de doos op de bank. 'Dezelfde spullen. Alleen het mes ontbreekt.' Ze wrijft over de verdikking onder haar trui.

'Kriebelt je trui?'

'Het litteken.'

'Hoe kom je daaraan?' vraagt Monika terwijl ze de spullen uit de doos bekijkt.

'Weet je dat ...' Isabel wordt onderbroken door de telefoon van Monika die overgaat.

Monika praat een tijdje met iemand en legt daarna de telefoon neer.

'Dat was mijn collega. GenicsDirect heeft gemeld dat de samples zijn vervuild. Mooie smoes.'

'Kurt heeft aan die Manfred doorgegeven dat ze hier al een match hebben met de familie. Dus een nieuw onderzoek is niet meer nodig. Kun je aan je collega vragen of hij dat doorgeeft?'

'Natuurlijk.'

'Welke code gebruikt hij eigenlijk in zijn brieven?'

Een moment is Monika even kwijt wat Isabel bedoelt. 'Oh, wacht. De Vigenère-code, met een sleutelwoord, zoals hij altijd gebruikte op Fanø. Het sleutelwoord moet uit het krantenbericht naar voren komen. Dat ligt alleen nog op het bureau.'

'Ik heb het bij me. Heb je nog iets van hem gehoord? Of over Jens?'

'Na die laatste brief niet meer.' Monika begint zachtjes te huilen. 'Jens is dood, ik voel het.'

'Je moet hem niet gelijk opgeven.' Isabel slaat haar arm om Monika.

'Het gaat wel.'

'Je vriend is ontvoerd, je mag best verdrietig zijn.'

'Ik had de relatie al een tijd verbroken, voordat hij ontvoerd werd.'

'Meen je dat? Waarom?'

Monika antwoord niet en kijkt somber voor zich uit.

'Wat is er? Heb je een ander?'

'Ik ben verliefd op een ander, een vrouw. Het is alleen niet wederzijds.'

'Je bent lesbisch?'

Monika knikt 'Jens is een schat, hij verdient dit niet. Ik heb hem en mezelf te lang voor de gek gehouden door mijn lesbische gevoelens weg te stoppen. Daar is hij het slachtoffer van geworden.'

'De ontvoering is niet jouw schuld. Focus je op het vinden van Jens.'

'Je hebt gelijk. Ik weet dat hem vinden het enige is dat ik voor hem kan doen. Alleen dat schuldgevoel is sterk.'

'Het komt goed.'

'Ik hoop het. Zullen we naar de code kijken?'

'De brieven van Oskar heb je hier?'

Monika knikt en pakt de brieven uit haar tas. Ze wijst op een rij letters in een van de brieven. 'Dit is de Vigenère-code, zonder het sleutelwoord kunnen we er niets mee.'

BSXXR KTWBJ VQHVU WFRRN ICKSJ

'Met mijn collega's heb ik al gekeken naar het eerste code cijfer dat op het bankje stond: 08.14. Hiermee vonden we in het krantenartikel een letter van het sleutelwoord, een "R".'

'Gaan we uit van alleen de tekst? De titel en naam van de redactrice tellen niet mee?'

'We kunnen beiden doen, voor de zekerheid. Ik vermoed dat het alleen om de titel en de tekst gaat. We hebben de cijfers en leestekens niet meegenomen.'

'Uit hoeveel letters bestaat het sleutelwoord, denk je?' vraagt Isabel

'Wanneer je van onze nummering uitgaat, maximaal acht. Ik heb de brieven gekregen om hem te zoeken.'

'Ik heb een brief ontvangen met een uitnodiging om naar Kopenhagen te komen, waarschijnlijk in plaats van

Maja. De brief is echter op mijn oude woonadres in Umea bezorgd en daardoor te laat aangekomen.'

'Goed dat je verhuisd bent naar Malmö,' zegt Monika.

'Zeker.'

'Die actie met Kurt. Heb je daarvoor een training gehad? Ik vond het best heftig.'

'Ik heb in het leger gezeten bij de SOG, de Zweedse special forces.'

Monika knikt bewonderend. 'Toe maar.'

'Ik heb een aantal uitzendingen naar Afghanistan gedaan. Bij terugkomst na de laatste uitzending werd ik gevraagd om bij de KSI ...' Isabel houd abrupt haar mond.

Monika lacht. 'Dat is toch een onderdeel van de Zweedse militaire inlichtingendienst. Je hoort er weinig over.'

'Dat is ons streven. Ander onderwerp. Ik heb er spijt van dat ik jou niet eerder ben gaan zoeken. Ik heb het meerdere keren overwogen, maar nooit gedaan, tot ik het persbericht las.'

'Ik had ook actie kunnen ondernemen, dat heb ik ook niet gedaan.' Monika wijst naar de laptop die op de salontafel staat. 'Ik kan in het politiesysteem naar hem zoeken?' Ze trekt haar laptop naar zich toe. Verbaasd kijkt ze naar het scherm.

'Wat is er?'

'Ik heb een mail van Oskar Nymark.'

'Laat eens zien?'

E-mail
Inbox

AAN: Monikahedegaard@gmail.com
VAN: oskar.nymark@yahoo.com
ONDERWERP:
DATUM: 21 oktober 2017

Mijn mooiste creatie,

De eerste code heb je gevonden. De tweede geef ik je snel.

Jens beweert dat je het hebt uitgemaakt. Dat ik de verkeerde persoon heb meegenomen.

Hij is bang dat je hem niet komt halen. Maar dat doe je wel.

Met innige groet,
Je vader

'Verdomme, hoe komt hij aan mijn mailadres,' zegt Monika.

'Dat is niet zo heel moeilijk meer tegenwoordig. De boodschap is duidelijk.'

'De tweede code? Hij heeft het over een tweede moord.'

'We moeten hem écht zien te vinden.'

Monika leest de mail nog eens door. 'Uit de mail maak ik op dat Jens nog leeft. Hij heeft hem verteld over onze relatie die is verbroken.' Ze klikt de mail weg. 'Ik vind het zo erg voor hem.'

'Blijf je focussen op de code en de oplossing ervan. Je druk maken over wie er schuld heeft, helpt niet. Jij hebt Jens niet ontvoerd, houd dat in gedachten.'

23

5 november 2017, Ambach am Starnberger See, Zuid-Duitsland

Stefan kijkt naar zijn collega Rolf die een milkshake en een cheeseburger uit een papieren zak van de McDonalds haalt. Na tien minuten slurpt Stefan het laatste restje milkshake door het rietje en laat een boer. Altijd lekker, zo'n lunch bij de Mac, denkt hij.

Rolf start de auto. 'Ben je klaar? We hebben nog twintig minuten om in Ambach te komen.'

Een kwartier laten rijden ze het gehucht aan de Starnberger See in.

Stefan wijst naar een zijstraat. 'Hier rechts. Dit is de Seeuferstrasse. Je bent hier nooit geweest, denk ik? Was je ten tijde van de moord niet op vakantie?'

'Een week naar Texel met de schoonfamilie.'

'Waar je zin in hebt. Hier rechtdoor.'

'Texel is heel leuk.'

'Ik bedoelde je ... Hier is het, die witte villa. Parkeer de auto maar op de oprit.'

Rolf zet de auto uit en kijkt Stefan aan. 'Ik ben benieuwd hoe de heer Becker reageert op onze bevindingen.'

Ze stappen uit en lopen naar de voordeur. Stefan drukt op de knop, achter de deur klinkt een melodieus geluid.

De deur wordt opengedaan door een man van begin veertig. 'Goedemiddag Stefan.'

'Mijnheer Becker.'

'Zeg maar Lukas. We hebben elkaar al zo vaak gesproken.'

'Lukas. Dit is mijn collega Rolf Weber, hij is onlangs toegevoegd aan het onderzoeksteam.'

'Kom verder.'

Ze lopen naar de woonkamer, die ondanks de grootte warm en huiselijk aanvoelt. Een schuifpui geeft een mooi uitzicht over de tuin en het aangrenzende meer.

'Prachtig,' zegt Rolf.

Lukas wijst op een leren bankstel. 'Neem plaats. Willen jullie iets drinken? Koffie? Thee?'

'Nee. Dank u. We hebben net uitgebreid geluncht.' Rolf klopt op zijn buik.

Lukas neemt plaats in een fauteuil tegenover de twee rechercheurs. 'Jullie wilden me spreken over de voortgang van het onderzoek. Hebben jullie nieuws?'

Stefan haalt een stapel foto's uit zijn tas en legt ze ondersteboven op de salontafel. 'Het onderzoek loopt vanzelfsprekend nog. We hebben een aantal aanwijzingen en de informatie uit het buurtonderzoek wordt geanalyseerd. Vandaag willen we een DNA-uitslag en de aangetroffen cijfergraffiti met u bespreken. Daar zijn wat onduidelijkheden uit naar voren gekomen. We hopen dat u ons daarmee kunt helpen.'

'Natuurlijk.'

'We hebben twee kogelhulzen van negen millimeter munitie gevonden in het tuinhuisje. Dat is hetzelfde kaliber als van het wapen van uw vrouw. Had ze dat vanwege een speciale reden?' Stefan legt een foto van het wapen op de salontafel.

'Het diende als researchmateriaal. Heeft een van jullie een boek van haar gelezen?'

'Code 1279,' zegt Rolf. 'Met dat zenuwgas.'

'Het is je vast opgevallen dat alle informatie en de locaties in het verhaal correct zijn weergegeven. Zo is het ook met het wapen. Het gevoel, het schieten. Om die reden was ze lid geworden van een schietvereniging in Wolfratshausen.'

'Dat is dan duidelijk. Het vreemde is dat het DNA van uw vrouw op de hulzen is gevonden, terwijl er met haar eigen wapen niet is geschoten,' zegt Stefan.

'Je denkt dat er munitie van Dagmar is gebruikt? Dat kan ik zo controleren.' Lukas staat op en loopt de kamer uit.

Rolf gaat voor de schuifpui staan. 'Hij woont hier mooi.'

'Ik zou er wel aan kunnen wennen.'

'Stel het voor aan je vrouw.' Rolf gaat weer naast Stefan op de bank zitten. 'Als officier van justitie verdien je niet slecht. Dan moet je hier toch iets kunnen kopen?'

'Een oude schuur misschien.'

Lukas komt met een kartonnen doosje de kamer in lopen. 'Ik heb hier de kogels en een formulier van de schietvereniging. Ze houden daar niet alleen de scores bij. Volgens telling moeten er nog zestien kogels in het doosje zitten. Dat aantal klopt.'

Stefan pakt het doosje aan, terwijl Rolf het formulier doorneemt.

'Dit is Magtech negen millimeter munitie, de gevonden hulzen zijn van het merk Geco. Had u vrouw nog een ander wapen in gebruik?' vraagt Stefan.

Lukas schudt zijn hoofd. 'Hoe kan haar DNA op de hulzen zijn aangetroffen?'

'We hoopten dat u ons dat kon vertellen.'

Rolf geeft het formulier terug. 'Het aantal komt inderdaad overeen.'

Lukas knikt. 'Kan er DNA van de vloer op de hulzen zijn terechtgekomen?'

Stefan steekt zijn hand in de lucht. 'Het gaat om zogenaamd contact-DNA van de vingers.'

Lukas haalt zijn schouders op. 'Misschien had Dagmar een tweede wapen waar ik niets van wist en heeft de dader dat gebruikt? Hoewel ik mij dat niet kan voorstellen. Ze vertelde me altijd alles, hield me volledig op de hoogte waarmee ze bezig was.'

'We laten dit onderwerp even rusten. Het volgende opmerkelijke punt is de cijfergrafitti die is aangetroffen op de achterwand van het tuinhuisje.'

Stefan schuift een volgend paar foto's over de salontafel. 'Dit is een close-up. Herkent u een van de cijferreeksen?'

Lukas pakt een foto op. 'Die linker, 5.07.2. Dat nummer stond op de middelvinger van Dagmar getatoeëerd. Dat heb ik destijds al tegen uw collega gezegd.'

'Dat is juist. Het betekende iets voor de dader. Waarschijnlijk ook voor uw vrouw? Kunt u ons hier meer over vertellen?'

'Het is een nummer dat intrigeert. Dagmar wist niet wat het betekende. Het is, toen ze twaalf werd, op haar vinger aangebracht. Haar adoptieouders hebben er nooit uitleg over gegeven.'

'En het rechter nummer?' vraagt Rolf. '03.12. Zegt u dat iets?'

'Nee. Niets. Het spijt me.'

'Het was het proberen waard.'

'Het DNA op die hulzen blijft voor mij een raadsel,' zegt Lukas.

'Heeft uw vrouw een zus?' vraagt Stefan.

Rolf knikt instemmend. 'Dat zou een verklaring kunnen zijn. Een familieband.'

'Dagmar is, zoals ik al zei, geadopteerd en er zijn geen zussen of broers bekend. Ze heeft het er nooit over gehad.'

'Dat wil niet zeggen dat ze er niet zijn. We hebben vanzelfsprekend de familiebanden nagetrokken. Helaas komen we niet verder dan een niet meer bestaand Deens pleegouder- en adoptiebureau dat begin jaren negentig failliet ging,' zegt Stefan.

'Dagmar was inderdaad van origine Deens.' Er valt een stilte. 'Als een familieband het DNA op de hulzen kan verklaren, zou de dader een tweelingzus van Dagmar zijn?' vraagt Lukas.

'Dat is een reële optie die we verder zullen uitzoeken.' Stefan kijkt Rolf aan. 'Jij nog vragen?'

Rolf schudt zijn hoofd.

De rechercheurs staan op, geven Lukas een hand en lopen naar de auto.

'Wat vindt jij?' Stefan trekt tevergeefs aan de hendel van de deur.

Rolf klikt op de afstandsbediening. 'Dat nummer is interessant: wie tatoeëert er een nummer op een vinger van zijn kind?'

'Een familielid is eigenlijk de enige optie om het DNA te verklaren wanneer we ervan uitgaan dat de munitie niet van Dagmar is.'

‘Waarom heb je het gaatje in de schedel eigenlijk niet ter sprake gebracht?’ vraagt Rolf.

‘Ik wil dat voorlopig stil houden. Vooral naar de pers.’

‘Het is een rare zaak aan het worden. Zal ik je thuis afzetten bij mevrouw de officier?’

‘Die is alleen op vrijdag voor half zeven thuis. Ik rijd mee naar het bureau. We gaan op zoek naar zaken waarin de dader dezelfde modus operandi heeft.’

24

16 november 2017, Malmö, Zweden

Isabel neemt een slok van haar koffie. Ze denkt na over de moord op Maja en de code die haar vader aan Monika heeft gestuurd. De resultaten uit het DNA-onderzoek betekende voor haar zus dat ze van het onderzoek is afgehaald. Monika heeft meteen een stuwmeer aan vrije dagen opgenomen. De telefoon gaat, ze herkent het nummer en neemt op.

'Hallo Monika.'

'Hej.'

'Voel je je alweer wat beter?'

'Niet super. Ik heb het gevoel alsof ik Jens in de steek heb gelaten.'

'Ik begrijp het. We gaan er alles aan doen hem te vinden. Ben je nog wat wijzer geworden?'

'Via Luna. Ik wil niet dat Gerhardt erachter komt dat we nog met de zaak bezig zijn.'

'Logisch. En?'

'Sinds de moord op Maja is er geen moord gepleegd in Denemarken. Tenminste niet op een vrouw. Alleen drugsgerelateerd.'

'Ik heb het hier nagevraagd. Er zijn in heel Zweden in de afgelopen drie maanden twee moorden gemeld op vrouwen. In beide gevallen gaat het om huiselijk geweld. Niets dat op onze zaak lijkt.'

'De moord moet nog gepleegd worden,' zegt Monika. 'Of hij bluft.'

'Met Maja blufte hij niet.'

'Daar heb je gelijk in.'

'In de mail schrijft hij dat de code en de letter bekend zijn. De moord is al gepleegd, we hebben alleen nog niet ontdekt waar.'

'Ik vraag Luna of ze Europol kan inschakelen om zaken te vergelijken,' zegt Monika.

'Dat duurt vaak lang. Iets anders. Hij vraagt in de mail of je weet waar ik ben. Hij heeft mij blijkbaar nog niet getraceerd en dat wil ik graag zo houden.'

'Je hebt gelijk. Het is beter als we elkaar voorlopig zo min mogelijk zien. We weten niet of hij mij in de gaten houdt. 'Hè, verdomme. Hij heeft alweer een mail gestuurd.'

'Wil je de mail doorsturen?' vraagt Isabel.

E-mail
Inbox

AAN: Monikahedegaard@gmail.com
VAN: oskar.nymark@yahoo.com
ONDERWERP: -
DATUM: 16 november 2017
BIJLAGE: jens.video1.MP4

Mijn mooiste creatie,

Het gevoel van gemis wordt steeds sterker. Ik weet echter dat we elkaar binnenkort weer zullen zien.

De volgende code zal ik nog wat sneller doorgeven. Gelukkig word ik geholpen, alleen had ik dit niet gekund.

Ik stuur een berichtje mee van Jens, hij vindt het hier niet leuk, dat is duidelijk te zien. Dus doe wat beter je best.

Met innige groet,
Je vader

BSXXR KTWBJ VQHVU WFRRN ICKSJ

'Mijn God. Er zit een video bij van Jens,' zegt Monika.

Isabel heeft de video ook geopend, beiden kijken, veertig kilometer van elkaar verwijderd, naar dezelfde beelden.

Het zwarte heft van een mes steekt fel af tegen de witte rubberen handschoen waarin het is geklemd. Isabel kijkt naar het mes op de keukentafel. Het is hetzelfde type als in de video wordt gebruikt. Op de achtergrond is Jens te zien die zich probeert los te rukken van de stoel waarop hij zit vastgebonden. De beelden worden schokkerig en onscherp. Er gilt iemand. Jens. De beelden worden weer scherp. Op het scherm is een oor te zien, het is niet moeilijk om vast te stellen van wie het oor is.

'Jens!' schreeuwt Monika. 'Mijn God. Hij is echt ziek in zijn hoofd. We moeten ...'

'Het loopt uit de hand. Ik vind dat je je collega's moet inlichten.'

Een moment is het stil. 'Nee!' zegt Monika stellig. 'Nog niet. De komende dagen moeten we nadenken over hoe we verder moeten. En wie mijn vader helpt.'

'Oké.' Isabel is niet overtuigd. 'Je weet het zeker?'

'We spreken aanstaande zaterdag bij mij af. Ik nodig mijn collega's Torsten en Luna uit voor overleg.'

'We moeten voorzichtig zijn met elkaar opzoeken zolang hij niet weet waar ik ben. Check je woning op afluisterapparatuur, camera's. Misschien houdt hij je in de gaten.'

'Doe ik.'

'Heb je nog last van die duizelingen?'

'Het gaat.'

'Dat klinkt niet overtuigend.'

'Ik heb het gevoel dat mijn hoofd vol zit met watten. Een hele rare gewaarwording, het lijkt een beetje alsof ik continu dronken bent.'

'Kijk je wel uit dat je niet weer een aanval krijgt. Zeker na die video.'

'Ik moet wat meer afstand nemen van Jens. Dat is beter voor mezelf, maar daar voel ik me weer schuldig over.'

'Ga lekker in bad. Relax even.'

'Goed idee. Tot zaterdag.'

25

18 november 2017, Lommel, België

Ik rij een zandpad op dat langs een weiland loopt. Het is nog vroeg, de zon is net op, het gras is wit berijpt. De aanblik doet mij denken aan de omgeving rond het huis in Denemarken, de enige plek waar ik mezelf kan zijn. De remmen van de auto piepen wanneer ik bij een houten hek stop en de motor afzet.

Ik ruik de geuren van de ochtend wanneer ik de autodeur open. De stilte is indrukwekkend, het zachte ruisen van de wind door de boomtoppen is het enige dat ik hoor, de kou doet mij rillen. Naast het hek staat een groot reclamebord waarop een nieuwbouwproject wordt aangekondigd. Het gebouw dat erop is afgebeeld ziet er mooi uit. Mijn nieuwe appartement in Kopenhagen heeft er wel iets van weg.

Ik open de achterdeur en kijk naar de vrouw die op de achterbank tegen papa aan ligt. Elise Maes, makelaar voor tout bekend België. Ze komt langzaam bij. Dat is mooi, dat scheelt mij een hoop gesjouw. Ik trek haar uit de auto en duw haar richting het weiland. Ze strompelt voor mij uit, hinkend op één pump. De andere ligt nog in de auto, ik mag niet vergeten die er straks uit te halen.

Plotseling draait ze zich naar mij toe. De pompon op haar muts beweegt heen en weer. Het is een grappig gezicht.

'Wat ben je met mij van plan?'

Ik kijk haar aan. Het is een harde tante en niet onder de indruk van het wapen dat ik op haar richt. Nog niet. Ik richt en haal de trekker over. Kreunend zakt ze door haar linkerbeen. Ik pak de huls op en denk aan de twee hulzen die ik in het tuinhuisje aan de Starnberger See ben vergeten. Een stommiteit. Dat overkomt me geen tweede keer.

'Verdomme! We zijn familie!' Elise drukt met haar handen op de wond in haar bovenbeen. Langzaam krabbelt ze weer op, kijkt met meer ontzag naar mij.

'Ik wil hem voor mij alleen.' Ik heb besloten dat ik voor het hoogst haalbare ga, én het geld én hem voor mij alleen.

Haar fraaie gezicht verstrakt. Ze laat zich weer op de grond zakken. 'Wie bedoel je?'

Ik wijs naar de auto. 'Papa.'

'Ik ben geadopteerd. Ik heb mijn vader nooit gekend.'

'Hij had het uitsluitend over jullie, hoe perfect jullie waren, zijn prachtige creaties.' Ik voel hoe emotie de overhand neemt. Focus, spreek ik mezelf vermanend toe.

'Waar heb je het in godsnaam over?' Ze kruipt van mij vandaan richting de schuur en kijkt om. Ik glimlach om haar uitgelopen make-up en het warrige haar. De altijd zo verzorgde Elise, het toonbeeld van succes en schoonheid, is nu een zielig hoopje mens.

'Wil je geld? Ik kan je helpen ...'

'Dank je. Geld heb ik over een tijdje meer dan genoeg. Naar de schuur.' Moeizaam staat Elise op, maar het lukt. Haar andere pump is ook uitgegaan en ligt in de modder. Ik pak hem op.

In de schuur is het stiller. Elise strompelt voor mij uit. 'Ga daar zitten.' Ik wijs naar een bakstenenmuur.

Ze laat zich met een zucht tegen de muur zakken. 'Wat doen we hier?' Het klinkt vermoeid.

Ik antwoord niet en haal de trekker twee keer over. Langzaam zakt ze opzij op de betonnen vloer. Ik gooi de pump naast haar op de grond. De andere moet ik nog uit de auto halen, samen met de spuitbus en de boor.

Een half uur later stap ik in de auto, ik kijk door de voorruit naar de schuur en dan in de binnenspiegel. Een gevoel van trots schiet door mijn lichaam wanneer hij vanaf de achterbank naar mij lijkt te knipogen.

26

18 november 2017, Kopenhagen, Denemarken
De telefoon blijft gaan. Voorzichtig tilt Monika haar hoofd op en kijkt verwonderd naar de zijkant van haar auto. Ze ruikt de geur van olie, rubber en beton. Haar telefoon ligt naast haar op de vloer. Het rinkelende geluid stopt, gevolgd door een ping die de binnenkomst van een appje aankondigt. Behoedzaam steekt ze haar hand uit naar de telefoon, pakt hem op en propt hem in de kontzak van haar broek.

Ze drukt zich iets omhoog en voelt een misselijkmakende pijn die zich concentreert achter haar linkerslaap. De hoofdpijn die ze altijd heeft nadat ze … Niet weer.

Opnieuw hoort ze een bel, verder weg in huis. Ze krabbelt overeind en trekt zich op aan de deurgreep van de auto waardoor de deur zich opent en ze achterover tegen de muur van de garage klapt. Op handen en voeten doet ze een nieuwe poging om op te staan. Het autowiel naast haar hoofd draait, terwijl de auto niet vooruit lijkt te gaan. Een zurige brei wurmt zich door haar slokdarm omhoog. Ze slikt het weg, een zeurend gevoel achterlatend.

Nogmaals klinkt het rinkelen van een bel. Ze herkent het geluid dat haar hoofd binnendringt; schel en pijnlijk. Het is de deurbel. Zichzelf ondersteunend tussen de auto en de muur schuifelt ze naar de deur die vanuit de garage toegang geeft tot het huis. Ze struikelt over de drempel, ze kan zich net staande houden. Het wordt stil. Even maar. Er wordt op de deur geklopt en ze hoort geschreeuw. Zwalkend loopt ze de gang in naar de voordeur. Met een laatste krachtsinspanning trekt ze de voordeur open en zakt op de mat in elkaar.

'Monika?' klinkt het zacht in haar oor.

Monika opent haar ogen en kijkt in het gezicht van Luna. Achter Luna staat Torsten. Verward kijkt ze hen aan. Ze merkt dat ze op de bank ligt.

'Moeten we een ambulance voor je bellen?' Luna pakt de hand van Monika.

Monika schudt haar hoofd en gaat rechterop zitten. De kamer draait, langzaam wordt het beeld scherper.

'We proberen je al sinds gisteren te bereiken over de afspraak van vandaag, maar je nam niet op,' zegt Luna. 'Ben je weg geweest?'

'Afspraak? Eh ... nee, ik ben niet weggeweest, volgens mij.'

'Weet je zeker dat we de ambulance niet moeten bellen?'

'Nee, echt niet. Ik heb dit wel vaker gehad.'

'Ik heb je zus gebeld, ze was al onderweg,' zegt Torsten.

'Welke dag is het?'

Luna laat de datum zien op haar telefoon. 'Zaterdag. De achttiende.'

'Het is toch donderdag?'

'Het is echt zaterdag. Je bent toch niet al die tijd bewusteloos geweest?' vraagt Torsten.

'Ik weet het niet. Ik heb een programma op televisie gekeken over een moord die gepleegd is op een zelfgemaakte onderzeeër.'

'Die zaak was in "Zooma In". Dat was donderdag,' zegt Torsten.

Luna geeft een glas water aan Monika. 'Je krijgt alweer wat kleur op je gezicht. En je ogen glanzen weer.'

Er wordt aangebeld.

Torsten praat met iemand. Isabel komt de woonkamer binnen, ze gaat naast Monika op de rand van de bank zitten, ze omhelzen elkaar.

'Wat is er met je gebeurd?'

'Weet ik niet.' Monika laat zich onderuit zakken. 'Ik was, zover ik mij kan herinneren, in de woonkamer en werd naast de auto wakker.'

Luna komt de woonkamer inlopen. 'Ik heb even in de garage gekeken. Ben je met de auto weggeweest? Hij is nog warm.'

'Ik kan het mij niet herinneren.'

De telefoon van Luna gaat, ze neemt op en loopt de keuken in. Even later staat ze weer in de woonkamer. 'Torsten? Een melding. Sorry, we moeten weg. Sterkte Monika. We maken een nieuwe afspraak.'

'Bedankt voor het bellen,' zegt Isabel.

De voordeur slaat dicht.

Isabel kijkt Monika aan. 'Wat is er met je aan de hand?'

'Geen idee.'

'Wat is het laatste dat je je kunt herinneren?'

'Ik heb naar Zooma In gekeken. Volgens Torsten was dat donderdag.' Monika's gezicht versombert. 'Ik heb de video van Jens nog een keer bekeken.'

'Waarom?'

'Ik wilde kijken of ik iets herkende op de achtergrond, het is te donker om iets te zien.' Monika veegt een traan weg. 'Het ging al een jaar niet zo goed tussen ons.'

'Hoelang hebben jullie een relatie gehad?'

'Bijna vijf jaar.' Monika zucht diep. 'Het is een vlucht geweest. Ik had destijds al gevoelens voor een vrouw, maar ik was bang voor de gevolgen.'

'Voor de reacties bedoel je?'

'Mijn ouders, het werk.' Monika glimlacht. 'Mijn ouders hebben altijd al een vermoeden gehad. Ze waren zelfs verbaasd toen ik met Jens aan kwam zetten.'

'En op je werk?'

'Daar heb ik het nooit verteld. Ze wisten zelfs niet dat het uit was met Jens. Ik heb iedereen voor de gek gehouden: Jens, mijn ouders en mijn collega's.'

'Vooral jezelf.'

'Vooral mezelf, inderdaad.' Monika laat haar hoofd tegen die van Isabel zakken.

'Heb je de aanval zoals van vandaag en die van een paar weken geleden vaker gehad?'

'De laatste heb ik gehad toen ik veertien was. Het lijkt soms alsof het door de medicijnen komt. Als ik een dag oversla voel ik me veel beter.'

'Je hebt andere medicijnen gekregen?'

'Ik gebruik al jaren dezelfde.'

'Heb je de aanvallen besproken met je arts?'

'Psycholoog.'

'En?'

'Ik ben bang dat ik weer opgenomen zal worden, net zoals in 2001,' zegt Monika. 'Dat weet je natuurlijk niet. Je was toen al weg.'

'Dat was een heel andere tijd. Waar haal je die medicijnen? Ik kan voor je informeren of deze aanvallen normaal zijn? Ze hoeven jouw naam niet te weten.'

'Ze worden gebracht door een bezorgdienst van de apotheek.'

'Gebracht? Dat doen ze alleen bij verzorgingstehuizen, volgens mij.'

'De apotheek belde mij een paar maanden terug dat ze die mogelijkheid boden. Ik vind het wel makkelijk.'

'Ik bel even een collega van mij over die aanvallen. Zij is psychiater.'

Isabel legt de telefoon neer. 'De aanvallen zijn geen bijwerking van je medicijnen. Mijn collega adviseert je het te bespreken met je behandelaar.'

'Dat zal ik doen.'

'Ze hebben overigens bij de apotheek volgens de informatie op de website geen bezorgdienst. Alleen, zoals ik al dacht, voor verzorgingstehuizen. Je hebt ze zeker toch zelf gehaald.'

'Dat is echt onzin. Ik ben al maanden niet bij de apotheek geweest, volgens mij.'

'Dat is vreemd.'

Monika gaat wat rechterop zitten. 'Volgens Luna was de auto nog warm. Ik hoop niet dat ik in deze toestand heb gereden.'

'Heb je geen kilometerstand waar we vanuit kunnen gaan? Dan kunnen we controleren of de auto is gebruikt.'

'De uitlaat is nog niet zo lang geleden gerepareerd. Dat was op de dag dat we Maja vonden. De factuur ligt volgens mij in de auto.'

In de garage treft Isabel de Volvo aan. Ze opent de bestuurdersdeur, checkt de kilometerstand en gaat op zoek naar de factuur. De deurbakjes zitten vol Marsverpakkingen en Post-its. Ze steekt haar hand onder de stoel en voelt de greep van een wapen. Glimlachend trekt ze een Glock uit de houder. Isabel stopt het wapen terug. De factuur vindt ze tussen de middenconsole en de passagiersstoel, ze loopt terug naar de woonkamer.

'Ik heb je kilometerstand gecontroleerd. De teller staat op 276.989 kilometer, op de factuur staat 275.264 kilometer.'

'Dat is meer dan 1.700 kilometer verschil. Hoe kan dat nou?'

'Je hebt echt niet gereden?'

'Ik word altijd opgehaald door Torsten of Luna. Verder gebruik ik de auto niet veel.'

'Ben je niet naar vrienden geweest? Of op vakantie?'

'Ik heb geen vri... Soms ga ik naar mijn ouders in Skodsborg, dat is niet zo ver.'

'Ik rook een rare geur in je auto, schoonmaakmiddel vermengd met poep en plas. Heb je pas iets naar de vuilstort gebracht?'

'Nee.' Monika wuift naar de rommelige woonkamer. 'Je ziet dat ik niet zo opruimerig ben. Ik kom eigenlijk alleen thuis om te slapen.'

'Je moet zo even ruiken,' zegt Isabel. 'Het verschil in kilometers zint mij niet. Vooral omdat je niet weet wat je de afgelopen twee dagen hebt gedaan.'

'Geloof je mij niet? Ik gebruik de auto écht bijna niet.'

'Ik geloof je. Het verschil kan ik alleen niet verklaren.'

'Is het belangrijk?'

'Als jij niet in de auto hebt gereden, wie dan wel? En vooral, waarom?'

De telefoon van Monika gaat. ‘Het is Gerhardt. Die moet ik even nemen.’

27

18 november 2017, Kopenhagen, Denemarken

'Je kunt aan de achterzijde van het gebouw parkeren. Hier rechts.' Monika wijst op een doorgang onder het gebouw. Isabel rijdt een klein parkeerterrein op. 'Zet hem hier maar neer. Binnen het hek mag je niet staan.'

'Weet je zeker dat ik mee mag?'

'Gerhardt vindt het goed dat je erbij bent.'

'We zeggen nog niks over die foto van Anna Bolton. Dat wil ik eerst uitzoeken.'

'Je wilt naar België?'

'Dat was ik al enige tijd van plan. Ik heb het museum gebeld en mag de dossiers inzien op voorwaarde dat ik een kort verslag maak over de inhoud.'

Ze stappen uit. Met haar keycard opent Monika de toegangsdeur van het gebouw.

Gerhardt staat op vanachter zijn bureau. 'Goedemorgen.' Hij kijkt verbaasd naar Isabel. 'Mijn hemel, je bent echt een kopie van Monika.'

'Dit is Isabel. Ze heeft het persbericht gelezen en is mij vorige maand komen opzoeken.'

Gerhardt geeft Isabel een hand. Hij wijst op twee stoelen die voor zijn bureau staan.

'Gaat het weer? Luna vertelde me dat je bewusteloos in de gang van je huis lag?'

‘Beetje duizelig nog. Je wilde mij spreken over het onderzoek naar Maja?’

Gerhardt knikt. ‘Ik heb nog eens nagedacht over je familieband met het slachtoffer. Het DNA komt overeen, maar je kent haar echt niet, je hebt nooit van haar gehoord.’

‘Dat heb ik je al gezegd, direct na de moord op Maja. Ik heb haar nooit gezien.’ Monika kijkt Isabel aan. ‘Jij kent ook geen andere zus die op ons lijkt?’

‘Ik ken alleen jou.’

Gerhardt pakt een map van zijn bureau en slaat het open. ‘Via Berndt hebben we van de Russische politie meer informatie gekregen over Maja. Ze komt oorspronkelijk uit Denemarken en is geadopteerd door Roman Fedorova, een medewerker op onze ambassade.’

‘Fedorova is geen Deense naam,’ merkt Monika op.

‘De medewerker is van origine een Rus en heeft de Deense nationaliteit aangenomen.’

Er valt een stilte. Monika kijkt naar de witte schoorsteen aan de overkant van de straat. Daar concentreert ze zich vaker op tijdens de gesprekken met Gerhardt. De schoorsteen begint te trillen, langzaam lijkt hij om te vallen. Ze knippert met haar ogen, hij staat weer rechtop.

‘Is er iets?’ Gerhardt kijkt ook naar de witte schoorsteen en dan weer naar Monika.

‘Maja is dus Deens en net zoals wij geadopteerd?’

‘Ik ben eerst naar een pleeggezin gegaan,’ zegt Isabel. ‘Daarna ben ik pas door hen geadopteerd.’

‘Dat is bij mij ook zo gegaan. Dat heeft volgens mij wel even geduurd.’

Gerhardt kijkt op het scherm van zijn computer. 'Luna heeft de adoptieprocedure onderzocht, helaas is het adoptiebureau lang geleden gesloten. Er is bij andere instanties in Denemarken niets bekend over Maja. Het lijkt erop dat ze naar Rusland is gegaan zonder dat daar in Denemarken bewijzen zijn terug te vinden. Overigens staat Maja al sinds eind 1986 ingeschreven in Moskou.'

'Dat klopt met onze leeftijd. Ons adoptiebureau is overigens ook opgeheven.' Isabel legt haar telefoon op een tafeltje naast zich.

'Toeval of niet, we komen daar niet verder mee.' Gerhardt kijkt Monika aan. 'Daarom wil ik je vragen weer toe te treden tot het onderzoeksteam. Niet als teamleider, maar met wat meer afstand, in een adviserende rol.'

'Wat vinden Torsten en Luna daarvan?'

'Die zijn ervan overtuigd dat de oplossing bij jullie vader ligt,' zegt Gerhardt.

'Mag Isabel mij bijstaan?'

'Niet officieel.' Gerhardt kijkt Isabel aan. 'Ik kan mij voorstellen dat jullie samen een goed team vormen.'

Monika gaat verzitten. 'Heb je die kennis van je nog gevraagd naar mijn vader?'

'Martin zit momenteel voor zijn werk in Groenland,' zegt Gerhardt. 'Hij kan de gegevens niet inzien omdat deze in een oud computersysteem staan. We moeten geduld hebben en wachten tot hij terug is.'

'Je kunt niemand anders vragen?'

'Ik kan een verzoek doen via het ministerie, dat duurt meestal lang.' Hij rommelt in een stapel papieren die op zijn bureau ligt en trekt er een mail uit. 'Iets anders, voor ik het vergeet. Je verzoek om een keer mee te lopen met het arrestatieteam is gehonoreerd. Morten zoekt nog goede mensen, dus doe je best.'

'Het was meer collegiaal bedoeld, omdat zij met ons hebben meegelopen. Om eerlijk te zijn was ik het verzoek alweer vergeten.'

'Ik zou het doen. Je krijgt meer begrip voor het werk van je collega's,' zegt Isabel.

'Daar kan ik het alleen maar mee eens zijn,' zegt Gerhardt.

'Ik zie wel.'

De telefoon die op het bureau staat gaat over. Gerhardt neemt op en luistert. Na een aantal minuten legt hij neer.

'Dat was Luna. Ze heeft jullie vader nagetrokken. Het spijt me. Hij is in 2008 in de gevangenis overleden.'

Isabel draait zich naar Monika. 'Overleden? Wie stuurt jou dan de brieven en mails?'

'Mail? Dat is nieuw voor mij.' Gerhardt wil opstaan. 'Zal ik jullie even alleen laten? Het is immers jullie vader. Ik kan mij voorstellen ...'

'Dat is niet nodig.' Monika pakt haar telefoon erbij. 'Ik heb naast de brieven, een mail van hem gehad, ik stuur hem naar je door. Er zit een video bij. Het zijn geen leuke beelden.'

Gerhardt opent de bijlage, weer is het geschreeuw van Jens te horen. 'Verschrikkelijk.'

'We weten nu dat de mail niet door onze vader is gestuurd. Kun je iemand van ICT laten uitzoeken waar de mail vandaan is gestuurd? Niet dat ik er veel van verwacht. De mail zal waarschijnlijk vanuit een openbare gelegenheid zijn gestuurd.'

'Ongetwijfeld' Gerhardt maakt een aantekening op een Post-it. 'Ik laat ernaar kijken.'

'Wat is er? Je lijkt ergens over te twijfelen?' vraagt Monika.

'Het gaat om iets anders, het heeft niets met deze zaak te maken en ik heb het net pas gehoord. Ik vertel het je later wel.'

'Je maakt me nieuwsgierig.'

'Ik kom er op terug.'

Isabel stopt haar telefoon in haar broekzak. 'Zullen we gaan?'

Monika staat op.

'Hou Luna en Torsten op de hoogte. En mij natuurlijk,' zegt Gerhardt.

Isabel stapt in de auto.

Monika kijkt op haar telefoon en stapt vervolgens ook in. 'Mijn moeder stuurt een app, ze vraagt of je met Kerst bij ons komt eten.'

'Hoe weet je moeder dat we ...'

'Ik heb het haar verteld. Of ben je liever bij je eigen ouders?'

'Die zijn dan op wintersport. Ik kom graag. Zeker omdat ik na de jaarwisseling naar Afghanistan moet.'

'Wat? Waarvoor?'

'Werk.'

'Hoelang blijf je in Afghanistan? Je wilde nog naar het museum in België.'

'Tot half juli, dacht ik. Direct daarna ga ik naar het Mundaneum.' Isabel start de auto. 'Gerhardt heeft één belangrijke vraag niet gesteld.'

Monika kijkt op van haar telefoon. 'Welke?'

'Wie de echte dader is.'

'Omdat onze vader overleden blijkt te zijn, bedoel je?'

'Ik voelde alleen maar berusting bij het bericht van zijn overlijden.'

'Het is goed zo,' zegt Monika.

'Alleen wie heeft Maja vermoord en stuurt jou die brieven?'

'Er zijn waarschijnlijk nog meer zussen gezien de nummering. Misschien is het een van hen?'

'Kan.' Isabel denkt aan de mail van het pleegouderbureau. 'In de mail van het pleegouderbureau waarover ik je vertelde, waarin ik je nieuwe familienaam vond? Daar stond nog een naam in van een kind dat uit huis werd geplaatst, Siobhán.'

'Die zou bij ons hebben gewoond?'

'Gitte dacht dat het niets met ons te maken had, maar wat als het wel zo is?'

'Zover ik mij kan herinneren zijn we altijd de enige kinderen geweest op Fanø. Er is in onze systemen niets over anderen kinderen te vinden. Het is hetzelfde verhaal als bij Maja. Ik vrees dat we moeten wachten op de volgende moord.'

Isabel rijdt achteruit de parkeerplek uit. 'Ik hou niet van afwachten.'

De telefoon van Monika trilt. 'Mijn moeder vindt het leuk dat je met Kerst komt eten.'

28

14 december 2017, Tingbjerg, Kopenhagen

Vanuit een onopvallende politiebus kijkt Monika naar appartementenblokken die aan haar voorbij flitsen. De appartementen worden armoediger met elke straat die ze achter zich laten.

De bestelbus draait een zijstraat in, de koplampen verlichten heel even het straatleven. Hoertjes, drugshandelaren en hun klanten rennen alle kanten op om te ontsnappen uit het licht. De twijfel of het meelopen met het arrestatieteam een goed idee was, neemt toe met iedere minuut die ze dichterbij de locatie komen. Ze heeft zich laten meeslepen door het enthousiasme van Morten.

'Is dit de eerste keer dat je meeloopt met een inval?'

'Ja.' Het klinkt nerveus. Monika denkt aan de tijd op Fanø. Het schieten in de kelder hoorde erbij, dat andere ook. De mitrailleur in haar handen voelt zwaar.

'Komt goed. Het is een eenvoudige opdracht, de verdachte is niet vuurwapengevaarlijk.'

Monika lacht opgelucht.

De bestelbus stopt aan het begin van een smalle straat. Links en rechts staan jaren 50 appartementengebouwen.

'Dat is ons doel van vanavond.' Morten wijst op een laag bakstenen gebouw. Het bouwwerk valt tussen de andere bebouwing nauwelijks op.

'Zit hij hier? Eh ... Nicolae Potec?'

'In het souterrain.'

De chauffeur zet de motor uit, meteen is het ijzig stil in de bus.

Monika kijkt naar het gebouw dat er verlaten uitziet. Alleen aan de voorkant brandt licht achter een paar ramen. De man die ze gaan arresteren, is volgens Gerhardt een grote vis in de almaar groeiende vrouwenhandel in Kopenhagen.

'Nog twee minuten,' zegt de chauffeur.

Monika pakt de Heckler & Koch mitrailleur iets steviger beet.

Morten glimlacht. 'Je zult zien, voordat je het weet zit die klootzak op het bureau en wij aan de koffie.'

'Team Two to team One, actie, één minuut, roger, out,' klinkt het zachtjes in de bus.

'Team One, to team Two, begrepen, actie 30 seconden, 20, 10. Go!' zegt Morten in zijn headset.

De deuren van de bestelbus vliegen open en de agenten rennen richting het gebouw. De voordeur is geen partij voor de ram en vliegt met een dreun open.

Morten gebaart het team achter hem te blijven. Ze lopen een hal in, die meer wegheeft van een vuilnisbelt. Langs een muur liggen vuilniszakken opgestapeld, een matras met de nodige vlekken ligt tegen een kinderwagen zonder wielen. Ze lopen door en staan bovenaan een houten trap. Morten gebaart naar beneden, het team zet zich weer in beweging.

Het is rumoeriger in het gebouw dan Monika had gedacht. Een deur wordt dichtgegooid, een baby huilt aan een stuk door en iemand doet een poging om te drummen.

Morten stapt op de eerste trede, de trap kraakt onder zijn gewicht.

Monika negeert het krakende geluid, ze is in Kopenhagen, niet op Fanø, prent ze zichzelf in. Ze kijkt om, het stelt haar gerust dat haar collega's achter haar lopen. Ze voelt hoe de spanning in haar lichaam toeneemt en verplaatst haar vinger naar de trekker.

'Hedegaard?' fluistert een collega, die achter haar loopt.

Monika strekt haar vinger weer langs het wapen.

'Doorlopen.'

Morten staat al een aantal treden beneden haar.

Snel overbrugt ze de afstand en richt haar wapen op een deur. Morten gebaart er naar. Monika knikt. Ze horen een stem, gedempt, maar goed hoorbaar. De stem lijkt op die van haar vader, brommerig en zwaar. Weer kraakt de trap achter haar, haar vinger verplaatst zich naar de trekker, haar ademhaling versnelt, haar benen worden stram.

De deur zwaait plotseling open. In de kamer hangt een enorm tv-scherm aan een muur waarop het Netflixlogo te zien is. Er verschijnt een man in de deuropening. Monika schrikt hevig. Hij lijkt op haar vader, dat kan niet, dat weet ze zeker. Weer hoort ze de trap kraken, het moet haar vader wel zijn. In een flits ziet ze een op een wapen gelijkende vorm in de hand van de man.

De man heft het wapen.

'Wapen! Wapen!' schreeuwt Morten.

Monika richt haar wapen en haalt de trekker over. De H&K schudt in haar hand, een keer, twee keer, drie keer.

'Jezus!' roept er iemand achter haar.

Monika stapt achter Morten de kamer in en kijkt naar de man die achterover op de grond ligt. Op zijn lichtblauwe trui zijn drie rode vlekken zichtbaar. Het gezicht van de man is niet dat van haar vader. In zijn rechterhand heeft hij een pistool. Nicolae Potec zal nooit meer vrouwen lastigvallen.

Een uur later zit Monika op het bureau aan de koffie, zoals voorspeld door Morten. Naast haar zit haar advocaat, of beter gezegd die van haar adoptievader. Het is de beste advocaat van Denemarken, zoals iedereen die Frederik Hedegaard inhuurt de beste is in zijn of haar vak.

'Je had een flashback?' De stem van haar advocaat klinkt zacht, vriendelijk en begaan.

Monika knikt. 'Ik dacht dat hij mijn vader was.' Ze zucht. 'Die van Fanø.'

'Dat begrijp ik. Wat was de trigger?'

'De traptreden die kraakten. Net zoals in het huis.' Het koffiebekertje trilt in haar hand.

De advocaat buigt zich naar haar toe. 'Zeg niks, laat mij het woord doen, je hebt goed gehandeld.'

Dan gaat de deur open en komt Gerhardt de kamer binnen.

'Monika.' Gerhardt gaat tegenover haar zitten.

'Alfred Jørgensen,' stelt de advocaat zich voor.

'Gerhardt.' Hij wijst naar Alfred. 'Vanwaar een advocaat?'

'Ik dacht ...'

Alfred stoot Monika aan. 'Ze belde mij om advies en ik heb in overleg met haar vader, de heer Hedegaard, besloten bij alle gesprekken aanwezig te zijn die u met mijn cliënte heeft.'

Gerhardt knikt. 'Dat is prima. Goed. Ik zal het kort houden. Er volgt vanzelfsprekend een onderzoek naar het incident. Het slachtoffer ...'

'Ik maak bezwaar tegen het woord "slachtoffer". De man had een wapen en richtte dat op uw collega's,' zegt Alfred.

Gerhardt zucht. 'Ik zal het dan nog korter maken. Monika, je bent geschorst gedurende het onderzoek naar het incident.'

'Dat begrijp ik.'

'En ik wil je even onder vier ogen spreken. Zonder hem.' Gerhardt wijst nogmaals op Alfred.

'Dat gaat niet gebeuren.' Alfred schudt zijn hoofd.

'Het is goed,' zegt Monika. 'Ik ga niks zeggen ... Daar gaat het niet over, denk ik?'

Gerhardt schudt zijn hoofd.

Alfred kijkt eerst naar Gerhardt en dan naar Monika. 'Ik weet wanneer ik te veel ben.' Hij staat op en loopt de kamer uit. De deur valt achter hem in het slot.

'Dat was niet zo mooi,' zegt Gerhardt. 'Je hebt geluk dat die klootzak een wapen in zijn handen had en volgens Morten op jullie richtte. Dit zal met een sisser voor je aflopen.'

'We zouden het er niet over hebben zonder Alfred.'

'Ik maak mij zorgen om je. Je bent een beetje mijn ...' Gerhardt blaast uit. 'Ik heb ontslag genomen.'

'Wat? Waarom?'

'De C.I.U. heeft mij gevraagd om leiding te geven aan een nieuw coldcaseteam.'

'Was dat hetgeen je wilde vertellen toen ik met Isabel bij je was?'

'Ik had vlak voor ons gesprek gehoord dat ik ben aangenomen.

'De C.I.U.? Daar heb ik eigenlijk nog nooit van gehoord.'

'Het is een nieuwe afdeling van Europol en staat voor Cold Case Investigation Unit. Waar zoveel over te doen is geweest voordat het überhaupt van de grond kwam. Ik ga er eind dit jaar aan de slag.'

'Mooie kans.'

Gerhardt knipoogt naar Monika. 'Ik mag mijn eigen team samenstellen.'

'Je wilt mij? Ook na wat er net is gebeurd?'

'Juist. Het team heeft doortastende rechercheurs nodig. Je kunt beginnen zodra ik de afdeling heb opgezet. Het arrestatieteam is in ieder geval niks voor jou.'

'Dat is wel gebleken.' Monika zwijgt over de ware toedracht van het incident. 'Waar is de C.I.U. eigenlijk gevestigd?'

'Voorlopig in een pand naast dat van Europol in Den Haag. Ik heb op mijn kantoor meer informatie voor je liggen.'

'Verhuis je naar Nederland?'

'Ik heb een huis op het oog in Schipluiden, dat ligt niet ver van Den Haag. We hebben een bod gedaan.'

'Je vrouw is ook enthousiast?'

'Als zij er niet achter had gestaan, deed ik het niet.'

'Bedankt voor het aanbod. Ik ga er zeker over nadenken.'

'Fijn.'

'Wanneer wil je het weten?'

‘Volgende maand beginnen de gesprekken met de andere teamleden.’

‘Je hoort het na het weekend van me.’

29

24 december 2017, Skodsborg, Denemarken
Monika kijkt vanuit de keuken naar de oprijlaan. Een van de lijfwachten van haar vader loopt naar het toegangshek en verdwijnt in de portiersloge.

'Het is in ieder geval weer droog.'

'Dit is beter dan de regen van vanmiddag, maar sneeuw had meer sfeer gegeven.' Eloise opent de oven. 'Dat ziet er prima uit. Nog even.'

'Isabel heeft het wel naar haar zin, volgens mij.'

'Het is een lieve meid. Jammer dat haar ouders niet konden komen.'

'Ze zijn op wintersport in Oostenrijk.'

'Isabel is wel een beetje vaag over haar werk. Weet jij wat ze precies doet?'

'Ze heeft bij de Zweedse Special Forces gezeten, onder andere in Afghanistan. Na de jaarwisseling moet ze daar weer voor een half jaar naartoe.'

'Ze zit niet meer in het leger, dacht ik.'

'Ik vermoed dat ze bij de militaire inlichtingendienst werkt, maar dat ze daar niet veel over mag zeggen.'

Eloise haalt een schaal met aardappelen uit de oven. 'Ze is volgens mij geen persoon waar je ruzie mee wilt krijgen.'

Monika denkt aan de avond met Kurt. 'Dat weet ik wel zeker.'

'De rode kool is klaar?' Eloise wijst op de pan waar Monika in staat te roeren.

'Ja.'

'De eend en de aardappeltjes ook. We kunnen aan tafel. Wil jij de mannen roepen? Je vader is met zijn broers de plannen voor de nieuwbouw aan het bekijken.'

'Ga ik doen.'

Monika kijkt haar vader Frederik aan, hij is gaan staan voor de traditionele toost op de Kerst. De rest van de familie heft het glas.

'Skål, God Jul! Proost, fijne feestdagen! Isabel welkom bij de familie. Het is fantastisch om je samen te zien met Monika na al die jaren. Laten we dat vandaag vieren. Eet smakelijk allemaal.'

Nadat de gerechten met smaak zijn opgegeten wordt er plaatsgemaakt voor het nagerecht.

'Ik help je wel even,' zegt Monika tegen Eloise. Samen brengen ze de schaaltjes rijstepap met kersensaus naar binnen.

'Je kent de traditie die hoort bij Riz à l'amande?' vraagt Monika aan Isabel.

'Natuurlijk. Wie de hele amandel in zijn dessert vindt krijgt een cadeautje.'

'Meestal is het mijn oom.' Monika neemt een hap van het dessert.

'Dit jaar ben ik het.' Eloise laat de amandel zien die op haar lepel ligt.

Frederik heft zijn glas. 'Daar proosten we op.'

Isabel voelt hoe de warmte van de familie van Monika op haar neerdaalt. 'Skål!'

'Je mag een cadeau onder de boom vandaan pakken schat,' zegt Frederik.

Eloise staat op en vist een cadeau met haar naam erop van de stapel. 'Ik ken dit handschrift niet.' Eloise kijkt haar man aan. 'Is het een cadeau van jou?'

'Dat ligt nog onder de boom. Het is zeker van een van jou?' vraagt Frederik.

Monika schudt haar hoofd en buigt zich nieuwsgierig naar moeder.

'Ook niet van jou?' Verbaasd scheurt Eloise het inpakpapier van het cadeau, een witte enveloppe wordt zichtbaar. Wanneer ze deze opent en schuin houdt, glijdt er een stuk papier en een foto uit. Ze pakt de foto en schrikt hevig.

Monika staat op. 'Mam? Wat is er?'

'Jens,' stamelt Eloise.

Monika pakt de foto. 'Ik wist het.'

Frederik komt de woonkamer inlopen. 'Jullie kunnen de camerabeelden zo bekijken bij Lars. Hoe gaat het met haar?'

'Monika komt zo naar beneden,' zegt Eloise. 'Ik heb de rest van de familie naar huis gestuurd.'

'Hoe heeft de dader hier binnen kunnen komen?' vraagt Isabel aan Frederik. 'U heeft een goede beveiliging.'

'Wellicht dat er op de beelden iets te zien valt.'

'De foto is vreselijk. Jens is haast niet meer herkenbaar,' zegt Eloise. 'Denk je dat hij nog leeft?'

Monika komt de woonkamer binnen en pakt de foto met Jens van tafel. 'Ik denk het niet, mam. Het heeft te lang geduurd.' Ze kijkt Isabel aan. 'Wat denk jij?'

'Ik vrees dat je gelijk hebt. We zijn niet meer op zoek naar een levende Jens, maar naar zijn lichaam. Sorry.'

'Hij is slachtoffer geworden van mijn zelfzuchtigheid. Ik heb mijn gevoel ...'

'Het is niet jouw schuld. Je hebt het niet voor niets uitgemaakt. Ik heb Jens niet gekend, maar hij was het er vast mee eens dat je voor jullie beiden de beste keuze hebt gemaakt.'

'Dat is ook zo. Ik heb het al eerder gezegd. Jens is een schat van een man die dit lot niet verdiend heeft.'

Isabel slaat haar arm om Monika. 'We lopen alle aanwijzingen nog een keer door. Er moet iets te vinden zijn waarmee we hem kunnen vinden.'

'De brief bevat geen aanknopingspunten, het is alleen een zieke kerstgroet,' zegt Frederik. 'Lars is de camerabeelden aan het bekijken.' Ze lopen achter Frederik aan naar een ruimte waar de beveiliging is gehuisvest.

'Iets gevonden?' vraagt Frederik.

'Ik heb alle beelden van na gisterenavond tien uur bekeken,' zegt Lars. 'Toen zijn de cadeaus door Li onder de boom gelegd. Er is niets te zien.'

'Hoe kan dat?' vraagt Isabel. 'Is er misschien een storing geweest?'

'De camera's werken allemaal.'

'Zijn er dode hoeken?'

Lars schudt zijn hoofd.

'Vreemd,' zegt Frederik. 'Ik vind het geen fijn idee dat mensen die in de tuin lopen niet worden opgemerkt.'

Isabel staart naar het scherm. 'Of de dader was al binnen.'

Monika reageert fel. ‘Suggereer je dat er iemand van mijn familie of ons personeel ermee te maken heeft?’

‘Zo’n raar idee is dat niet.’

‘Monika,’ sust Frederik. ‘Isabel heeft een punt, hoewel ik niet geloof dat een van mijn medewerkers er iets mee te maken heeft, kunnen we wel een extra veiligheidscheck doen. Wil je dat in gang zetten Lars?’

Ze lopen terug naar de woonkamer en gaan op de bank zitten.

‘Ik ken de mensen die hier werken goed. De meeste werken hier al sinds ik hier in 1998 kwam wonen,’ zegt Monika. ‘

De Mercedes S-klasse stopt langs de stoep. Isabel stapt uit. Ze hoort achter zich een raam van de auto omlaag zoeven.

‘Isabel?’

Ze draait zich om en kijkt Monika aan die op de passagiersstoel zit.

‘Nogmaals mijn excuses. Je had gelijk over het personeel. Wel sneu voor Li, ze dacht dat ze de enveloppen voor mij onder boom had gelegd.’ Monika stapt uit de auto. ‘Mijn familie is heel belangrijk voor me. Ik zal alles doen om hen te beschermen. Jij hoort daar nu ook bij. Ik had niet zo fel mogen reageren.’

‘Het is oké. Ik heb dat precies zo bij Gitte en Elin.’

‘We hebben geboft dat we zo goed zijn terechtgekomen.’ Ze omhelzen elkaar. ‘Kijk je uit in Afghanistan?’

‘Dat kun je beter tegen de Taliban zeggen. Jij succes bij de Cold Case Investigation Unit.’

‘Eén mei moet ik mij melden. Daarvoor ben ik nog een tijd vrij, het stuwmeer is nog niet leeg.’

'Geniet ervan.' Ze omhelzen elkaar nog een keer. 'Ik zie je in Delft.'

30

23 maart 2018, Lommel, België

Armand parkeert zijn Lexus in het gras naast het zandpad en stapt uit. Hoofdschuddend kijkt hij naar het groen uitgeslagen reclamebord waar zijn bouwplan "Lommelrijk" wordt aangekondigd. Het kleurrijke plaatje van een appartementengebouw is verschoten door de zon. Het heeft veel te lang geduurd, denkt hij.

In het weiland achter het reclamebord staat een oude varkensschuur. Na jarenlang gesteggel met de gemeente is de schuur en het weiland eindelijk in zijn handen overgegaan.

Zijn plannen met dit deel van Lommel kunnen groots worden genoemd. Een hele nieuwe woonwijk voor de forens uit Hasselt, Turnhout en Eindhoven wordt hieruit de grond gestampt. Appartementen, villa's en wat van die vreselijke, maar verplichte sociale huisvesting waar hij niks aan verdient. Een kudde koeien loopt langs de schuur naar het weiland dat erachter ligt.

Het hek, dat toegang geeft tot de kavel, laat zich moeilijk openen. Met wat getrek en geduw lukt het Armand toch. Het pad naar de schuur is modderig, gelukkig heeft hij laarzen aangetrokken. Wanneer hij dichterbij de schuur komt, ziet hij dat een deel aan de achterzijde is ingestort. Jaren van leegstand zonder enig onderhoud eisen op den duur zijn tol. Het is geen probleem, de schuur gaat immers plat. Van dichtbij lijkt het bouwwerk langer en breder dan toen hij er vanaf de weg naar keek. De geur van varkensmest is nog steeds te ruiken. Zijn rechter laars maakt een zacht pruttelend geluid. Hij kijkt ernaar, sluit even geërgerd zijn ogen als hij ziet waar hij in is gaan staan. Het waren niet de varkens die hij rook.

'Klote koeien.'

Armand haalt de sleutel uit zijn zak, steekt hem in het slot en merkt dat de deur al open is. Verbaasd duwt hij de deur verder open en stapt de schuur in.

In het weinige licht dat door de kleine stalramen naar binnen valt, ziet hij een grote ruimte met een betonnen vloer en een rasterwerk waar ooit de mest van de varkens in verdween. Alle tussenwanden, de hokken en het plafond zijn verwijderd. Het ingestorte deel van de schuur bevindt zich aan de rechterkant. Hij kijkt omhoog naar het dak, een musje vliegt door een gat naar buiten. Hij negeert een krakend geluid en loopt verder de schuur in. Wanneer hij de stal nogmaals in zich opneemt ziet hij op een bakstenen muur nummers staan, die er met blauwe verf opgespoten zijn. Op de vloer ervoor ligt een zwarte winterjas, broek en een pump met een vrije hoge hak. Hij zet een paar stappen dichterbij en blijft halverwege de schuur aan de grond genageld staan. Op de vloer ligt niet zomaar een stapel kleding. Het is een lichaam. Aan de kleding te zien is het een vrouw, ze verkeert in verre staat van ontbinding. Ze ligt op haar linkerzij tegen de muur. Op haar hoofd heeft ze een gebreide muts met een vrolijk gekleurde pompon, naast haar ligt een zwarte handschoen.

Hij doet een stap naar voren. Het gezicht en de vingers van de rechterhand lijken aangevreten. De mond van de vrouw staat open alsof ze iets tegen hem wil zeggen. Hij staart er naar, de lippen lijken te bewegen.

'Hé, Armand!'

Armand schrikt als er iemand op zijn schouder tikt. Hij draait zich om. Voor hem staat de eigenaar van het sloopbedrijf waarmee hij een afspraak heeft.

'Jezus. Ben jij het. Weg hier, er ligt een lijk.' Armand wijst op de vrouw. 'We moeten de politie bellen.'

31

23 maart 2018, Lommel, België

Julie parkeert de Volkswagen achter een Lexus die langs het zandpad staat. Ze kijkt haar collega aan. ‘Wat een uithoek, hier wil die man gaan bouwen?’

‘Het is grotendeels al verkocht zo te zien.’ Liam wijst op een reclamebord waarop in grote verschoten letters “90% verkocht!” staat.

‘Dat is hem.’ Julie wijst op een man in een blauw pak die met een agent staat te praten.

‘Armand van Luijk. Die denkt alleen in geld. Hij heeft geen beste dag,’ zegt Liam.

‘We zullen eens horen wat hij te vertellen heeft.’

Ze stappen uit de auto en lopen naar het hek waar Armand net de agent gedag zegt.

‘Mijnheer Van Luijk?’ vraagt Julie.

‘Dat klopt. En u bent?’

‘Julie Mols, case-officier voor dit onderzoek.’ Ze knikt opzij. ‘Dit is mijn collega Liam DeMesmaeker. Wij zijn van de Federale Gerechtelijke Politie Limburg. U heeft het lichaam gevonden?’

‘Dat heb ik net al aan die agent uitgelegd. Ik heb zo een afspraak en ...’

‘Helaas zult u nog even moeten wachten,’ zegt Liam.

'We houden het kort. Is u nog iets opgevallen?' vraagt Julie. 'Aan het lichaam of de schuur?'

'De schuurdeur was van het slot. Het lichaam ligt er al een tijdje volgens mij, het gezicht is aangevreten. Het zag er niet zo lekker uit.'

'We gaan zo even kijken. Verder nog iets?' .

'Er staan nummers op de muur gespoten.'

Ze kijken de Lexus na die in een steeds groter wordende stofwolk het zandpad afrijdt.

'Die spreken wij later nog wel.' Julie knikt naar de schuur. 'Zullen we?'

'Mijn eerste moord,' zegt Liam.

'Eerst een overall aan.' Julie kijkt naar het pad dat naar de schuur loopt. 'En een paar laarzen.'

In de schuur staan mannen in witte pakken. Een van hen herkent Julie en komt op haar afgelopen. 'Leuk je weer eens te zien, Julie. Je hebt deze zaak gekregen?'

'Mertens belde een uur geleden. We zijn direct in de auto gesprongen. Dit is overigens Liam, mijn nieuwe collega. Liam, dit is Leon de Smet, de wetsdokter uit Leuven. Wat je heb je voor me?'

Leon draait zich om naar het lichaam dat nu op haar rug op de betonnen vloer ligt. 'Mijn collega heeft in haar jas een ID en rijbewijs gevonden. Elise Maes, 31 jaar, woonachtig in Brasschaat. In de jas zat ook haar portemonnee met vrij veel contant geld, creditcard en de sleutel van een Mini.'

'Het is geen roofmoord dus. Wat is de doodsoorzaak?'

'Ze is neergeschoten. Twee kogelwonden in de hartstreek en één in haar bovenbeen.'

Julie kijkt naar het lichaam. Het gezicht is niet meer herkenbaar. 'Hoelang ligt ze hier al?'

'Ze is in november vorig jaar door haar man als vermist opgegeven. Het onderzoek naar haar vermissing heeft niets opgeleverd. Tot vandaag. Ik vermoed dat ze direct na haar verdwijning is vermoord. Het is lastig.' Leon wijst naar het ingestorte dak. 'Dat is nog niet zo lang geleden gebeurd. Zoals je ziet is het vrij vochtig in de schuur. Dat heeft het ontbindingsproces de laatste weken versneld. Bij de autopsie kan ik dat beter bekijken.'

'Wanneer kun je die uitvoeren?'

'Morgen.'

'Nog bijzonderheden? Behalve de cijfers.'

'Er is een gaatje in haar schedel geboord.'

'Daar kun je zeker niets over zeggen tot na de autopsie?'

Leon maakt een verontschuldigend gebaar. 'Helaas.'

'Je weet zeker dat ze het is? Ik bedoel, het gezicht is niet herkenbaar.'

'Dat zullen we vanzelfsprekend checken. Haar rechterhand is aangevreten, de linkerhand niet. We hebben al vingerafdrukken genomen en er zal vanzelfsprekend een DNA-test plaatsvinden.'

Julie staart naar de kalender die aan de muur van de recherchekamer hangt. Het is alweer weken geleden dat ze Elise in de varkensschuur vonden. Het team is nog niet veel verder gekomen met het onderzoek. Ze kijkt uit over de gevangenis die naast het politiebureau is gevestigd, het is niet het meest inspirerende uitzicht.

Ze draait zich om naar Liam. 'Mertens heeft voorgesteld om het onderzoek op een laag pitje te zetten, tenzij we voor einde van deze week nieuwe aanknopingspunten kunnen opvoeren.'

'Bepaalt hij dat alleen?'

'Hij is de onderzoeksrechter, dus eindverantwoordelijk. Ik ken hem langer dan vandaag. Stopzetten doet hij altijd in overleg met ons, en pas als er geen enkel aanknopingspunt meer is.'

'Erg jammer dat mijn eerste onderzoek zo verloopt. Ik moet toegeven, we hebben weinig tot geen aanknopingspunten.'

'Wen er maar aan.' Julie gaat achter haar bureau zitten. 'We lopen het dossier nog één keer helemaal door. Neem jij nogmaals contact op met Europol, meldt onze bevindingen en denk nog eens na over wat die cijfers op de muur kunnen betekenen.'

'Waarschijnlijk is het niets,' zegt Liam. 'Jammer dat de oude eigenaar is overleden, die had er misschien iets over kunnen zeggen.'

Julie knikt. 'Dat was fijn geweest.'

'We zitten echt vast.'

'Soms is een kleine aanwijzing voldoende voor een doorbraak. Zelfs dat is ons, en Elise, niet gegund.'

32

1 mei 2018, Delft, Nederland

Het carillon van de kerk speelt een deuntje dat Monika herkent als de bruidsmars. In de korte tijd dat ze hier woont, is ze van de omgevingsgeluiden van haar nieuwe woonplaats gaan houden. Delft is anders dan Kopenhagen, het oude centrum is veel groener, overzichtelijker en toch internationaal. Ze kijkt naar een bruidspaar dat het stadhuis inloopt. Ze probeert zichzelf voor te stellen in een witte jurk, met aan haar zijde haar partner, ook in een witte jurk. Eva bijvoorbeeld. Ze schudt haar hoofd. Het is lang geleden dat ze een blauwtje liep.

Terwijl de beiaardier stug verder speelt, loopt ze het straatje achter de kerk in waar ze woont. De makelaar had haar de woning in de Trompetstraat en één in een saaie buitenwijk aangeboden. De keuze was snel gemaakt.

Ze ruimt de boodschappen in en gaat op de bank zitten met een kop koffie. Haar telefoon, die op een onuitgepakte verhuisdoos ligt, begint te trillen.

'Hej Gerhardt.'

'Hej. Zin in een strandwandeling? Ik wil je eerste onderzoek voor de C.I.U. met je bespreken.'

'Het kan niet op kantoor? Ik moet mijn ID-card en wapen nog ophalen.'

'De aannemer is bezig met de afrondende fase van de verbouwing. Ze willen voor het weekend klaar zijn. Het is hier momenteel niet echt gezellig.'

'Oké. Waar wil je afspreken?'

'Kijkduin. Ik neem Cooper mee, dan kan hij even rennen.' Gerhardt geeft het exacte adres door.

Drie kwartier later parkeert Monika haar auto tussen de oude busjes van kitesurfers en de stationcars van hondeneigenaren. Ze stapt uit en loopt richting het strand.

'Monika!'

Monika ziet Gerhardt bij een strandtent staan. Naast hem zit een bruine Labradoodle, die enthousiast begint te piepen wanneer hij Monika ziet.

Gerhardt maakt de riem van Cooper los. 'Ga je gang.' De hond rent meteen richting de vloedlijn. 'We lopen achter hem aan.'

'Leuk beest.'

'Het is een schat.'

Ze lopen het duin af en slaan linksaf richting een binnenmeer dat zich op het strand heeft gevormd.

'Ik ben benieuwd naar de opdracht,' zegt Monika.

'Je weet dat de C.I.U. vooralsnog alleen grensoverschrijdende coldcasezaken oppakt. Daarom wilde ik je als eerste opdracht een voor ons bekende zaak geven, die van Maja Fedorova.'

'Meen je dat?'

'In Kopenhagen zitten ze vast. Het onderzoek is stilgelegd.' Gerhardt gooit een tennisbal naar Cooper. 'Wist je dat Luna jouw functie heeft gekregen?'

'Daar hebben ze een goede aan.'

'Zeker. Ik ben zo vrij geweest de laatste mails die je vader heeft gestuurd door de technische mensen hier te laten analyseren. Ze zijn vanuit het restaurant van Ikea in Hamburg verstuurd.'

'Heb je dat laten controleren?'

'De politie van Hamburg heeft voor ons de camerabeelden van die dag bekeken. Het was er enorm druk vanwege een Ikea Family-actie.'

'Dat moet de dader hebben geweten.'

Gerhardt fluit. Direct komt Cooper haast onherkenbaar het water uit rennen en schudt zich uit.

Monika lacht. 'Er blijft niks van over als hij nat is.'

'Heb je trek in koffie?' Gerhardt wijst naar een strandtent.

'Wat is er overigens grensoverschrijdend aan het onderzoek naar de dood van Maja?'

'Afgaand op de brieven en mails die hij stuurde, moeten er meer slachtoffers zijn. In Denemarken is er alleen Maja, we zullen over de grens moeten kijken.'

'Ik heb Interpol en Europol destijds al naar vergelijkbare zaken laten kijken vanwege de opmerking in de tweede brief. Daar is niets uitgekomen.'

Ondertussen lopen ze de strandtent in, gaan aan een tafel zitten en bestellen allebei koffie. Cooper lurkt water uit een bak.

'Het vinden van identieke zaken in de database is geen exacte wetenschap. Het is een legpuzzel van de juiste zoekwoorden. Soms helpt het om specifieker te zijn,' zegt Gerhardt.

'Er bestaan toch zeker richtlijnen om de informatie op de juiste manier in te voeren?'

'Die zijn er om vanaf te wijken.'

Een serveerster zet de koffie op tafel.

Gerhardt rekent meteen af. 'Hoe is het met Isabel?'

'Ze is momenteel op Camp Marmal in Mazar-i-Sharif gestationeerd als persvoorlichter van het Zweedse leger. Eind juli komt ze gelukkig weer terug.'

Gerhardt wil iets zeggen, Monika is hem voor. 'Ik wist ook niet dat ze persvoorlichter was. Volgens mij is ze daar om andere redenen.'

'Afghanistan blijft een wespennest, het zou voor mij niet hoeven, in welke hoedanigheid ook.' Gerhardt neemt een slok van zijn koffie. 'Je hebt de inloggegevens van ICT gehad?'

'Ik ben vanochtend ingelogd, het systeem werkt. Wanneer ik straks thuis ben, ga ik in de database zoeken. Spreken wij maandagochtend af op kantoor?'

'Dat is prima. Wanneer je iets vindt, mag je me vanzelfsprekend in het weekend bellen.'

Monika wil opstaan.

'Ga nog even zitten. Ik heb Martin gesproken over je vader.'

Monika laat zich weer op de stoel zakken. 'Dat heeft lang geduurd.'

'Hij is vorige week teruggekomen uit Groenland,' zegt Gerhardt. 'Martin heeft veel moeite gedaan om in het oude gevangenissysteem te zoeken naar informatie. Met resultaat.'

'Sorry. Ik heb niets gezegd.'

'Siobhán Nymark. Zegt die naam je iets?'

'Isabel heeft die naam een keer genoemd. Alleen niet in combinatie met Nymark.'

'Ze heeft je vader vaak bezocht in de gevangenis. Ik heb hier een schermprint van de bezoeken aan de gevangenis in 2005.' Gerhardt schuift een A4-tje over de tafel naar Monika.

'Ze bezocht hem bijna wekelijks?'

Gerhardt slaat het papier om. 'Tot zeker begin 2008. Je vader is zoals bekend dat jaar overleden.'

Cooper legt zijn kop op de schoot van Monika. Afwezig aait ze door de vochtige krullen van de hond. 'Isabel suggereerde dat er een zus achter de brieven en mails zou kunnen zitten. Misschien is dat deze Siobhán?'

Gerhardt wijst met zijn vinger een andere naam aan. 'Komt deze naam je bekend voor?'

'Vita Andersen? Dat was onze huishoudster.'

'Ze bezocht je vader regelmatig in die jaren.'

Monika denkt aan de gele bank die in de woonkamer stond en waar ze haar vader en de huishoudster op betrapten. 'Ik vermoed dat ze een seksuele relatie hadden.'

Gerhardt schuift de papieren bij elkaar. 'Heb je nog een teken van leven gehad van Jens?'

Monika schudt haar hoofd. 'Hij is overleden. Dat weet ik bijna zeker.'

De cursor knippert al enige tijd op de zoekbalk van het databasesysteem. Monika tikt een nieuwe zoekopdracht in: cijfers, gespoten, moord, vrouw. Het systeem geeft één resultaat uit 2007. De zaak heeft geen overeenkomst met die van Maja.

'Fuck.' Monika kijkt naar het nummer op haar vinger, denkt aan wat Gerhardt gezegd heeft: specifiek zijn kan helpen en ze klikt op "geavanceerd zoeken". Er wordt een uitgebreid menu zichtbaar. Ze maakt een keuze uit een aantal landen, kenmerken van het slachtoffer en leeftijd. Onder het kopje speciale kenmerken toetst ze 5.01.2 in. Op de volgende regels zet ze de andere nummers neer en klikt op "zoeken". Er verschijnt een groot aantal meldingen. Ze verkleint het aantal door bij het jaartal 2017 en 2018 in te voeren. Weer klikt ze op “zoeken”. Er blijven een paar resultaten over, ze pakt haar telefoon.

‘Ik heb misschien iets,’ zegt Monika. ‘In België en Duitsland. België is recenter, de Duitse zaak is van vorig jaar.’

‘Staat er iets over de nummers?’ vraagt Gerhardt. ‘Komt het overeen met Maja?’

‘Het zijn vrouwen, allebei doodgeschoten. De politie heeft bij de vrouwen een aantal op de muur gespoten cijfers gevonden. Wacht. Er zitten foto’s bij …’ Monika klikt op een link en kijkt geschokt naar de vrouw op de foto. ‘Oh nee!’

‘Wat is er?’

‘Wat erg!’

33

19 juli 2018, Camp Marmal, Mazar-i-Sharif, Afghanistan

Het lichtgrijze C17-transportvliegtuig van de Amerikaanse luchtmacht daalt naar het asfalt van de landingsbaan, de banden laten een kort protest horen, waarna het toestel uitrolt en het platform oprijdt.

Isabel kijkt nog eens op de lijst met namen die ze al een aantal keer heeft doorgenomen. Het vliegtuig brengt een nieuwe lading soldaten, burgers en gasten, waaronder internationale journalisten. De groep verslaggevers waar ze op staat te wachten, komt naar Camp Marmal om geïnformeerd te worden over de Resolute Support Mission. Sinds vorige week is het haar taak de internationale pers te begeleiden, omdat haar Amerikaanse collega bij een knullig ongeluk in de sporthal haar pols en schouder brak. Het inlichtingenwerk waar ze hier werkelijk voor is, moest ze noodgedwongen opzij zetten. Haar cover zit haar nu in de weg.

Het vliegtuig taxiet langzaam naar zijn standplaats, de motoren maken een hoog suizend geluid, dat langzaam wegebt wanneer de piloot de motoren afzet. Niet veel later marcheren de eerste soldaten over de laadklep het platform op, gevolgd door een groep burgers die overduidelijk de weg weet op het kamp.

Als laatste komt een lange, gespierde man het asfalt van het platform oplopen. Hij is gekleed in kakikleurige broek, een blauw T-shirt, dat grotendeels onder een scherfvest schuilgaat en zwarte wandelschoenen. Over zijn rechterschouder hangt een rugzak. Isabel kan haar ogen niet van hem losmaken. Een onrustig, maar niet onprettig gevoel maakt zich van haar meester. De laatste keer dat ze zoiets voelde was op de kazerne in Karlsborg toen ze Kjeld tegen het lijf liep. Ze loopt naar hem toe.

'Bent u de enige?' vraagt ze in het Engels.

'De rest van de groep staat nog op Ramstein. Ik ben in Qatar aan boord gegaan.' De man steekt zijn hand uit. 'Owen Cuperus.'

'Ik ben Isabel Alonso. Welkom op Camp Marmal. Heeft u ....'

'Owen.'

Isabel kijkt op de lijst. 'Je komt het Nederlandse leger bezoeken? Het is deze kant op. Je hebt weinig bagage.'

'Ik ben hier maar kort. Morgen heb ik een interview met de commandant, daarna nog met een aantal Nederlandse militairen en overmorgen zit ik alweer in het vliegtuig terug.'

Ze lopen naar een licht gepantserde Toyota Landcruiser waarvan de ramen zijn geblindeerd, twee zwarte antennes op het dak steken scherp af tegen de blauwe lucht.

'Omdat je de enige bent zal ik je een korte tour geven over het kamp.'

'Je komt uit Scandinavië aan je accent te horen?'

Isabel antwoord niet direct, ze stappen in en kijken elkaar aan. Hij is knap, ze heeft spijt dat ze niet meer aan haar uiterlijk heeft gedaan.

'Zweden. Ik woon in Malmö.' Isabel start de auto. 'En jij?'

'Amsterdam. Ik woon in het oude centrum.'

'Daar zou ik nog wel een keer naar toe willen.'

'Je bent welkom.'

Isabel glimlacht en geeft gas. Tientallen barakken en loodsen schieten aan hen voorbij.

Owen is onder de indruk. 'Het is groter dan dat ik me kan herinneren uit de tijd ...'

Er klinkt een harde bonk wanneer Isabel door een kuil rijdt.

'Gaan jullie met dit oude ding het kamp af?'

'De eerste lichtingen die hier kwamen wel, we hebben Galten terreinauto's gekregen, die zijn veel zwaarder gepantserd dan deze. De Landcruisers gebruiken we alleen voor ritjes op het kamp.'

Een moment is alleen het geluid van de zware diesel en het gekraak van het onderstel hoorbaar.

Isabel doorbreekt het stilzwijgen. 'Heb je vanavond al plannen?'

'Misschien wat schrijven aan het artikel waarmee ik bezig ben. Hoezo?'

Isabel kijkt Owen aan. 'Ik zou met twee Zweedse collega's van je bij MAK Team gaan eten. Nu die er niet zijn ...'

'Aardig van je. Leuk,' zegt Owen. 'Is het eten er beter dan in de DFAC?'

'Heb je in het leger gezeten dat je het DFAC kent?'

'Lang geleden. Iedere militair kent de Dining Facility.'

'Ik haal je hier straks op. Isabel knikt naar een grijs geschilderde poort. Boven de poort staat op een rood-wit-blauw geschilderde plank de tekst "Dutch Mountain".

'Dank je wel. Tot straks,' zegt Owen.

Isabel parkeert de Land Cruiser op grindstrook waar nog meer voertuigen staan.

'Je scherfvest mag uit.' Isabel heeft even ervoor Owen opgehaald bij het Nederlandse kamp. 'Als je hem straks weer aan wil mag dat natuurlijk, volgens de huidige dress state is het niet nodig.'

Owen doet zijn vest uit, ze lopen naar het restaurant en gaan aan een tafeltje zitten.

'Ik vermoed dat een terras in Amsterdam gezelliger is. Het is hier minder massaal dan het DFAC.' Isabel kijkt naar het gezicht van Owen. Hij is gebruind, maar niet overdreven, lachrimpeltjes bij zijn ogen lichten fel op. Dan pakt ook zij de menukaart.

'Ik denk dat ik een pizza Marmal neem,' zegt Owen. 'En jij?'

'De MAK Special.'

Niet veel later staan de borden met de pizza's voor hen.

'Je bent hier al lang persofficier?' Owen prikt een stuk ananas aan zijn vork.

'Nee. Het is uitzending van een paar maanden. Een invalbeurt, een dubbele, want ik moet naast de Zweedse pers ook de internationale pers te woord staan tot de Amerikaanse, die ik vervang, wordt afgelost door een collega uit Duitsland.'

'Je ziet er niet uit als een persofficier.'

'Hoe zien die eruit volgens jou?'

'Ik bedoel niet qua uiterlijk. Je ziet er ... Het zijn je ogen, denk ik. Ze stralen iets uit dat ik nog nooit bij iemand van de persvoorlichting heb gezien.'

Er valt een ongemakkelijke stilte.

Owen neemt nog een hap van zijn pizza. 'Heb ik iets verkeerd gezegd?'

'Nee. Ik ... kan er niets over zeggen.' Ze wijst naar de pizza. 'Smaakt het?'

'Hij is prima.'

'Waar gaat je artikel over?'

'Vrouwen in de Tweede Wereldoorlog en de oorlogen daarna. Ik ben hier onder andere om de vrouwelijke commandant van Camp Marmal te interviewen, zij vertegenwoordigt de huidige generatie vrouwen in mijn artikel.'

'Over welke vrouw uit de Tweede Wereldoorlog schrijf je?'

'Ik heb helaas nog niemand gevonden uit die tijd die niet eerder besproken is in een boek of ...'

'Anna Bolton, weleens van gehoord?' onderbreekt Isabel hem.

'Nee.'

'Je moet haar straks eens googelen. Volgens mij is zij de ideale kandidaat voor je artikel.'

'Bedankt. Ik zal er vanavond meteen naar kijken.' Owen tikt de naam in zijn telefoon.

Een uur later legt Isabel geld op tafel en staat op. Ze voelt zich goed, op haar gemak bij de man die naast haar komt staan. Hoewel hij het achterste van zijn tong niet laat zien, vertrouwt ze hem. En ze vindt hem leuk, heel leuk. Ze gaan in de Land Cruiser zitten, ze start de auto niet.

'Ik vond het erg gezellig.' Isabel kijkt naar hem. Zijn hele gezicht lacht. Ze buigt zich naar hem toe. 'Je bent leuk.'

'Kijk naar jezelf,' zegt Owen.

Halverwege komen ze elkaar tegen. Isabel opent haar mond, ze voelt hoe zijn tong langs die van haar glijdt. Eerst verkennend, al snel doortastend. Ze proeft een mix van tomatensaus, salami en ananas. Pizza Marmal. Zijn rechterhand glijdt over haar linkerborst, onder de stof van haar uniform voelt ze haar tepel hard worden. Zijn linkerhand beroert haar nek. Met haar rechterhand wrijft ze over zijn kruis en voelt dat hij er klaar voor is. Ze kijkt naar buiten, er is niemand te zien, door de getinte ramen van de auto zijn ze sowieso onzichtbaar.

'Achterbank?' vraagt Isabel hees.

Owen knikt. Ze kruipen tussen de voorstoelen naar achteren. Ze klikt haar koppel los waaraan het holster zit, het valt achter de voorstoel op de grond.

'Ik wil je al sinds je het vliegtuig uit kwam lopen.'

'Ik jou ook,' kan Owen nog uitbrengen, terwijl Isabel zijn broek los maakt. Zijn penis schiet tevoorschijn.

'Condoom.' Isabel geeft de verpakking aan Owen.

Na wat gehannes zit het rubber op zijn plek.

'Ik wil bovenop.'

'Speciale reden?'

'Ja.' Isabel gromt.

De door de Afghaanse kuilen en bulten geteisterde vering van de Toyota kraakt ritmisch mee met de bewegingen die ze maken. Isabel lacht grinnikend en sluit haar ogen.

'Binnenpretje?' vraagt Owen hijgend.

'Sorry.' Isabel zucht diep. 'Ik moest aan deze auto denken én het condoom, ik heb echt nog nooit zulke veilige seks gehad.'

Isabel kijkt het vliegtuig na dat zojuist is opgestegen. Het is al snel niet meer dan een stipje boven de bergen voordat het helemaal uit het zicht verdwijnt. Ze denkt aan de afgelopen twee dagen en aan de man die ze zojuist heeft uitgezwaaid. Na de seks in de Land Cruiser hebben ze gepraat, over hun verleden, werk, expartners en hun toekomstplannen. Het voelde goed, vertrouwd. Allebei waren ze heel openhartig geweest. Zij over het misbruik, de reden dat ze bovenop wilde, de adoptie, Kjeld, en haar werk als persofficier. Dat deel van het gesprek was lastig geweest, ze kon er niet veel over zeggen, hij prikte het verhaal door. Ze had toegegeven dat ze geen persofficier was. Owen had wijselijk niet doorgevraagd. Hij bleek te werken voor een grote Nederlandse krant, als freelancer. Zeven jaar geleden was hij op het kamp geweest, dat hij bij de Special Forces heeft gezeten, gaf hen een onzichtbare band. De bermbom waar hij en zijn collega's op waren gereden had veel kapot gemaakt, letterlijk en figuurlijk. Hij was uit het leger gestapt en is nu een gevierd onderzoeksjournalist. Het kan raar lopen in het leven.

Ze loopt naar de Land Cruiser, start de auto en rijdt weg. Nog twee weken voordat ze weer naar huis mag en nog vier tot ze hem weer ziet in Amsterdam, zoals ze hebben afgesproken, na zijn vakantie.

Met veel kabaal komt er een Apache overvliegen. Ze schrikt op, zet de auto in de versnelling en rijdt naar de briefing over de actie die ze vannacht gaan uitvoeren. Voor het eerst heeft ze er geen zin in.

34

6 augustus 2018, Delft, Nederland

Gefascineerd kijkt Monika naar het Delftsblauwe plafond van het stationsgebouw waar een oude kaart van de stad wordt weergegeven. Er wordt iets omgeroepen, de mededeling galmt nauwelijks verstaanbaar door de grote hal. Het is druk, de roltrappen brengen een aanhoudende stroom mensen naar en van de perrons van het dieper gelegen station. Ze kijkt op haar telefoon, iets over elven, de trein moet er bijna zijn. Een hoog gierend geluid klinkt vanuit de tunnel onder haar. De stroom mensen wordt groter nu de trein, die vanuit Amsterdam is aangekomen, leegstroomt.

Een van de reizigers valt haar direct op, ze is hetzelf, iets gespierder, en het donkere haar van de vrouw zit in een staart. Op de in camouflagekleuren uitgevoerde rugzak, die haar zus op haar rug heeft, is een opvallend geel-blauwe vlag genaaid.

Monika zwaait naar Isabel, die terugzwaait, en loopt om naar de poortjes waar uitgecheckt moet worden. Het poortje zwaait open en ze vallen elkaar in de armen.

'Ik ben blij je te zien. Hoe was je reis?'

'Goed hoor.'

'Je bent meteen vanuit Afghanistan hierheen gekomen?' Monika wijst op de rugzak.

'Via Malmö, ik ben een paar dagen thuis geweest.' Ze wandelen het station uit en steken een trambaan over. 'Ik ben benieuwd naar je huis.'

'En ik naar hoe je het hebt gehad in Afghanistan,' zegt Monika.

Ze lopen via een steegje het oude centrum in.

'We zetten je spullen bij mij neer en gaan eerst lunchen. Ik heb een heel leuk tentje ontdekt.'

Een half uur later zitten ze op een terrasboot die in de gracht ligt, het is lunchtijd en de boot is afgeladen.

Isabel kijkt naar een kerktoren die hoog boven de stad uittorent. 'Staat die toren nou zo scheef?'

Monika kijkt om en haalt haar schouders op. 'Vertel eens wat meer over Owen. Je hebt hem ontmoet op het kamp, zei je?'

'Hij is journalist voor een Nederlandse krant en kwam voor een aantal interviews naar Afghanistan. Ik heb hem het kamp laten zien.'

'Niet alleen het kamp.' Monika knipoogt. 'Met Kerst vertelde je me dat je niet van one night stands houdt.'

'Het voelt anders. Na Kjeld is hij de eerste waar ik mij echt goed bij voel. Vertrouwd bijna.'

De serveerster zet de bestelde broodjes op tafel en ze vallen aan.

'Fijn voor je. Ik kijk ernaar uit om hem te ontmoeten.'

'Over een week of drie ga ik naar hem toe in Amsterdam, hij is dan terug van vakantie. Misschien kunnen we wat afspreken?'

'Geniet eerst van elkaar.' Monika neemt een slok van haar multifruitshake. 'Ga je nog naar dat museum in Mons? Eh ... het Mansaneum?'

'Het Mundaneum. Deze week, ik reis gelijk door, zover is het niet vanaf hier.' Isabel neemt een hap van haar broodje.

'Ik heb nog twee moorden gevonden die op die van Maja lijken.'

Isabel verslikt zich en proestend neemt ze een slok van haar cola.

'Gaat het?'

Isabel wuift het weg. 'Hoe kom je aan die informatie?'

'Uit de database van Europol. Een moord in België en een in Duitsland. Ik heb de dossiers opgevraagd en die sturen ze via de koerier naar kantoor. Ik heb een online overleg gepland met de collega's uit België en Duitsland.'

'Wat zijn de overeenkomsten?'

'Dit is het Duitse slachtoffer,' zegt Monika en laat een foto op haar telefoon zien. 'Het is niet zo scherp, ik kan je thuis de originele laten zien.'

'Mijn God.'

Isabel loopt de woonkamer in, op de achtergrond klinkt het slaan van kerkklokken. 'Je hebt het al aardig op orde.' Ze struikelt bijna over een verhuisdoos.

Monika zet de doos opzij. 'Dat duurt nog wel even.' Monika laat een envelop zien, die ze van de deurmat heeft opgeraapt. 'Een bekeuring, denk ik.'

'Uit Duitsland? Zeker voor de vorige bewoner,' zegt Isabel.

'De adressering staat op mijn naam.' Monika scheurt de envelop open.

Isabel kijkt mee. 'Je bent het ook.' Ze lacht. 'In Duitsland maken ze altijd een foto van voren. Je lijkt wel een rendier dat in de koplampen van een auto kijkt.'

'Het kentekennummer op de auto is nog Deens. Dat is zeker geweest toen ik vanaf huis naar Nederland ben gereden. Ik heb sinds kort een Nederlands kenteken.'

Isabel pakt de bekeuring over. 'Je bent om iets voor half elf 's avonds geflitst op de Bundesautobahn 95, bij Starnberg.'

Monika komt verschrikt aanlopen. 'Starnberg? Weet je het zeker?'

'Dat staat hier.'

'Dat is toevallig.' Monika gaat achter haar laptop zitten. 'Dit is de nog summiere informatie van de recherche in Duitsland. De moord is in Ambach am Starnberger See gepleegd.' Ze opent Google Maps.

'Hier ligt Starnberg, dit gehucht is Ambach en deze weg hier is de Bundesautobahn 95.'

'Wat is de datum van de moord?' vraagt Isabel.

'19 oktober 2017. Shit.'

'Zelfde dag. Hoe laat is de moord ontdekt?'

'Dat staat hier niet bij. De dossiers komen morgen op kantoor binnen. Dat je na zo'n lange tijd nog een bekeuring krijgt.'

Isabel kijkt Monika aan. 'Misschien is de bekeuring eerst naar Denemarken gestuurd? Het is jouw auto toch?'

'Het lijkt er wel op.'

'Zou dit een van onze zussen zijn, Siobhán misschien?' Isabel kijkt nog eens goed naar de foto. 'De bestuurder lijkt erg op ons, het is geen heel goede foto.'

'Dat zoeken we later uit. Ga zitten. Ik laat je zien wat ik heb gevonden.'

Isabel neemt plaats naast Monika achter de laptop die op tafel staat. 'Dit is de Belgische moordzaak. Het is veel tekst, de foto's zeggen eigenlijk genoeg.'

'Waar is dit?'

'Eh ... in Lommel, net over de grens van Nederland.' Monika klikt op een volgende foto. 'Dit is Elise Maes. Zo te zien is dit een foto uit haar ID.'

'Ongelofelijk, wat lijkt ze op ons. Op de lijst die ik vond in de doos stond een Elise. Nymark heette ze toen nog, het is vast dezelfde,' zegt Isabel. 'Vergroot deze eens.'

'Het is geen prettige foto.'

'Ik ben wel wat gewend.'

Monika klikt op de foto. 'Zo is ze aangetroffen. Haar gezicht is aangevreten en op deze foto niet herkenbaar.'

Isabel wijst op een volgende foto. 'Is dit haar hand? Ze lijkt wel gemummificeerd.'

'Dit zijn de nummers die op de muur waren gespoten: 5.04.2 en 11.06.' Monika staat op. 'Ik pak het krantenbericht even.'

'Zoek anders eerst de cijfers erbij die bij de Duitse zijn gevonden.'

Monika geeft een vel papier aan Isabel. 'Ik heb al een lijstje gemaakt.'

'Dit zijn dus de cijfers en bijbehorende letters,' zegt Isabel. 'De R, E en de N.'

Maja 5.05.2 - 08.14 R

Dagmar 5.07.2 - 03.12 E

Elise 5.04.2 - 11.06 N

Monika wrijft met haar hand over de zijkant van haar hoofd. 'Ik neem even wat in.'

'Je krijgt toch geen aanval, hoop ik?'

'Het is gewoon hoofdpijn.'

‘Zullen we straks uit eten gaan? Ik trakteer,’ zegt Isabel. ‘Tenslotte ben ik morgen weer weg.’

‘Leuk,’ zegt Monika. ‘Ik ga tot die tijd even op bed liggen als je het niet erg vindt.’

‘Ik ga puzzelen met die letters.’ Isabel loopt nogmaals het krantenbericht door. Ze komt op dezelfde letters uit. Er verschijnt een pop-up op het scherm van de laptop. Eerst negeert ze het, het is tenslotte niet haar laptop, maar ziet in een flits 'Nymark' staan. Wanneer ze Gmail opent, ziet ze dat er een mail is binnengekomen van Oskar.

E-mail
Inbox

AAN: Monikahedegaard@gmail.com
VAN: oskar.nymark@yahoo.com
ONDERWERP:
DATUM: 6 augustus 2018
BIJLAGE: jens.jpg

Mijn geliefde dochter,

Schiet je al op met de code? Je hebt drie letters om mee te werken. Heb je al een idee?

De vierde komt eraan. De berg zal mij helpen.

Ik stuur je nog een groet van Jens.

Met innige groet,
Je vader

Isabel klikt op de bijlage. Het is een foto van Jens die nog steeds op een stoel zit, onderuit gezakt, zijn hoofd op zijn borst. De foto is nog erger dan die met Kerst, zijn buik lijkt opgezwollen onder zijn T-shirt. Op de plek waar zijn linker oor zat is een grote rafelige wond zichtbaar. Het doet haar denken aan een zelfportret van Van Gogh, alleen het verband mist. Isabel staat op en rent naar boven.

35

8 augustus 2018, Leuk, Zwitserland

Ik gooi de achterklep van de auto dicht. Gefascineerd kijk ik naar de steile helling in de verte en dan naar de beek. Het water in de Illbach heeft een lichtbruine kleur van het sediment dat is meegespoeld vanaf de Illhorn. Ver onder mij in het dal mengt het zich met dat van de snelstromende Rhône.

De regen spettert in mijn gezicht. De top van de Illhorn is door de grijze wolken niet te zien. Het regent al enige dagen achtereen en al dat water moet een keer de berg af komen. Ik kijk verlangend naar de gele waarschuwingslamp, die op een paal naast de beek is gemonteerd. Vooralsnog gebeurt er niets.

Het begint harder te regenen, ik trek mijn capuchon over mijn hoofd en zie dat het stroompje in de bedding overduidelijk in omvang is toegenomen. Het gevoel van verwachting neemt toe.

De vrouw, die op de bodem van de beek ligt, beweegt. Sofia Moser is de vierde in de reeks. Haar benen en rechter arm heb ik aan de rotsen onder haar vastgemaakt, haar linkerarm heb ik losgelaten. Naast haar ligt mijn wapen dat fel afsteekt tegen de lichtbruine kleur van de bedding. Dit keer hoef ik de trekker niet over te halen, Sofia doet dat zelf, en anders doet de berg dat wel.

Sofia probeert overeind te komen, wat deels lukt. Ze is duidelijk verward, dat zou ik ook zijn in deze situatie. Zo drink je met je zus die je nog nooit hebt gezien een witte wijn, zo lig je in een beek. De locatie komt haar bekend voor, ze schrikt, rukt aan de boeien en kijkt naar de gele lamp op de paal. Ze is bekend met het fenomeen dat regelmatig door de beek dendert en draait haar hoofd mijn kant op. Haar gezicht is besmeurd met modder. Weer rukt ze aan de boeien.

Het geluid van de regen op de capuchon maakt mij slaperig. Een moment sluit ik mijn ogen. Een lome vermoeidheid glipt mijn lichaam binnen en ik denk aan de terugreis. Weer meer dan twaalf uur in de auto. Ik heb het er graag voor over.

Ik schrik op van een zoemer die door het dal klinkt, open mijn ogen en zie de gele lamp knipperen.

Sofia kijkt ook naar de lamp, draait zich naar mij toe en schreeuwt. 'Hé! Maak me los!'

Ik wijs naar een groot rotsblok dat naast mij op de oever ligt en waar ik een tweetal nummers op heb gespoten: 5.02.2 en 13.10. Het bovenste nummer herkent ze, ze wrijft over de middelvinger van haar geboeide hand.

'Wat wil je van me?'

Ik geef geen antwoord. Er klinkt een suizend geluid vanaf de berg. Sofia heeft het overduidelijk ook gehoord.

'Gebruik het wapen,' roep ik naar haar. Ze kijkt naar de berg en dan naar het wapen. Ze neemt het in haar hand en richt het op mij. Het begint harder te regenen.

'Je hebt één kogel,' schreeuw ik boven het gekletter van de regen uit.

Het wapen zakt iets.

Het suizende geluid komt langzaam dichterbij, wordt indringender. Het is onomkeerbaar, de Illhorn is niet te vermurwen.

'Waarom?' gilt ze.

Ze rukt weer aan de boeien. Vergeefs, als ik iets vastzet kan de wereld vergaan, loslaten doet het meestal niet zo snel.

De grond onder mijn voeten begint te trillen, het suizen gaat over in een diep brommen. De flash flood verschijnt in mijn blikveld. Als een woeste furie davert de flash flood door de bedding. Rotsblokken zo groot als een koelkast worden voortgestuwd alsof het propjes papier zijn, een stroom sediment volgt er direct achteraan, als lava van een vulkaan. Ik kijk op mijn horloge. Over een kwartier is het voorbij en zit ik in de auto naar Denemarken.

Nog twee bochten, nog één. Ik kijk gefascineerd naar de muur van rotsblokken die op Sofia af dendert. Het wapen in haar hand trilt. Ze kijkt mij woedend aan, richt het wapen weer op mij en haalt de trekker over. De knal van het schot gaat verloren in het kabaal van de flash flood die voorbij raast. De kogel mist mij ruimschoots.

De grote rotsblokken maken plaats voor een dikke drab van sediment en kleinere stenen. Ik wandel terug naar de auto, stap in en draai mij om naar de achterbank.

'Het is gebeurd, papa.' Ik krijg geen antwoord, maar ik weet dat hij tevreden is. Ik laat het raam van het portier wat zakken. Zijn geur die in de auto hangt is anders dan toen hij naar mijn kamer kwam, indringender en inmiddels net zo vertrouwd.

36

14 augustus 2018, Leuk, Zwitserland

De Illhorn steekt scherp af tegen de blauwe lucht, er zijn slechts een paar wolken te zien.

Matteo stoot zijn collega Sara aan. ‘Dit is de beek die ik bedoelde.’

‘Je hebt gelijk. De modder heeft dezelfde kleur die we op het slachtoffer hebben aangetroffen,’ zegt Sara. ‘Is het dat ook?’

‘Daar lijkt het wel op. Daar zal je Eppel hebben.’ Matteo knikt naar een auto die de parkeerplaats oprijdt.

Er stapt een man uit. Hij doet een rugzak om en komt op hen afgelopen.

‘Doktor Eppel?’

‘Tobias.’

‘Matteo Konrad, recherche Brig. Dit is mijn collega Sara Diettinger. Bedankt dat u met ons mee wilt.’

‘We helpen de politie wel vaker. Meestal zijn dat mijn collega’s die na een lawine worden opgeroepen.’

‘U werkt op een andere afdeling?’ Sara geeft Tobias een hand.

‘Ik onderzoek landverschuivingen en flash floods zoals in deze beek voorkomen. We gaan deze kant op.’ Tobias loopt een pad op dat langs de beek is aangelegd.

‘We hebben het lichaam van een vrouw gevonden in de Rhône bij Sierre. Het was deels bedekt met deze lichte kleur modder. Is het mogelijk dat een lichaam wordt meegesleurd door een flash flood?' vraagt Matteo.

'Wanneer heeft u de vrouw gevonden?'

'Negen augustus.'

'Dat zou goed kunnen. Op acht augustus is er een flash flood geweest. Woonde het slachtoffer hier in de buurt?'

'Waarom vraagt u dat?'

Tobias wijst op een paal die aan de overkant van de beek op de oever staat. 'Iedereen hier in de omgeving kent de Illgraben en het waarschuwingssysteem. Als dat afgaat weet je dat je direct de beek uit moet. Dat geldt ook voor ons.'

Sara kijkt op haar telefoon. 'Het slachtoffer woonde sinds 2005 in Leuk.'

'Het kan haast niet anders dat ze ervan wist. We kunnen hier de beek in.' Tobias loopt een brede betonnen rand af. Ze vervolgen hun weg door de bedding van de beek.

'Het slachtoffer bevond zich niet vrijwillig in de beek. Ze had boeien om haar enkels en linkerpols,' zegt Matteo. 'Alle drie zijn op een grove wijze losgerukt.'

'Ze is vermoord bedoelt u?'

'Het lichaam is ernstig verminkt en nauwelijks herkenbaar, de boeien kunnen een aanwijzing zijn voor moord.'

'Waar bent u in de beek naar op zoek?'

'Een plek waar ze vastgebonden is geweest. Een plaats delict.'

Tobias kijkt omhoog. 'Ik zou dat wat hoger op de berg doen.' Hij glimlacht. 'Niet dat ik het van plan ben. Op deze hoogte zie je veel toeristen die naar de beek komen kijken, in de veronderstelling dat er met elke regenbui een flash flood voorbij komt razen.'

'En dat is niet het geval?' Matteo hijgt. 'Steil hier.'

'Drie tot vijf keer per jaar is er een grote puingolf, zoals wij het noemen, daarnaast komen er nog wat kleinere naar beneden, die stellen niet veel voor.'

'Hoe kun je weten dat er een grote flash flood aankomt? Ik ga even hypothetisch uit van een dader die het slachtoffer in de beek heeft vastgebonden.'

'Met flinke regenval en het analyseren van onze meetgegevens kun je een eind komen.'

'De meetgegevens zijn niet openbaar, vermoed ik? En je moet ze kunnen interpreteren?' vraagt Sara.

'Daar heb je gelijk in. De informatie staat op de server van het instituut. De data uitlezen is voor iemand met een technisch achtergrond geen probleem. De gegevens van de server halen, is voor een beetje hacker vrij simpel,' zegt Tobias. 'Het is geen staatsgeheim.'

Matteo stapt over een groot rotsblok. 'We zoeken dus een moordende hacker.'

'Eerst zien of we iets kunnen vinden in de beek,' zegt Sara.

Zwijgend klimmen ze verder. Na een uur lopen stopt Tobias.

'We houden even een pauze.' Tobias neemt een slok water en wijst naar het dal dat voor hen ligt. 'Dit deel van de beek bedoelde ik net. Het is hier, zeker met slecht weer, verlaten, maar goed bereikbaar met een auto via de weg naar de steengroeve.

Matteo wijst op een kale berghelling in de verte. 'Daar groeit niet veel meer.'

'Daar worden de flash floods geboren.'

'Indrukwekkend. Ik zou hier niet graag staan met regen,' zegt Sara.

'We gaan verder. Naar beneden gebruiken we straks het pad op de oever, dat gaat sneller,' geeft Tobias aan.

Ze vervolgen hun weg door de beek die lastig te belopen is door de grote hoeveelheid aan rotsblokken die erin ligt.

'Wat is dit?' Matteo hurkt bij een stalen pin die uit de rivierbedding steekt.

'Hier zit er nog een.' Sara zet haar schoen op een stalen pijp die twintig centimeter uit de grond steekt.

'Naast je zit er nog een, drie stuks totaal, dat zou kloppen met de boeien die aan het lichaam zitten.' Matteo maakt een aantal foto's met zijn telefoon. 'Aan deze pin zit nog touw.' Hij gaat staan.

'Ik zal de collega's van forensische opsporing inlichten,' zegt Sara.

Tobias komt aan lopen. 'Op die rots daar staan nummers gespoten. Ik kom hier vaker en die nummers staan er nog niet lang.'

Ze kijken naar een rots die de kleur van de beek heeft aangenomen. De blauwe cijfers steken fel af tegen de achtergrond.

'5.02.2 en 13.10.' Matteo wrijft over de acht. 'Het zit er stevig op. Waarschijnlijk autolak.'

'Dat bovenste nummer komt mij bekend voor; 5.02.2,' zegt Sara.

Matteo knikt. 'Dat staat getatoeëerd op de vinger van het slachtoffer.'

'Inderdaad.' Sara tikt een telefoonnummer in op haar telefoon.

'We kunnen er genoegzaam vanuit gaan dat het om een moord gaat. De pinnen en boeien, ze is niet vrijwillig in de beek gaan liggen. Daar komen de cijfers nog bij, zeker de bovenste,' zegt Matteo.

Sara knikt, zegt iets in haar telefoon en drukt het gesprek weg. 'Als het nummer zo belangrijk is voor de moordenaar dat hij het op een rots spuit, moeten we zien te achterhalen wat het betekent.'

Matteo kijkt naar de steengroeve. 'Zijn ze daar vaak aan het werk?'

'Een enkele keer. Ik neem aan dat het bij het bedrijf in het dal hoort,' zegt Tobias.

'Dat zal ik navragen,' zegt Sara. 'De collega's van forensische opsporing zijn onderweg'

'Mooi. Dan wachten we daar op.' Matteo staart naar de plaats delict. 'Het is een nogal bewerkelijke manier om iemand te vermoorden, helemaal naar boven rijden, het slachtoffer de beek in slepen, pinnen slaan. Veel risico op ontdekking, al was het regenachtig weer. Alsof het een bericht aan iemand is.'

'De cijfers wijzen daar wel op,' zegt Tobias. 'Waarom zou je die anders aanbrengen?'

Matteo knikt. 'De cijfers zijn een signaal.'

'De vraag is aan wie,' zegt Sara.

37

16 augustus 2018, Mundaneum, Mons, België

De stapel mappen die de medewerkster van het Mundaneum op tafel legt is circa twintig centimeter hoog. Owen kijkt teleurgesteld naar de bruine kartonnen mappen.

'Is dit alles uit de nalatenschap van mevrouw Bolton? Er moet meer zijn.'

'Er is meer. Dit zijn de dossiers die direct voorhanden zijn, de rest ligt opgeslagen en is in slechte staat.'

'De inhoud van deze dossiers is bekend?'

'Degene met de witte sticker zijn eerder door iemand anders bekeken en vrij grof geclassificeerd. Dat zijn er maar een paar.'

'Oké, nogmaals bedankt, Suzan.' Owen kijkt het museum door. Hij is onder de indruk van het idee van Paul Otlet en Henri La Fontaine achter het Mundaneum, dat gezien wordt als de papieren voorloper van Google. Niet voor niets wordt het museum gesponsord door het techbedrijf. De ladekasten met honderdduizenden op onderwerp gerangschikte kaartjes is het internet van toen, waarin naar believen kon worden gezocht naar informatie over een bepaald onderwerp. Of beter: op welke plek men de gevraagde informatie kon vinden. Het is haast niet te bevatten dat tegenwoordig in een nanoseconde de gezochte informatie voorhanden is, iets waar Otlet en La Fontaine alleen maar van konden dromen.

Op zijn telefoon ziet Owen dat het alweer bijna drie uur is. Hij tikt een zoekopdracht in en binnen vijf minuten heeft hij een hotel gevonden en geboekt. Lange leve Google. Hij schuift de stapel naar zich toe. Deze week kan hij hier zijn onderzoek afronden en het verder op de redactie in Amsterdam uitwerken.

Hij pakt de eerste map en bladert die snel door. Zo werkt hij de stapel door om een eerste indruk te krijgen van de inhoud, die hem niet tegenvalt. Zijn onderzoek naar welke rol Anna Bolton heeft gespeeld in de Tweede Wereldoorlog krijgt door de informatie uit de dossiers meer diepgang. Ze is een fanatiek voorvechtster van gelijke rechten voor mannen en vrouwen geweest. De tip van Isabel was meer dan welkom. Een moment denkt hij aan haar. Ze is inmiddels terug uit Afghanistan en hij vervroegd uit India. Het appje dat hij naar haar stuurde heeft ze wel gelezen, maar er nog niet op gereageerd.

Wanneer hij het laatste dossier oppakt, blijkt er nog een andere map aan te hangen. De paperclip waaraan de map hangt, buigt door, maar laat zijn last niet los. Owen trekt de map los en ziet dat deze een roodbruine kleur heeft. Op de map staat met grote zwarte letters “Top Secret”.

Hij opent de map en begint te lezen. Na drie pagina’s kijkt hij verbijsterd naar het dossier dat voor hem ligt. Hij is wel wat gewend en hij weet dat er in de Tweede Wereldoorlog vreselijke dingen zijn gebeurd. Wat in dit dossier staat slaat werkelijk alles.

Suzan komt aanlopen, snel schuift hij de map onder de andere.

'De leeszaal sluit over een half uur. Kan ik de dossiers zo meenemen? Ik leg ze apart dan kun je ze morgen weer ophalen.'

'Kan ik nog een paar kopieën maken? Ik kan dan vanavond op mijn hotelkamer verder lezen'

'Natuurlijk. Zal ik het voor je doen?'

'Nee, dat is niet nodig.'

Suzan glimlacht en loopt weg.

Owen moet zich inhouden niet naar de kopieermachine te rennen. Zo snel als de machine kan, kopieert hij alle papieren waar "Top Secret" op staat. De stapel papier in de uitvoerbak wordt langzaam groter. Terwijl de machine zijn werk doet houdt hij angstvallig de deur in de gaten. Dan is de machine klaar.

Een half uur later loopt hij het Mundaneum uit, slaat linksaf de Rue de Nimy in, waar zijn auto staat geparkeerd. Een kwartier later rijdt hij de parkeergarage van het Van der Valk hotel in.

Een moment blijft hij in zijn auto zitten en denkt na over zijn lopende onderzoek over Anna Bolton en aan het dossier met de roodbruine kleur. De spanning voelt hij tot in zijn vingertoppen, het is een primeur van jewelste, de Pulitzerprijs is voor hem, tv-programma's zullen om hem vechten. Hij glimlacht om zijn dagdromerij en pakt zijn telefoon.

'Jean van Poppel. NRC.'

'Hé, Jean, met mij. Bel ik gelegen?'

'Owen! Natuurlijk, jij altijd.'

'Mooi. In mijn onderzoek naar de rol van vrouwen in de Tweede Wereldoorlog ben ik iets op het spoor gekomen, een geheim programma over ...'

'In die onzin van de Duitsers is niemand meer geïnteresseerd.'

'Dit is Brits, een persoonsverwisselingsprogramma.' Hij wacht een moment voor het effect. 'Het lijkt op een soort kloonprogramma.' Owen legt in het kort uit wat hij in het dossier is tegengekomen.

'Het is echt? Ik bedoel, het dossier?'

'Honderd procent.'

'Laat mij even nadenken. Wacht. Ik bel je zo terug, half uurtje.'

Owen opent de deur van de hotelkamer en zet zijn tas op het bed. Even knippert hij met zijn ogen wanneer hij naar de drukke print van de vloerbedekking kijkt en gaat dan op het bed zitten. Zijn telefoon gaat over.

'Owen? Ik heb het voorgelegd aan de hoofdredacteur.'

'En?'

'Ze wil dat je eerst het verhaal over de vrouwen in de Tweede Wereldoorlog afmaakt. Ze wil voorbeelden zien van sterke vrouwen.'

'Oké.'

'Je klinkt teleurgesteld?'

'Een beetje.' Heel erg, denkt Owen. 'Ik maak het verhaal waarmee ik bezig ben wel af.'

'Top. Kunnen we daarna naar dat persoonsverwissleingsprogramma van je kijken.'

Owen kijkt op zijn telefoon en ziet dat zijn maag niet ten onrechte rammelt. Hij moet eerst wat eten. Het kluisje in de kamer blijkt te klein voor het gekopieerde dossier, hij verstopt het tussen een paar handdoeken in de badkamer.

Na te hebben gegeten in de brasserie van het hotel besluit Owen nog een wandeling door Mons te maken. In de verte hoort hij de sirenes van meerdere politieauto's. Even voelt hij de drang op de reuring af te gaan. In plaats daarvan loopt hij naar het oude centrum. Met een omweg komt hij uit in de straat waar het Mundaneum is gevestigd. Voor het gebouw staan een tweetal politieauto's geparkeerd. Nieuwsgierig blijft hij kijken. De voordeur gaat open, een agent komt het gebouw uitlopen met iemand die hij herkent als een medewerkster van het Mundaneum. De agent wijst naar de voordeur waar een ruit van is ingeslagen. Owen haalt zijn schouders op en loopt terug naar zijn hotel. Hij wil aan het werk.

Op zijn kamer pakt hij het dossier tussen de handdoeken vandaan en installeert zich op het bed. Hij slaat de map open en begint te lezen. Nu hij meer tijd heeft om de papieren rustig door te nemen, ontdekt hij dat het een verslag is over de voortgang van het persoonsverwisselingsprogramma GenMedical, gericht aan Winston Churchill. Onder de indruk dat Anna Bolton blijkbaar direct contact had met Churchill leest hij verder.

De inhoud van het verslag laat er geen misverstand over bestaan dat de persoonsverwisselingen daadwerkelijk hebben plaatsgevonden. Owen googelt een aantal van de namen en de meeste zijn van hoge officieren uit het Duitse leger. De succesverhalen worden uitgebreid in het verslag besproken, de strategische beslissingen die Hitler nam, gebaseerd op foutieve informatie van verwisselde officieren en die slecht uitpakten voor Nazi-Duitsland.

Owen glimlacht, het is fantastische informatie. Wanneer hij verder leest ziet hij de naam van Victor Nymark staan. Hij is degene die als hoofd van reproductieafdeling namens Anna Bolton verslag uitbrengt. De woorden “reproductie” en “verouderingsproces” komen veelvuldig terug in dit deel van het dossier. Een van de woorden is omcirkeld met pen, in de kantlijn staat “klonen?” geschreven. Verbijsterd kijkt hij naar het woord. Dat kan toch niet?

In een tabel op de volgende pagina staan de geproduceerde reproducties, de veroudering van de reproducties per week en het percentage mislukkingen vermeld. In het begin overleed achtennegentig procent van de baby’s. Het percentage mislukkingen daalde in enkele maanden tijd snel naar slechts vijf procent.

Op de volgende pagina staat een verslag over de gruwelijke pijnen die de reproducties ervaren bij het versnelde verouderingsproces. De groeipijnen worden omschreven als mensonterend, maar niet te voorkomen.

Owen slaat om. Hij ziet een aantal zwart-wit foto’s van reproducties in diverse stadia van veroudering. Op de laatste foto is een man te zien in een SS-uniform die als twee druppels water op een hoge Duitse officier lijkt die hij kent van de geschiedenislessen op school. Er staat geen naam bij de foto en hij kan niet op de naam van de man komen. Hij voelt zich euforisch.

Weer slaat hij om en ziet onderaan de pagina een met pen geschreven nummer staan.

UDC 6616-092.6:602.7 “1939/1945”. Eronder staat een telefoonnummer. De landcode verraadt dat het Brits is. Owen belt en krijgt te horen dat het National Archive in Londen is gesloten. In gedachten legt hij de telefoon op het nachtkastje, pakt het dossier op en gaat aan een klein bureau zitten. Hij laat de informatie uit het dossier nog eens de revue passeren, start zijn laptop op en tikt zijn bevindingen in een eerste opzet voor een artikel. Na verloop van tijd schrikt hij op. Slaperig kijkt hij naar de tijdsaanduiding op het scherm, het is al twee uur, snel kleedt hij zich uit en kruipt in bed.

38

16 augustus 2018, GenMedical, HQ, London

Soren loopt vanuit de lift de glazen loopbrug over naar zijn kantoor. Aan het einde van de brug staan twee met mitrailleurs bewapende bewakers.

'Goedemorgen, Sir,' zegt de grootste van de twee. De deur achter hen springt open.

Soren mompelt in het voorbijgaan een groet en loopt de afdeling op waar zijn kantoor is gevestigd.

'Goedemorgen, Sir,' zegt een oudere vrouw. 'Wilt u koffie?'

'Graag, Jeannette. Is er nog nieuws?'

Jeannette drukt op een knop van het koffiezetapparaat. Ze volgt Soren naar zijn kantoor en zet de koffie op het bureau. 'Manfred wil je spreken. Het is zeer dringend. En de secretaresse van premier Kaag heeft gebeld. Ze wil voor volgende week een afspraak maken, in Brussel als het kan, Kaag is er voor de top over ...'

'Waarover?'

'Waar Kaag u over wil spreken?'

'Nee, Manfred.'

'Dat zei hij er niet bij. Zal ik hem voor u bellen?'

'Nee, ik bel hem wel, en maak met Kaag een afspraak voor woensdag, in de middag.' Soren neemt peinzend een slok van zijn koffie, terwijl hij zijn secretaresse nakijkt die de kamer verlaat. Hij pakt zijn telefoon. 'Met mij. Wat is er zo dringend?'

'Niet door de telefoon. Ik zie je over twintig minuten bij het monument.'

Soren legt verbaasd zijn telefoon neer en staat op. Vanuit zijn kantoor kijkt hij uit over het centrum van London en vraagt zich af waarom Manfred zo geheimzinnig doet. Ze spreken wel vaker op rustige plekken af, nooit bij het monument, dat is voorbehouden aan alarmfase rood. Er is stront aan de knikker.

Niet veel later staat Soren op de hoek van Chelsea Embankment en Chelsea Bridge Road. Hij kijkt naar het Carabiniers Memorial aan de overkant van de straat. Het verkeer raast langs hem heen, over de brug richting Battersea of verder weg naar Croydon.

Een Jaguar stopt langs de stoeprand. De chauffeur stapt uit en houdt de achterdeur open.

'Soren, stap in.' Manfred zit op de achterbank van de auto. De deur wordt door de chauffeur gesloten nadat Soren is ingestapt. De chauffeur trekt op.

Manfred kijkt Soren aan. 'We hebben een probleem, het vermiste dossier is opgedoken.'

'Van Ann ...?'

Manfred heft zijn hand en wijst naar de chauffeur.

Soren knikt, hij ziet de Theems achter de bebouwing verdwijnen. De hele weg zwijgen ze tot de Jaguar afslaat en stapvoets een zijstraat inrijdt. Soren herkent het direct en weet waar ze naartoe gaan. De chauffeur parkeert de auto langs de stoeprand en ze stappen uit. Zwijgend lopen ze naar een vervallen pand.

'Cedar Gardens,' zegt Soren zuchtend, 'Weet je dat de gemeente het wil kopen?'

Manfred knikt. 'Ga je dat doen?'

'Met de huidige markt is het financieel zeer aantrekkelijk, het voelt alleen niet goed, alsof ik mijn eigen moeder verkoop.'

Ze betreden het pand en lopen een donkere gang in. Aan het einde van de gang opent Soren een deur aan de linkerkant, ze betreden een vierkante ruimte. Aan de muur hangt een plaquette. Soren en Manfred kijken naar de naam die in goud geverfde letters op de zwarte ondergrond van de plaquette zijn aangebracht.

'Anna Bolton. Iedere keer dat ik hier ben en ik de datum van overlijden zie, vind ik het triest dat ze het einde van de oorlog niet heeft meegemaakt. Dat ze niet weet dat het werk van haar en Victor succesvol is geweest,' zegt Soren.

'Ze leeft voort in het huidige project.'

Soren loopt naar een glazen vertrek dat midden in de kamer is aangebracht. Ze betreden de ruimte, de deur sluit zich achter hen met een zucht. Op een display naast de deur springt een lampje van rood naar groen.

'Het is veilig.' Manfred drukt op een andere knop. 'De stoorzenders staan aan.'

Soren begint te ijsberen. 'Het dossier van Anne is dus gevonden?'

'In België, de details krijg ik nog. Naar het schijnt zat het tussen andere dossiers die zijn nagelaten aan een museum in Mons.'

'Dat zou kunnen. De dossiers zijn naar het Mundaneum en het National Archive gegaan.' Soren neemt plaats aan een vergadertafel. 'Zaten de vergaderstukken uit '86 bij dit dossier?'

'Uit de afgeluisterde gesprekken komt dat niet naar voren.'

'Wie heeft het dossier eigenlijk gevonden?'

'Een Nederlander, Owen Cuperus.'

'Hoe ben je hem op het spoor gekomen?'

'Via het INCOVER-systeem van MI6. Harris heeft het laten instellen op zoekwoorden en termen die potentieel gevaarlijk voor ons zijn, waaronder "Nymark". Daar reageerde het op, een telefoongesprek tussen die journalist en een collega.'

Soren kijkt weer naar de gedenksteen. 'Hij is journalist? Dat is niet best. Heb je er al iemand opgezet?'

'Daniël was in Eindhoven voor een eh ... motiverend gesprek met een van onze cliënten. Ik heb hem direct naar Mons gestuurd.'

'Prima. Ik wil geen ruchtbaarheid, alleen het dossier, geen bloederige taferelen die de aandacht trekken zoals vorig jaar in Berlijn.'

'Dat zal ik Daniël straks nog even duidelijk maken.'

Soren knikt, beiden kijken vanuit de glazen ruimte naar de naam op de plaquette.

'Ik vind het jammer dat ik haar niet persoonlijk heb gekend,' zegt Manfred, 'Het was ver voor mijn tijd.'

'Ik heb haar ook niet echt gekend. Ik was anderhalf toen ze omkwam. Het was een fantastische vrouw, als ik mijn vader mag geloven.'

Manfred knikt. 'Kan ik je zo weer afzetten bij het monument?'

'Ik ga nog even kijken bij Anna.'

'Zal ik in de auto op je wachten?'

'Loop even mee. Het wordt tijd dat je kennismaakt met mijn moeder.' Soren loopt naar een ogenschijnlijk blinde muur. Op een paneel toetst hij een code in. Een in de muur verstopte deur opent zich met een klik. Samen stappen ze een uit marmer opgetrokken kamer in. De temperatuur is er aanzienlijk lager.

Manfred rilt. 'Hoeveel graden is het hier?'

'Zestien. De luchtvochtigheid is belangrijker, die ligt op rond de negentig procent.' Ze lopen samen naar een grafmonument dat in het midden van het mausoleum staat. Ernaast staat een fauteuil.

'Mag ik je voorstellen aan Anna.' Soren wijst op het lichaam dat in een marmeren kist met glazen deksel ligt. 'Het doet je wellicht denken aan Lenin?'

'Die gedachten schoot wel even door mijn hoofd toen ik hier binnenstapte.' Manfred doet een stap dichterbij. 'Ze is gebalsemd neem ik aan? Heeft Victor haar ...'

Soren knikt. 'Die match vorig jaar met het DNA uit Denemarken? Het was niet zo moeilijk om het DNA van Anna aan de database toe te voegen.'

Manfred kijkt naar het merkje dat in het glas van het deksel is geëtst. 'Het glas is gepantserd?'

'Begin jaren tachtig is er ingebroken. Ik vermoed een junk. Dat was in Belgravia destijds nogal een probleem. Er is niets gestolen, alleen de vrieskast daar stond op een kier. Gelukkig was de inhoud niet ontdooit. Daarna heb ik de beveiliging laten opvoeren.'

Manfred kijkt rond. 'Hoe is de inbreker binnengekomen?'

'Achter die marmeren platen daar zat een deur naar de tuin. Als ik wilde nadenken, ging ik in de tuin zitten, dicht bij mijn moeder. Nu doe ik dat hier.' Soren legt zijn handen op de fauteuil.

'Zal ik je alleen laten?'

'Ik wandel wel terug naar kantoor.'

Manfred verlaat de kamer, de deur valt met een ferme klap achter hem dicht.

Soren gaat op de fauteuil zitten. Achter hem hoort hij een deur opengaan, hij draait zich om.

'Hoe voel je je?' vraagt hij aan Vita, die de kamer is binnengekomen.

'Moe. Wat is er met het dossier waar Manfred het over had?'

'Ik controleer even of Manfred echt weg is, ga alvast naar boven. Ik kom zo, dan licht ik het toe.'

39

16 augustus 2018, 23 Cedar Gardens, Londen
Soren opent een deur die in de marmeren achterwand van het mausoleum is weggewerkt en loopt de trap op naar de eerste verdieping. Hij komt uit in een fraai ingericht appartement. Vita gaat net op de bank zitten.

'Heb je al bericht van Siobhán?' vraagt Soren en gaat naast Vita zitten.

'Ze heeft Sofia ...'

'Geen namen.'

'Het is gebeurd.' Vita zucht. 'Siobhán kwam bij me langs in Kopenhagen.'

'Is dat erg?'

'Daar gaat het niet om. Weet je wie er op de achterbank van de auto zat? Jens.'

'Ze heeft hem meegenomen?'

'Het was nogal onsamenhangend waarover ze sprak, over papa's plan en dat hij over haar schouder meekijkt, daarna leek ze weer helderder.'

'Leeft Jens nog?'

'Dat kon ik niet zien. Ze heeft zijn oor afgesneden. Dat stond zeker niet in het plan.'

Soren staat op en loopt naar de keuken. 'Wil je iets drinken?'

'Nee, dank je.'

'Ik heb al eerder gemerkt dat ze op eigen initiatief van het plan afwijkt. We moeten haar tot de orde roepen. Siobhán moet zich volledig aan de instructies houden. Het risico is te groot dat ze met Jens in de auto wordt aangehouden.'

Vita staat op en loopt naar Soren. 'Daar zal ik voor zorgen, ik zie haar morgenmiddag.'

'Wie is de volgende op de lijst?'

'De Nederlandse. Siobhán moest opschieten, zei ze. Er was een probleem met het oogsten van maïs, het klonk nogal warrig om eerlijk te zijn.'

Soren neemt een slok van zijn water. 'Zoals gewoonlijk.'

'Hoe staat het eigenlijk met je andere project. Was dat niet voor MI6?'

'Het is een samenwerking met iemand die er werkt. Harris heet hij. Met de veroudering zijn we op de goede weg. Ik verwacht dat we ruimschoots op tijd klaar zijn.'

'Hoe gaat dat in zijn werk?'

'Progeria, heb je daar weleens van gehoord?'

'Is dat geen verouderingsziekte?' vraagt Vita.

'Inderdaad. Victor gebruikte hetzelfde LMNA-gen waarmee we werken. Wanneer we dat activeren, samen met een aantal andere genen, kunnen we iemand versneld verouderen.'

'Mijn voorkeur gaat uit naar Victor's verjongingstherapie,' zegt Vita.

'Ik ben blij dat jij de therapie nog wel volgt. Je ziet er fit uit.'

Vita staat op en geeft Soren een kus. 'Jij ook, ook al ben je ermee gestopt.' Ze gaan weer op de bank zitten. 'Wat was er net met Manfred?'

‘Er is een dossier over Anna boven water gekomen waar een journalist is opgedoken.’

‘Heeft het met ons plan te maken?’

Soren schudt zijn hoofd. ‘Met het project van Harris. Ik heb het onder controle.’

‘Zolang ons plan geen gevaar loopt, vind ik alles goed.’

40

17 augustus 2018, Mundaneum, Mons, België

De volgende dag staat Owen vroeg voor de deur van het Mundaneum. Een ruitje van de toegangsdeur is dichtgetimmerd. Hij belt aan en een jonge vrouw doet open.

'Goedemorgen Suzan.'

'Komt u verder.'

'Wat is er gebeurd?' Owen wijst op de voordeur.

'Er is gisteravond ingebroken.'

'Echt? Is er iets gestolen?'

'Niets, zover we weten. Ik zal de dossiers voor u halen.'

'Fijn,' zegt Owen, terwijl ze de volgende ruimte inlopen.

Owen denkt aan de inbraak. Vreemd dat er niets is gestolen. Misschien zijn de inbrekers gestoord bij hun poging. Hij heeft andere zaken om zich druk over te maken.

Suzan legt de dossiers op tafel.

Owen wacht tot Suzan de deur achter zich heeft gesloten en tilt dan de stapel van het onderste dossier. Verbaasd kijkt hij naar een bruine map. Snel loopt hij de dossiers nogmaals door. De roodbruine map is weg.

'Godver.' Owen staat op.

Suzan komt net aanlopen met twee koffiebekers.

'Suzan, ik mis een dossier, een roodbruine map. Die zat er gisteren nog wel bij.'

'Dit is de stapel die op mijn bureau lag.'

'Is de inbreker misschien in het kantoor geweest?'

'Volgens mij niet. Ik breng even de koffie naar mijn collega's, ik ben zo terug.'

Owen kijkt Suzan na. Wie wisten er van het dossier? Alleen Van Poppel en hijzelf. Zijn hoofdredacteur was niet erg happig geweest. Die inbraak kan echter geen toeval zijn, iemand heeft het dossier gestolen. Hoe wist de inbreker ervan?

Suzan komt weer aan lopen. 'Ik heb het nog even voor u nagevraagd op de andere afdelingen. Er is niets gestolen. Wel is er gezocht in kasten en bureauladen. Het ging hen blijkbaar niet om geld, want het geldkistje bij financiën staat nog gewoon in de kast.'

Owen denkt na over wat Suzan heeft gezegd. Hij wil niet te veel nadruk leggen op het vermiste dossier. Tenslotte heeft hij een kopie en een spoor dat hem richting het National Archive leidt.

'Ik zal mij wel vergissen. Deze mappen heb ik niet meer nodig, die mag je meenemen.'

'Kan ik verder nog iets voor u doen?'

'Nee, dank je wel. Ik werk het stuk op de redactie verder uit.'

In de auto belt hij naar de krant. 'Esther? Wil je een vlucht voor mij boeken? Vandaag, van Zaventem naar Londen.'

'Nog voorkeur?'

'Het maakt niet uit met welke maatschappij.'

'Ogenblik.'

Owen kijkt in zijn binnenspiegel en ziet een zwarte Volvo V40 aankomen en een parkeervak in draaien. De auto heeft een grote deuk in het linkerachterportier. De chauffeur blijft in de auto zitten. Owen is er zeker van dat hij de auto gisterenavond en vanochtend heeft gezien. Gisterenavond in de straat bij het Mundaneum en vanochtend bij het hotel. En nu weer. De deuk was hem opgevallen, het Nederlandse kenteken ook.

'Je kunt met de KLM om drie uur naar Londen. Je E-ticket mail ik *as we speak*. Ik heb een parkeerplaats in P-Lock op Zaventem voor je gereserveerd.'

'Super.' Het ticket verschijnt in zijn mail. Er wordt geclaxonneerd. 'Ik sta in de weg, ik bel je nog. Bedankt.'

Owen hangt op, stelt de navigatie in op Zaventem en vertrekt.

Na vijftig minuten rijdt hij het vliegveld op en volgt de borden naar de parkeergarage. Bij een splitsing ziet hij in zijn linker buitenspiegel een zwarte Volvo met gele kentekenplaten abrupt van rijbaan wisselen.

'Fuck.' Owen geeft gas en rijdt met hoge snelheid de parkeergarage in. De Volvo rijdt rechtdoor en verdwijnt uit het zicht.

Owen stapt uit en controleert zijn auto vluchtig op een GPS-tracker. Op het eerste gezicht is er niets te zien. Hij opent de achterklep en trekt zijn koffer naar zich toe. Snel gooit hij wat kleding en ondergoed over in zijn rugzak en dan haast hij zich naar de vertrekhal. Hijgend komt hij bij de gate aan. Pas wanneer het vliegtuig boven het Kanaal vliegt komt zijn hartslag tot rust. Hij denkt na over de Volvo, de inbraak bij het Mundaneum en het verdwenen dossier. Iemand volgt hem. Wie en vooral waarom? Te veel vragen waar hij geen antwoord op heeft. Hij staat op en wurmt zich langs een medepassagier.

'Excuses.'

De man bromt iets onverstaanbaar. Op het toilet checkt hij zijn kleding en schoenen op volgsystemen. De briefing van het Ministerie van Defensie voor zijn vertrek naar Afghanistan is toch nog ergens goed voor. Zijn gedachten dwalen af naar Isabel. Zou ze al thuis zijn en aan hem denken? Met een zucht concentreert hij zich op het doorzoeken van zijn kleding. Hij vindt niets en bedenkt dat zijn rugzak tijdens de avondwandeling door Mons op zijn hotelkamer is blijven staan. Hij wil net het bagagerek openen als een steward hem aanspreekt.

'Wilt u gaan zitten? We gaan zo landen.'

Terug op zijn plek neemt hij zich voor zijn rugzak onmiddellijk na de landing te controleren.

41

17 augustus 2018, Mons, België

Daniël kijkt gapend naar de Peugeot die de parkeergarage onder het Van der Valkhotel uitrijdt. Hij ziet de auto voorbijrijden, start zijn auto en voegt in achter een taxi. Weer kan hij een geeuw niet onderdrukken. Hij heeft het druk gehad afgelopen nacht. Prioriteit nummer één was het vinden van het dossier. Daarmee had hij geluk, het lag voor het grijpen op een bureau in het museum. De snelle vondst gaf hem tijd genoeg om in afwezigheid van die journalist een kijkje te nemen in zijn hotelkamer. Hij kijkt op het schermpje van het GPS-volgsysteem. Er knippert één bewegend pijltje, de tracker in de auto die hij vannacht heeft gemonteerd. De pijl van de GPS-tracker die hij heeft verstopt in de laptop knippert niet. Met een iets te hoge snelheid neemt hij een lange scherpe bocht naar links en rijdt de snelweg op richting het noorden.

Een half uur later zoekt Daniël een naam op in de telefoonlijst. Een tijdje hoort hij niks, de lijn wordt de wereld over gestuurd om traceren onmogelijk te maken, dan hoort hij een klik.

'Manfred? Met mij. Ik volg op dit moment die journalist. We rijden richting Brussel, hij heeft een aantal keren een afslag genomen, ik denk dat hij vermoedt dat hij wordt gevolgd.'

'Heeft hij je gezien?'

'Ik denk het niet. De trackers zitten in de auto en zijn laptop. Die van de laptop gaat pas aan als hij hem aanzet.'

'En het dossier?'

'Dat heb ik hier. Wacht. Hij neemt de afslag naar het vliegveld.'

'Probeer uit te vinden waar hij heen gaat.'

'Hij rijdt een parkeergarage in.'

'Ik stuur het vliegtuig, dat staat in Parijs en pikt je op,' zegt Manfred. 'Vergeet het dossier niet.'

Daniël kijkt naar de lange man met een rugzak over zijn schouder. De journalist was niet moeilijk te traceren in de vertrekhal. Met zijn lengte en de opvallend blauwe rugzak was het alsof een giraf zich in een troep gnoe's wil verstoppen.

Langzaam loopt Daniël dichter naar de man toe, die gedecideerd op een incheckzuil afloopt, zijn telefoon voor het scherm houdt en op een knop drukt. In een flits ziet hij "Londen" op het scherm verschijnen. Hij draait zich om, pakt zijn telefoon en drukt op de herhaaltoets.

'Manfred? Het wordt Londen.'

'Weet je met welke vlucht?'

'Nee. Er gaan er meerdere vandaag.'

'Het vliegtuig is net vertrokken uit Parijs, de steward haalt je op bij de V.I.P.-balie. Ik geef door aan de crew dat ze je in Londen afzetten. Kom eerst naar kantoor voordat je iets onderneemt.'

Daniël stopt zijn telefoon weg en kijkt de Nederlander na die in de mensenmassa verdwijnt. Zelfs een giraf kan zich blijkbaar verstoppen.

42

17 augustus 2018, National Archive, Londen

Op Heathrow slaat Owen na de paspoortcontrole rechtsaf, hij laat de bagagebanden links liggen. Hij heeft alleen handbagage, zijn rugzak is cabin size. Op het vliegveld in Brussel heeft hij geen verdachte figuren gezien, de vlucht naar Londen is zonder verdere problemen verlopen en ook nu heeft hij niet het idee dat hij wordt gevolgd. In de hal kijkt hij om zich heen, ziet hetgeen waarnaar hij op zoek is en loopt ernaar toe.

In het toilethokje zet hij de rugzak op de grond, gaat op de pot zitten en denkt weer aan de zwarte Volvo. Hij is de auto onderweg van Mons naar Brussel uit het oog verloren, hij heeft drie keer een willekeurige afslag genomen en niets meer gezien tot hij op Zaventem de afslag naar de garage nam. De tracker zit misschien toch in de auto, denkt hij, of in zijn rugzak. Hij doorzoekt zijn spullen, vindt niets verontrustends en stopt alles weer terug. Dan verlaat hij het toilet en loopt de aankomsthal in.

Via Paddington Station reist hij met de metro naar Kew Gardens en wandelt via een woonwijk met dicht op elkaar staande woningen naar het gebouw van het National Archive. Hij heeft zijn volgers afgeschud en kan zich concentreren op het dossier dat hij wil inzien. Hij kijkt naar het grote betonnen gebouw, dat de uitstraling heeft van een parkeergarage, maar de geschiedenis van Groot-Brittannië herbergt.

Owen meldt zich bij de balie waar hij het dossier moet afhalen. Hij geeft het nummer op dat hij in België heeft gevonden.

De vrouw achter de balie tikt het nummer in. 'U heeft het vooraf al opgevraagd, mooi. U bent de tweede in korte tijd, zie ik. Een ogenblik, ik haal het voor u.'

Owen kijkt de vrouw na. Er is nog iemand die uit de enorme berg data die hier ligt opgeslagen, dit specifieke dossier wilde inzien. Dat moet degene zijn geweest die in België het nummer in het dossier heeft achtergelaten.

Niet veel later zit hij achter een tafel, met voor zich een kartonnen map waarvan de randen zijn aangevreten door papiervisjes. Om de map zit een dik elastiek, dat hij verwijdert. De bovenste pagina's zijn duidelijk nieuwer dan de rest van het dossier. Aan de randen van de eerste bladen die hij omslaat is hier en daar een strook met gaatjes blijven zitten, geprint op een matrixprinter, denkt Owen, de jaren 80. Hij kijkt naar de datum bovenaan wat een vergaderverslag lijkt te zijn: 18 september 1986.

Het verslag begint met een geheimhoudingsverklaring die alle aanwezigen vooraf moesten ondertekenen. Owen kijkt naar de namen, weer een Nymark. Het zijn er zelfs twee; Soren en Oskar. Het is dezelfde achternaam die hij in het dossier tegenkwam dat hij in het Mundaneum vond. De andere naam is van een MI6-agent, Harris. Snel scant Owen het verslag, maakt wat aantekeningen, en legt de papieren naast zich neer. Een moment kijkt hij voor zich uit, pakt een van de pagina's van tafel en leest de tekst opnieuw.

Uit de vergaderstukken komt naar voren dat men in 1986 van plan was, om het persoonsverwisselingsprogramma "GenMedical" uit de Tweede Wereldoorlog nieuw leven in te blazen. Het Britse rijk van weleer moet uit zijn as herrijzen. Een plan voor een nieuw Brits rijk, natuurlijk. Volgens planning zou het plan in 2017 in werking treden. Waarom pas in 2017, denkt Owen. Hij slaat de pagina die voor hem ligt om. De voorwaarden voor het plan worden opgesomd. Een nieuw gebouw, laboratoria, academisch geschoold personeel. Het onderzoek naar de veroudering wordt gegund aan het laboratorium van Oskar Nymark in Denemarken. Owen schuift de papieren bij elkaar. Hoe kan hij controleren of het plan werkelijk bestaan heeft of afgelopen jaar inderdaad in werking is getreden? Het zou zijn tweede primeur van de eeuw zijn in korte tijd.

Owen loopt naar de balie en schuift de map naar een jonge vrouw. 'Weet u of dit dossier al is bekeken door uw collega's van de afdeling onderzoek?'

De vrouw bekijkt de binnenzijde van de map. 'Zo te zien niet. We krijgen hier jaarlijks duizenden dossiers, brieven en andere papieren binnen. Het wordt vluchtig bekeken en voorzien van een UDC-nummer. Het ontbreekt ons aan tijd, mankracht en eigenlijk vooral aan geld daarvoor.'

'Uw collega zei dat dit dossier onlangs door iemand anders is opgevraagd. Ik weet dat het lastig is met de privacyregels van tegenwoordig, maar ik zou het vervelend vinden wanneer een andere journalist aan hetzelfde verhaal werkt, ik zou met hem of haar kunnen samenwerken, ik bedoel ...'

'Ik zal even vragen of wij hierin kunnen bemiddelen.' De vrouw draait het computerscherm iets naar Owen, knipoogt en loopt weg. Op het scherm staan de gegevens van degene die het dossier vlak voor hem heeft opgevraagd, hij is de tweede die sinds de informatie in 2006 in het National Archive werd opgeslagen. Owen glimlacht, hij herkent de naam. Hij kijkt naar de jonge vrouw die even verderop in een deuropening staat. Hij steekt zijn duim omhoog, draait zich om en vertrekt naar zijn hotel. In de metro begint het plan dat hij in zijn hoofd heeft steeds meer vorm te krijgen. Het is tijd om wat kennissen uit de tijd voordat hij journalist werd met een bezoek te vereren. En hij moet dringend iemand bellen.

43

18 augustus 2018, Maasland, Nederland
Het maïsveld strekt zich uit tot aan de horizon. Vlak voor mij is een hek dat openstaat. De omgeving doet mij denken aan een vakantie in Denemarken op een boerderij in Bovrup, als ik het mij goed herinner. De maïsplanten stonden pal naast de schuur waar we logeerden. Ik was een maand of drie daarvoor in een tehuis geplaatst, weg van mijn vertrouwde omgeving, mijn kamer en mijn vader.

De bezoekjes die papa mij 's nachts niet meer bracht, werden al snel overgenomen door iemand van de leiding van het tehuis. Tijdens de bewuste vakantie ging dit gewoon door, alleen werd er van mij verwacht dat ik meeging het maïsveld in. Het was binnen te gehorig volgens de man, waar ik de naam niet meer van weet. Drie maanden later hebben ze hem tijdens het oogsten van het maïs gevonden. Ik was op dat moment al overgeplaatst naar een ander tehuis. Er zouden er nog velen volgen. De gebeurtenissen uit je jeugd draag je de rest van je leven mee en het brengt je soms op goede ideeën.

De informatie die ik op internet heb gevonden heeft mij naar Maasland gebracht, waar zus 5.01.2, boerin is geworden. Roos van der Velden is in het bezit van een groot areaal maïs. Net zoals in Zwitserland hoef ik ook dit keer de trekker niet over te halen. Dat doet de machine die komt oogsten voor mij.

Met mijn hand wrijf ik over de schrammen op mijn voorhoofd. Ik voel weer hoe Roos tijdens het gevecht haar nagels in mijn huid zet. Ze bleek alerter dan haar zussen tot nu toe waren, of minder goedgelovig. Niet alles loopt altijd zoals gepland, soms moet je een beetje geluk hebben. De injectie met het dormicum in haar bil deed zijn werk.

Ik concentreer mij weer op de wuivende planten voor mij. De laatste weken heb ik veel over maïs geleerd: de temperatuursom over het hele seizoen moet bijvoorbeeld 1.200 graden zijn en het drogestofgehalte moet op 36 procent liggen voordat er geoogst kan worden. Dit jaar is dat eerder dan andere jaren. Ik dacht tot half september de tijd te hebben, maar heb me moeten haasten om de voorbereidingen op tijd af te hebben. Begin deze week heb ik als een volleerd gewascontroleur in het veld de maïskorrels in de kolven gecontroleerd op rijping, er moet snel geoogst worden.

Ik tuur naar het witte bord met de blauwe nummers en dan naar de groene muur erachter. Niets duidt erop dat er iemand in het maïsveld ligt.

Op de hoofdweg komt een grote machine aangereden. Aan de voorzijde is een gevaarlijk uitziend werktuig, de maïsbek, gemonteerd. Wat je al niet leert wanneer je je ergens in verdiept. Ik herken de machine van foto's, het is de hakselaar die de maïs komt oogsten. Het is informatie waar ik de rest van mijn leven niets meer aan heb, maar nu uitermate nuttig is. De spanning in mijn lichaam neemt toe, ik zucht, meer uit gewoonte dan dat het oplucht.

Het gevaarte rijdt het veld in. Erachter volgt een tractor met een grote aanhanger. De maïsbek voorop de hakselaar klapt uit tot een breedte van zo'n zes meter, de schijven met de messen zien er dreigend uit. De tractor stelt zich op naast de hakselaar, de uitwerppijp waar de versnipperde maïs straks uitkomt wordt op de aanhanger gericht. Het is te merken dat de chauffeurs goed op elkaar zijn ingespeeld, het gaat soepel en snel. Langzaam zet de machine zich in beweging, de eerste planten verdwijnen tussen de ronddraaiende messen, niet veel later worden de eerste snippers in de aanhangwagen uitgespuwd.

De ene na de andere rij planten verdwijnt als sneeuw voor de zon. Ik heb mij laten vertellen dat wanneer er een zwijn of hert gegrepen wordt, deze er als stukjes gesneden wild weer uitkomt. Ik ben erg benieuwd wat het met een mens doet. We zullen het zo weten.

De hakselaar baant zich een weg door het dichte gewas. Nog een paar meter. Ik houd mijn adem in. Plotseling hoor ik de motor meer toeren maken. Ik kijk naar opening van de uitwerppijp, roodgroene smurrie schiet de aanhangwagen in, gevolgd door een stuk blauw stof. Dat was haar spijkerbroek. De machine stopt abrupt.

Binnen twintig minuten wemelt het van de politie, er komt een ambulance aanrijden en ik hoor een helikopter. Het is tijd om te gaan, ik kruip de struiken uit, wandel rustig naar de parkeerplaats en stap in de auto. Ik kijk in de binnenspiegel, er zit niemand op de achterbank. Dit keer niet, papa mocht niet mee van Vita, maar ik weet zeker dat hij tevreden is.

44

21 augustus 2018, Leidschendam, Nederland

Hamza legt de telefoon neer. 'De Officier deelt je mening niet. Hij gaat er vanuit dat het een noodlottig ongeval was en wil dat we het onderzoek stilleggen. Dat moest ik aan je doorgeven'

'Ik heb geen goed gevoel bij haar dood. Nu stoppen is te snel. We hebben nog een aantal zaken die we verder kunnen onderzoeken. De prikwond in haar bil bijvoorbeeld,' zegt Ronald.

'Mogelijke prikwond,' verbetert Hamza. 'Het NFI kon dat niet met honderd procent zekerheid zeggen.'

'En het dormicum in haar bloed?'

'Mevrouw Van der Velden werkte parttime in het Reinier de Graafziekenhuis in Delft. Misschien heeft ze het middel mee naar huis genomen en heeft ze zichzelf per ongeluk geïnjecteerd?'

'Hoe zie je dat voor je? Je injecteert je niet "per ongeluk" in je bil.' Ronald draait zich om en doet de handeling voor. 'Haast niet te doen op die plek. De waarden in haar bloed komen overeen met ongeveer tien tot vijftien milligram dormicum. Dat is meer dan voldoende om iemand met haar gewicht immobiel te maken.'

'Het was maar een gedachte. En nu? We kunnen een Officier van Justitie niet negeren.'

‘We rijden naar Maasland. De plaats delict heb ik nog niet vrijgegeven, wellicht dat er mij nog iets te binnen schiet als ik de plek weer voor mij zie.’

Ronald kijkt geërgerd naar de kale akker. Keurige rijen met stoppels steken uit de grond als laatste herinnering aan het gewas dat er stond. Rond de plek waar het lichaam is gevonden, staan nog een aantal planten overeind als hoeders van het recht. Een rood-wit lint markeert de plaats delict.

Hamza schopt onwillig tegen een kluit. ‘Waar zoek je naar? De collega’s van forensische opsporing hebben ieder stukje grond al onderzocht.’

‘Zoals ik al eerder zei heb ik het idee dat dit geen ongeluk was. Ik wil het hier bekijken zonder dat het er wemelt van de mensen. Wil je naar kantoor bellen en vragen welke onbenul er achter mijn rug om toestemming heeft gegeven om de rest van de maïs te oogsten?’

Hamza pakt zijn telefoon en loopt verder het veld in.

Ronald draait zich om. Het witte bord was hem van de week al opgevallen. 5.01.2 en 15.06 is er met blauwe verf op een witte plaat hout gespoten. Er waren foto’s van in het dossier opgenomen, niemand had zich afgevraagd wat ze betekenen. De druk van het Openbaar Ministerie is hoog en het aantal mensen dat hij tot zijn beschikking heeft veel te weinig. Toch is hij verbaasd dat deze zaak zo snel als noodlottig ongeval wordt afgedaan.

‘De Officier is door de eigenaar van het loonbedrijf gebeld of de rest van de akker geoogst mocht worden, omdat ze anders in de knel komen met hun planning. Er schijnt dit jaar vroeg geoogst te moeten worden en de boeren staan in de rij. Hij heeft er toestemming voor gegeven,' zegt Hamza.

'Fijn. Een Officier van Justitie die achter ons rug om de plaats delict vrijgeeft.'

'Hij gaat ervan uit dat het om een ongeval gaat. Voor hem is dit geen plaats delict meer. Nooit geweest eigenlijk.'

'Deel jij die mening?'

Hamza haalt zijn schouders op. 'We barsten van het werk, er komt dagelijks werk bij.'

'Je wilt deze zaak even afraffelen? Mijn gevoel zegt dat er iets niet klopt.' Ronald wijst naar het bord. 'Bel de man van het slachtoffer, vraag of hij weet hoelang dat bord er staat.'

Opnieuw pakt Hamza zijn telefoon uit zijn broekzak.

Ronald hurkt bij het bord, het is niet verweerd of verrot. Hij staat weer op en ziet Hamza over de akker aan komen lopen, de stoppels ontwijkend.

'Mijnheer Van der Velden heeft het er niet neergezet. Hij weet niet over welk bord ik het heb.'

'Nog een los eindje.' Ronald pakt zijn telefoon en laat een foto zien. 'Dit is de rechtermiddelvinger van Roos die in aanhanger is teruggevonden. Deze tatoeage, 5.0 en volgens mij nog een cijfer. Dat is door de verwonding niet goed zichtbaar.'

Hamza kijkt naar het bord. 'Opmerkelijk.'

'Bel Van der Velden nog een keer. Als het op de vinger van zijn vrouw stond moet hij dat hebben geweten.'

Hamza loopt weer van hem vandaan. Het gesprek duurt maar even. Opgewonden komt hij teruglopen.

'Het nummer stond inderdaad op de vinger van Roos getatoeëerd. 5.01.2. Hetzelfde als op het bord. Roos was twaalf toen het op haar vinger is gezet. Van der

Velden weet niet wat het betekent. Zijn vrouw wist het zelf ook niet.'

'Vind je het nog steeds een gewoon ongeval?'

Hamza schudt zijn hoofd. 'Je hebt gelijk.'

'We gaan terug naar het bureau.'

Hamza neemt op de A4 de afslag Leidschendam en rijdt de Sijtwendetunnel in richting het bureau.

Ronald kijkt op zijn telefoon. 'Ik krijg net de uitslag van het DNA-onderzoek. De huidcellen die onder de nagels van Roos zijn aangetroffen zijn van haarzelf. Apart. Volgens de patholoog waren het huidcellen met relatief veel bloedcellen. Ze moet zichzelf ergens gekrabd hebben.'

'Het deel van het lichaam dat niet door de hakselaar is gegaan was vrijwel ongeschonden,' zegt Hamza. 'We zullen nooit weten of op de benen en haar rechterarm krabsporen zitten.'

'Heb jij jezelf weleens tot bloedens toe gekrabd? Automutilatie komt bij borderline wel voor, weet ik helaas uit eigen ervaring.'

Hamza kijkt opzij naar Ronald. 'Oh?'

'Mijn zus kampt met borderline.' Ronald kijkt weer op zijn telefoon. 'Roos was volgens haar man een stabiel persoon, sociaal en open.'

'Het DNA is van de dader, denk je? Zou het familie zijn, een zus of broer?'

'Er zijn geen familieleden bekend. Roos is volgens haar man in 1998 geadopteerd via een Deens bureau.'

Hamza parkeert de auto in de garage bij het bureau. 'Denemarken?' Hij tikt een zoekopdracht in op zijn telefoon. 'Volgens deze site is er tussen 1971 en 2015 nooit iemand uit Denemarken geadopteerd.'

'Laat eens zien.' Ronald scrollt door de cijfers en ziet Denemarken niet tussen de landen staan waar vanuit kinderen naar Nederland zijn geadopteerd. 'Op het bureau moeten we deze cijfers verifiëren en het adoptiebureau in Denemarken bellen.'

'Misschien heeft het bureau alleen bemiddeld en komt ze oorspronkelijk uit bijvoorbeeld Duitsland? Dan telt ze mee voor de adoptie uit dat land.'

'Dat is mogelijk. Ik zal de Officier vragen het onderzoek nog niet stoppen. Er zijn te veel vragen waar we geen antwoord op hebben.'

'Wat kan ik doen?' vraagt Hamza.

'Kijk wat je kunt vinden over die cijfers. Vooral die op haar vinger is interessant.'

'Doe ik.'

Niet veel later zitten ze achter hun bureau op kantoor. 'Koffie? vraagt Hamza. Zonder op antwoord te wachten loopt hij weg.

De telefoon gaat, Ronald neemt op. Hamza komt met twee mokken in zijn hand de afdeling oplopen en zet de koffie op Ronalds bureau.

'Dat is uw mening.' Woedend gooit Ronald zijn telefoon op de haak en schuift geërgerd zijn stoel aan.

'De Officier?'

'Het onderzoek wordt voorlopig stilgelegd, hij luisterde niet eens naar mijn argumenten.'

'Dus het blijft een ongeluk?'

'Alleen als er nieuwe aanwijzingen zijn, wil hij het onderzoek heropenen.'

'Die overeenkomstige nummers op het bord en de vinger van Roos zijn niet voldoende?'

'Wat ik al zei, hij luisterde niet.'

45

21 augustus 2018, Delft, Nederland

Het is druk in het oude centrum van Delft. Monika kijkt vanaf het dakterras naar de Oude Langedijk waar Isabel, als het goed is, vanaf het station overheen loopt. Een grote dubbeldeks touringcar rijdt voorbij om een volgende lading toeristen te droppen. Ze kijkt naar de tijd op haar telefoon. De trein is twintig minuten geleden aangekomen.

Tussen de bomen door ontwaart ze haar zus. Ze laveert tussen de groepjes toeristen door. Monika volgt haar tot ze uit het zicht verdwijnt. Dan klinkt de deurbel.

'Hej!' zegt Isabel.

'Kom hier.'

Ze omhelzen elkaar.

'Voel je je weer beter?'

'Gelukkig wel. Afgelopen twee weken heb ik alleen maar in bed gelegen.' Monika wuift het weg. 'Heb je de mail gelezen die ik heb doorgestuurd?'

Isabel haalt haar schouders op. 'Het heeft dezelfde strekking als de voorgaande. Het is een aankondiging voor de volgende moord. De vijfde. Enig verschil is dat er geen foto van Jens bij zit.'

'De mail is van een paar dagen geleden. En we hebben niets, geen naam ...'

'We hebben wel een naam. Ze heet Sofia, Roos of Zuzanna.'

'Daar kunnen we niets mee.'

'Nee. Fuck,' zegt Isabel. Ze gaan op het dakterras zitten.

Monika schenkt een witte wijn in een glas en geeft het aan Isabel. 'Heb je nog iets bijzonders ontdekt over Anna Bolton? Je was nogal enthousiast toen je belde.'

Isabel vertelt over het geheime dossier dat ze heeft gevonden in het Mundaneum.

'En hoe ben je eigenlijk bij het National Archive uitgekomen?'

'Dat was een tip van een medewerkster bij het Mundaneum. Het museum heeft een deel van de dossiers over GenMedical en Anna Bolton gekregen, de rest is naar het National Archive gegaan.'

'En nu?'

'Over Anna Bolton is niet veel meer te vinden, vermoed ik. GenMedical bestaat nog steeds, dus dat is nog een optie. Misschien kunnen zij meer over Anna en het plan uit de Tweede Wereldoorlog vertellen. Ik heb op de website gekeken, als journalist kun je een rondleiding krijgen.'

'Dat ben je niet.'

'Ik kan alles zijn als het moet.'

'Denk je dat ze bij GenMedical iets over dat plan uit de Tweede Wereldoorlog kwijt willen? Misschien weten ze er niets van. Het is zolang geleden.'

'Ik ben vooral nieuwsgierig naar wat het met ons te maken heeft.'

'Je hebt al een afspraak voor een rondleiding gemaakt?'

Isabel knikt en neemt een slok van haar water. 'Morgenochtend vlieg ik naar Londen. Kan ik hier vannacht logeren?'

'Natuurlijk. Heb je Owen nog gesproken?'

'Via WhatsApp. Hij komt eerder terug uit India.'

'Wat jammer voor hem. Waarom eigenlijk?' vraagt Monika.

'Het weer is extreem slecht. Het gebied in het zuiden van India waar hij doorheen zou trekken staat onder water.'

'Dus je ziet hem eerder?'

'Dat heeft hij nog niet laten weten. Heb je nog in de database van Europol en Interpol gekeken of er een nieuwe moord is gemeld?'

'Vanochtend nog. Geen enkele moord heeft raakvlakken met de onze.'

'En je Duitse en Belgische collega's? Hebben die nog nieuwe informatie?'

Monika schudt haar hoofd. 'De onderzoeken zijn stilgelegd. Ik zou laten weten wanneer er overeenkomsten zijn.'

'Die zijn er. De slachtoffers en de cijfers. Waarom heb je dat niet aan ze gemeld?'

'Ik wil niet dat ze zich met deze zaak bemoeien.'

Isabel wil nog iets zeggen, maar houdt haar mond. Dan bedenkt ze zich iets. 'In de mail over de vierde moord heeft hij ...'

'Onze vader is overleden.'

'Ik noem hem even "hij". Hij heeft het over "een berg". Heb je daar over nagedacht? Ik kom niet verder dat de moord gepleegd is in een land waar bergen zijn.'

Monika zet haar laptop op haar schoot. 'Ik zal eens kijken of ik daar iets op kan vinden.'

'In welke landen zoek je?'

'Ik heb "alle" aangevinkt. Het systeem zoekt binnen alle landen van de EU.'

'Neem Noorwegen en Zwitserland mee in de zoekopdracht.'

'Veertien hits,' zegt Monika. 'Dit zou iets kunnen zijn. Een moord in Zwitserland.' Monika geeft haar laptop aan Isabel.

'Een flash flood,' zegt Isabel. 'Daar heb ik weleens een filmpje van gezien op YouTube.'

'Het is nog geen officiële melding. Meer een vraag naar meer informatie over soortgelijke moorden. Hij schreef dat de berg hem zou hem helpen, deze melding zou de moord kunnen zijn die we zoeken.'

'Vraag jij de gegevens op?'

'Doe ik.'

'De laatste keer dat ik hier was zouden we uit eten gaan, maar werd je ziek.'

'Jij zou trakteren, weet ik nog,' zegt Monika.

'Waarom doe je alsof er niets aan de hand is?'

Monika kijkt verbaasd. 'Wat bedoel je?'

'Jens. Ik hoor je er helemaal niet over. Je moet het niet wegstoppen.'

'Dat doe ik niet.' Monika gaat verzitten. 'Nou ja. Een beetje misschien. De foto's en het filmpje. Je bent het met mij eens dat hij waarschijnlijk dood is?'

Isabel knikt.

'Ik heb besloten dat ik me beter kan focussen op het oplossen van de moorden. Ik vermoed dat wanneer we de code oplossen, we Jens zullen vinden.'

Isabel trekt Monika tegen zich aan. Ze omhelzen elkaar. 'Oké. Maar vergeet jezelf niet.'

‘Als het niet meer gaat, weet ik je te vinden. Gaan we nu uit eten?’

46

22 augustus 2018, GenMedical, HQ, Londen

De rondleiding door de laboratoria van GenMedical loopt bijna ten einde wanneer Isabel achter de groep journalisten een volgende gang inloopt. Aan het einde ervan staan twee gewapende bewakers. De blonde communicatiemanager leidt de groep naar een volgende afdeling, maar de interesse van Isabel is gewekt door de twee bewakers.

'Is daar een laboratorium?'

De vrouw kijkt naar het einde van de gang. 'Dat is een deel van het gebouw waar alleen geautoriseerde personen mogen komen. Volgens mij doen ze daar specialistische onderzoeken. Het fijne weet ik er niet van. Loop je mee?'

'Ik moet eigenlijk even naar het toilet. Ik haal jullie zo wel in.'

'Schiet wel op, het laatste onderdeel van de rondleiding is echt de moeite waard.'

'Doe ik.' Isabel negeert de deur met het symbool van een vrouw en loopt richting de bewakers. Zo nonchalant mogelijk loopt ze hen voorbij, een zijgang in.

'Mevrouw? Kan ik u helpen?' hoort ze een van de bewakers zeggen.

Ze draait zich om. 'Ik moet even naar het toilet.'

'Die bent u net voorbij gelopen.' De bewaker wijst naar de deur die ze net genegeerd heeft.

'Ach, dank je wel.' Wanneer ze het toilet inloopt, kijkt ze opzij naar de bewakers. Een van hen praat in een portofoon.

Twee alerte en fitte bewakers, ieder gewapend met een Heckler & Koch MP5-mitrailleur. Een overdreven interne beveiliging voor een laboratorium, ook al doen ze er specialistische onderzoeken zoals de gids zei.

Uit haar handtas haalt ze een apparaatje, gaat op de toiletpot staan en duwt een plafondplaat omhoog. Het apparaatje legt ze op de plafondplaat ernaast.

'Mevrouw?' Een van de bewakers is de toiletruimte binnengekomen.

Isabel trekt het toilet door.

'Mevrouw? herhaalt de bewaker.

'Ja, ik kom eraan.' Wanneer ze de toiletdeur opent ziet Isabel de bewaker in de gang staan. Hij heeft de deur naar de toiletten open laten staan en zich discreet in de gang teruggetrokken. Ze wast haar handen en loopt de gang op.

'Loopt u mee?' De bewaker wijst richting zijn collega.

'Mijn groep is die kant opgegaan.'

'Wij nemen de kortste weg.'

'Waarheen?'

'Naar buiten.'

'Wat? Zo mis ik het beste deel van de rondleiding.'

'Deze kant op.'

Verbaasd volgt Isabel de bewaker die haar via een trappenhuis naar de begane grond leidt, waar een bewaker staat te wachten met haar bij de receptie ingeleverde rugzak. Isabel pakt hem aan en slingert hem op haar rug. Dan stapt ze vanuit het gebouw de straat op. De deur wordt achter haar op slot gedraaid. Een moment blijft ze glimlachend staan, het eerste deel van haar plan heeft ze afgerond. Ze loopt naar haar hotel om het tweede deel voor te bereiden.

Wanneer ze een drukke straat inloopt, ziet ze in een buitenspiegel van een geparkeerde bestelbus beweging. Het is een opvallende verandering in het gespiegelde beeld dat zich achter haar bevindt. In een ruit van een bushalte iets verderop in de straat ziet ze twee schimmen dichterbij komen.

Ze loopt snel een grote kledingwinkel in en laat zich meevoeren richting een roltrap in het gekrioel van koopjesjagers. Op de eerste verdieping vervolgt ze haar weg langs volgepakte kledingrekken, trekt twee broeken uit een rek en kijkt richting de roltrap.

De twee mannen die omhoog komen blijken twee reuzen. De voorste reus kijkt haar kant op, ze kijkt quasi op het prijskaartje, draait zich om en loopt naar de paskamers.

In de paskamer controleert ze haar rugzak en vindt in een voorvakje een kleine GPS-tracker van hetzelfde merk als ze net op het plafond heeft gelegd. Eén erin, één eruit. Het pistool dat onder in haar rugzak lag is verdwenen.

'Fuck.'

Ze kijkt langs het gordijn de winkel in. De twee mannen staan met elkaar te overleggen. Er komt een groep tieners de kant van de paskamers op lopen, de armen vol met kleding. De mannen komen in beweging. Op het moment dat de tieners worden tegengehouden door een medewerkster van de winkel, sluipt Isabel haar paskamer uit en kijkt niet meer om. Ze rent naar een nooduitgang en drukt de grote hendel van de deur naar beneden. Direct begint er een alarm te loeien. In het trappenhuis rent ze zo snel als ze kan de treden af, opent een buitendeur en staat in een steeg achter de kledingwinkel. Aan het einde van de steeg bevindt zich een straat waar een rode dubbeldekker bus voorbij rijdt. Ze rent erheen en steekt de straat over richting het metrostation Marble Arch.

Vijf minuten later zit ze in de metro in westelijke richting. Ze haalt de GPS-tracker uit het voorvak van de rugzak en voelt onder het stoeltje waarop ze zit. Haar vingers glijden langs een rand opgedroogd kauwgom. Halverwege het stoeltje voelt ze waar ze naar op zoek is. De metro stopt bij St. Paul's. Er stappen veel toeristen uit, op weg naar de kathedraal met de naam waar het metrostation naar is vernoemd. In het gedrang drukt Isabel de tracker in de verse kauwgom onder het stoeltje en staat op. Bij het volgende station stapt ze over op de Northernline en verdwijnt in de anonimiteit van de stad.

Isabel legt haar telefoon naast zich neer op het hotelbed en denkt terug aan de rondleiding bij GenMedical. Het was duidelijk dat ze met de rugzak geïmproviseerd hebben. Wat heeft hen getriggerd? Haar vraag over de bewakers? Dat zou inhouden dat die communicatiemanager meer weet dan ze kwijt wilde. Misschien hebben ze alle tassen van de groep journalisten gecontroleerd en haar wapen gevonden. Of negeerde ze iets te opvallend de toiletten? De bewakers zijn in ieder geval professioneler dan ze had verwacht. Haar achtervolgers waren dat ook. Ze was alleen net iets slimmer.

Ze pakt haar telefoon en belt een nummer dat ze al lang niet gebruikt heeft. 'Hai. Met eh... Isa. Hoe is het?'

'Isa? Mijn God.' Even hoort ze alleen geruis. 'Zal ik naar je toe komen?'

'Over een half uur in de loungebar van het Canary Wharfhotel.' Ze drukt het gesprek weg.

Niet veel later zit Isabel in een fauteuil in een loungebar met uitzicht over het water van de haven.

'Isa?'

Ze kijkt om en ziet een lange donkere man. Het pak dat hij aan heeft kost meer dan haar auto. 'Mark!' Ze staat op en ze omhelzen elkaar, houden elkaar even stevig vast.

'Dat is een tijd geleden. Hoe gaat het met Kjeld?'

Het gezicht van Isabel versombert. 'Hij is in Afghanistan om het leven gekomen.'

Mark is gaan zitten, legt zijn hand op de knie van Isabel. 'Wat is er gebeurd?'

'Hij is vermist geraakt bij een aanval op een konvooi. Ons leger heeft samen met Amerikaanse Special Forces weken naar hem gezocht.'

'En?'

'Een krijgsheer hield hem vast, heeft hem later gedood. Het leger heeft zijn lichaam geruild voor een Landcruiser. Dat laatste is natuurlijk niet officieel.'

'Wat erg voor je.' Mark zwijgt een moment. 'Je hebt mij nodig?'

'Ik moet inbreken in een beveiligd laboratorium.' Isabel legt uit wat ze nodig heeft.

'Het wapen is geen probleem, dat ligt in een locker op Pancras Station.' Mark noemt het nummer van de locker en de code. 'De informatie over het pand en de toegang tot het lab heb ik later vandaag voor je.'

Mark staat op, ze zeggen elkaar gedag en nemen ieder een andere uitgang van het hotel.

De telefoon van Isabel trilt in haar broekzak, een voor haar onbekend nummer.

'Hallo?'

'Hoi. Met Owen.' De stem klinkt warm, denkt Isabel. Ze wordt geil van zijn stem en denkt aan die andere Landcruiser hier ver vandaan.

'Hé.' Jezus, denkt ze, is dat alles dat je kunt verzinnen. 'Eh ... ben je nog in India of al op de terugweg?'

'Ik ben al terug. Het was zo slecht dat de route die ik wilde volgen is afgesloten. Ik had geen zin om rond te blijven hangen.'

'Jammer, je keek er zo naar uit. Ben je in Amsterdam?'

'Ik heb je advies opgevolgd en ben naar het Mundaneum gegaan in Mons. En van daaruit ben ik bij het National Archive uitgekomen.'

'Het National Archive? Je bent in Londen?'

'Al sinds vorige week, ik heb dit weekend de toerist uitgehangen. Hoezo?'

Een verlangend gevoel nestelt zich in haar hartstreek. 'Ik ben ook in Londen.' Isabel bedenkt zich dat ze andere dingen te doen heeft.

'Zullen we vanavond wat afspreken? Ik wilde je eigenlijk uitnodigen om naar Amsterdam te komen. We moeten sowieso iets bespreken.'

'Ik heb vandaag niet zoveel tijd,' zegt Isabel. Het verlangen neemt toe. Ze denkt aan wat Monika onlangs zei over Owen: 'Ga ervoor, kijk waar het toe leidt.' De tijd op haar telefoon zegt haar dat ze wel even heeft, daarnaast moet ze nog eten en waarom niet in goed gezelschap? ‘Ik moet nog iets ophalen. Zullen we afspreken op Pancras Station?’

47

22 augustus 2018, GenMedical HQ, Londen

Manfred weegt het wapen in zijn hand. 'Een Glock. Smaak heeft ze wel.'

'Het is een mooi wapen,' zegt een bewaker.

'Heb je haar naam?'

'Isabel Iterson. Journaliste bij de Daily Swedish News. Ik heb een tracker in haar tas verstopt.'

'Die heeft ze gevonden.'

'Ik moest improviseren, er was niet veel tijd.'

'Ze zijn haar kwijtgeraakt in de metro. Je had de tracker iets beter moeten verstoppen.'

'Verdomme.'

'Luister. Ik heb een belangrijke vergadering met mijnheer Nymark elders in de stad. Wanneer ik terug ben, hebben we het er nog over.'

'En het wapen?'

'Dat blijft hier.'

Soren draait zich naar Manfred die naast hem op de achterbank van een auto zit. 'Je weet zeker dat het een journaliste is?'

'Dat zoekt Noah op dit moment uit. Ik vermoed dat de naam vals is.'

'Een journalist met een wapen, is geen journalist,' zegt Soren. 'Je hebt haar laten volgen, maar ze zijn haar kwijtgeraakt in de metro. Hoe is dat mogelijk?'

'Ze heeft het slim aangepakt. Helaas kan ze nu overal zijn.'

'Het heeft geen zin om Harris te vragen naar camerabeelden uit de metro?'

'Die gaat daar geen kostbare tijd aan spenderen.'

'Bij welke krant is ze journalist?'

'De Daily Swedish News, een Engelstalige Zweedse krant. Ik heb de krant gebeld, ze geven geen informatie over medewerkers.' Manfreds telefoon trilt in zijn hand. 'Een mail van Noah met een video.'

Soren kijkt mee. 'Dat is de gang op de vijfde, bij de kraamkamer?'

'Klopt. Hier gaat de groep het lab van GenicsDirect in. Alleen zij blijft achter.' Ze zien Isabel het beeld inlopen. 'Ze lijkt wel verdomd veel op Anna.'

Soren kijkt tersluiks naar Manfred. 'Dat kan niet. Wie is die vrouw?'

'Ze noemt zich Isabel Iterson. We hebben al eerder een match gehad, weet je nog?'

'Was dat niet met DNA uit Kopenhagen.'

'Volgens Kurt was er toen geen match.'

De auto stopt voor een groot zandkleurig gebouw dat direct aan de Theems ligt. 'Wat zeggen we tegen Harris?' Hij knikt naar het zandkleurige gebouw dat beroemd geworden is door de James Bondfilms die er zijn opgenomen.

'Voorlopig niets. We zoeken dit eerst zelf uit.'

48

22 augustus 2018, Pancras Railway Station, Londen

Isabel ziet Owen de stationshal van Pancras Station in komen lopen. Op Camp Marmal heeft ze na zijn vertrek, zijn achtergrond vrij eenvoudig weten te achterhalen. Owen, een in Nederland bekende onderzoeksjournalist, is betrouwbaar, intelligent en heeft veel intrigerende onderzoeken op zijn naam staan. Alleen over de tijd voordat hij journalist werd, is niet veel te vinden.

Hij ziet er nog beter uit dan in Afghanistan, hij is casual gekleed in een mooie jeans en een zwarte trui. Zijn uiterlijk past niet bij het beeld dat ze heeft van de meeste journalisten: stoffig en onverzorgd.

Owen zwaait en lacht. Weer voelt ze iets in haar lichaam dat haar doet denken aan lang geleden. Ze schudt het van zich af, ze wil gefocust blijven, maar ze weet dat het moeilijk zal worden.

Ze omhelzen elkaar, Isabel ziet in zijn ogen dat hij hetzelfde voelt als zij. Owen kust haar op haar wang, ze voelt de warmte van zijn lippen. Ze draait haar hoofd iets, kust hem op zijn mond, zachtjes, hunkerend naar meer. Zijn mond opent zich, ze volgt zijn voorbeeld, steekt haar tong uit, voelt de zijne, hij smaakt naar Mentos dit keer, ze wil hem. Er klinkt een stem uit een luidspreker boven hen die werkzaamheden op het spoor aankondigt. Isabel gromt en duwt Owen zachtjes van zich af.

Ze nemen de roltrap naar een winkelgalerij een verdieping lager, halen een hamburger bij een fastfoodrestaurant en gaan op een bankje zitten.

'Ik dacht dat Camp Marmal eenmalig was, ik heb je echt gemist.'

'Ik jou ook.' Owen glimlacht. 'Ik heb jouw tip over Anna Bolton nagetrokken.'

'Dat zei je al. Je bent bij het National Archive geweest?'

'Dankzij jou. Het telefoonnummer dat je hebt achtergelaten in dat dossier?'

'Dat is slordig van me.'

'Je was bij het Mundaneum voor Anna, net als ik?'

'Ik wilde meer over haar weten en kwam erachter dat slechts een paar dossiers over haar werk naar het Mundaneum gegaan zijn. Toen kwam ik dat andere dossier tegen met het plan.'

'Ben je haar kleindochter?'

'Dat kan niet. Anna is begin september 1944 bij een van de eerste V2 aanvallen vanuit Nederland om het leven gekomen, ze was toen in de veertig. Ik zou dan een stuk ouder moeten zijn.'

'Als je haar kleindochter niet bent, wat dan wel? Een achterkleindochter?'

'Denk eens na over wat er in dat dossier staat.' Ze mimet het woord "kloon".

Owen kijkt haar ongelovig aan. 'Meen je dat?'

'Nog niet zeker. Ik ben niet de enige, er waren er waarschijnlijk nog zeven.'

'Zoveel?'

'Zover ik heb kunnen nagaan zijn we met acht.' Isabel laat haar vinger zien. 'Wij hebben allemaal een nummer. Ik ben nummer acht, mijn zus Monika is nummer drie.'

'Het viel me al op in Afghanistan, maar durfde er niet naar te vragen.'

Isabel haalt haar schouders op. De drukte om hen heen lijkt wat af te nemen.

'Van de acht zijn er een aantal vermoord, daar doe ik samen met Monika onderzoek naar.'

'Vermoord? Door wie?'

Isabel twijfelt over wat ze moet vertellen. Ze is al openhartiger geweest dan ze eigenlijk wilde, ze kijkt op haar telefoon. 'Ik moet vanavond nog ergens heen, ik moet nu echt weg.'

'Kunnen we iets afspreken? Ik ben nog een dag in Londen.'

Isabel staat op. 'Ik bel jou wel, morgen heb ik meer tijd.' Weer voelt ze de warmte van zijn lippen op de hare. Waarom kan ze niet alles achter zich laten en met hem weggaan?

Ze laten elkaar los. Op de roltrap kijkt ze om en kijkt hem recht in het gezicht. Hij lacht. Isabel onderdrukt het verliefde gevoel. De afleiding kan ze niet gebruiken, ze concentreert zich op de lockers en zoekt het opgegeven nummer. Het wapen ligt zoals Mark beloofde in de locker te wachten. Het wapen en de patronen verdwijnen in haar rugzak. Een probleem is daarmee opgelost, ze is niet meer ongewapend.

49

22 augustus 2018, GenMedical HQ, Londen

Op het scherm van Isabels laptop knippert een blauwe rondje in een gedetailleerde plattegrond van een gebouw. Het is de GPS-tracker die ze op het plafond van het toilet heeft achtergelaten. Op de plattegrond herkent ze de gang en het trappenhuis waardoor ze naar buiten is gevoerd. Achter de deuren waar de bewakers voor stonden is een grote ruimte.

Ze klikt op een andere site in de menubalk. De teksten zijn in het Nederlands, voor de foto waar ze naar kijkt, hoeft ze de taal niet te kennen. Owen.

Haar telefoon begint te trillen. Ze klikt weer op de plattegrond.

'Hé, Mark. Is het gelukt met die codes?'

'Helaas. Ze zijn bij GenMedical echt paranoïde. De toegangscodes van de laboratoria op de vijfde verdieping wisselen twee keer per dag. Ze hebben, denk ik, het een en ander te verbergen, zelfs de kluis van de Bank of England is niet zo goed beveiligd. Ik heb een andere ingang gevonden, die qua uitvoering wel risicovoller is. Ik stuur je een mail, dan kun je zien wat ik bedoel.'

Isabel klikt op de bijlage die Mark heeft gestuurd. Het is een technische tekening van de luchtbehandelingsinstallatie van het kantoor van GenMedical. Er is altijd een zwakke plek, ook nu, zo blijkt.

'Via welk ventilatiekanaal?'

'LAB22, de groen gekleurde streep op de tekening.'

Isabel kantelt haar hoofd en volgt het kanaal vanaf de ruimte op de vijfde verdieping naar het dak. 'Zit er geen beveiliging op?'

'Op de dakranden en de toegangsdeur naar het kanaal. Het alarm is direct verbonden met de meldkamer van de City of London Police. Op die van LAB15 die er vlak naast zit, geel op de tekening, zit gek genoeg geen alarm. Dat is naïef of dom, of allebei. Het filterhuis erachter wordt gedeeld door drie laboratoria. Wanneer je in het filterhuis bent, kun je naar het groene kanaal overstappen door een serviceluik.'

'Hoe kom ik op het dak? De omgeving wordt permanent bewaakt.'

'Er zullen ongetwijfeld mogelijkheden zijn. Maar we hebben geen tijd voor observatie. Je gaat via de Shard.'

'De wat?'

'De Shard. Het hoogste gebouw van Europa. Je gaat een basejump maken vanaf dat gebouw.'

'Is er geen andere manier?'

'Niet dat ik nu zie. Via de lucht is de beste weg. Ik kan voor de terugweg een drone regelen, voor de heenweg is dat vanwege het lawaai geen optie. Bovendien, de sprong zou ik zelfs kunnen, het is voor jou een eitje.'

'Alleen het landen is wat lastig.'

'Kom op Isabel. De Shard staat bijna recht tegenover het pand van GenMedical. Het verval is tweehonderdvijftig meter. Hoeveel van dit soort sprongen heb je niet gedaan?'

'Je hebt gelijk. Hoe laat?' Ze kijkt naar de tijd op haar laptop, het is bijna tien uur.

'Een vriend van mij bij MI5 kent iemand van de beveiliging en voor een zeker bedrag wilde hij het uitzichtpunt voor ons wel een half uur reserveren.'

'Mark, hoe laat?'

'Twee uur vannacht. Er is tot een uur of twaalf een besloten feestje.'

'Kom je mij ophalen?'

Mark parkeert zijn Mercedes op de taxistandplaats voor het gebouw met de futuristische gevel. Uit de kofferbak pakken ze twee grote tassen. Het is niet druk op straat. Ze lopen richting de service-ingang van het gebouw.

Mark zwaait naar een man in een blauw kostuum die de deur opent. 'Ons toneelstukje kan beginnen.'

'Deze kant op.' De man brengt hen naar de lift. Met duizelingwekkende vaart gaat de lift omhoog. Isabel voelt de versnelling en daarna de vertraging wanneer ze stoppen op de verdieping met het uitzichtpunt.

'Een half uur, langer kan echt niet.'

'Dat is meer dan voldoende.' Mark geeft de man een envelop. De liftdeuren gaan dicht en ze staan alleen op het uitzichtpunt.

'Wat heb je gezegd dat we hier gaan doen?'

'Ik ga je een aanzoek doen. Het moest een verrassing zijn.'

'Oh, Mark, ik wist helemaal niet dat je verliefd op mij ...'

'Opschieten.'

Twintig minuten later staat Isabel klaar voor de sprong. Mark checkt nogmaals haar parachute, de rugzak op haar buik en haar helm. Hij kijkt haar aan.

'Radiocheck. Delta 1 voor Delta 2. Uit.'

'Luid en duidelijk Delta 1, Prima.'

'Ben je er klaar voor?'

Isabel knikt en schuifelt naar de glazen balustrade. Via een stoel en een tafel klimt ze, geholpen door Mark, op de balustrade. Met haar linkerarm steunt ze tegen een van de stalen binten van het gebouw. Het uitzicht over Londen is adembenemend, de omstandigheden voor de sprong zijn ideaal. Rustig, maar bewolkt. In de verte, aan de overkant van de Theems, ligt het gebouw dat haar doel is. De witte gevel steekt fel af tussen de omringende gebouwen. Hier leeft ze voor, dit is waar ze goed in is. Nu en in haar vorige leven bij de Zweedse special forces.

Ze kijkt om naar Mark, lacht en schreeuwt: '*Exit*! 3, 2, 1, *See Ya!*' De wind krijgt haar direct te pakken, ze voelt hoe de parachute zich opent, een ruk geeft aan haar harnas en zich boven haar ontvouwt. Ze zweeft naar haar doel aan de overkant van de Theems. De adrenaline raast door haar lichaam en ze schreeuwt het bijna uit van geluk. Nog net kan ze zich inhouden, ze mag geen aandacht trekken. Het dak van het kantoor van GenMedical komt snel dichterbij en ze stuurt wat bij. Het dakoppervlak is lang, breed en nagenoeg zonder obstakels.

Na een vlucht van slechts vijfentwintig seconden raken haar voeten het dak van het gebouw. Ze rent nog een paar meter door en staat dan stil. Snel trekt ze de parachute naar zich toe en propt hem samen met haar helm onder een koelmachine. Met de rugzak in haar rechterhand rent ze gebukt richting de luchtbehandelingsinstallatie.

‘Delta 2 voor Delta 1, ik ben thuis,’ zegt Isabel in haar headset.

‘Delta 1 voor Delta 2, ik houd de tuin in de gaten. Succes met koken.’

Isabel kijkt naar de tekst op de deuren. LAB22 staat er in groene letters op de rechterdeur, LAB15 in het geel op de linker. Met een setje lockpicks opent ze het slot van de linkerdeur. Er gaat geen hoorbaar alarm af, er komen geen bewakers het dak op gerend. Ze stapt het filterhuis in. Met haar zaklantaarn beschijnt ze de filters, rechts ziet ze een klein serviceluik voorzien van vier hendels. Niet veel later bevindt ze zich in het ventilatiekanaal richting LAB22. *So far so good.*

In het licht van haar zaklantaarn ziet Isabel dat het kanaal er aan de binnenzijde spiegelglad uitziet, er is niets waaraan ze zich zou kunnen voorttrekken op wat door de buitenwand geboorde schroeven na. Langzaam duwt ze zich vooruit met de neuzen van haar schoenen. Het kanaal is net groot genoeg voor haar lichaam en ze vraagt zich af of dit een goed idee was.

‘*Jävlar!* Verdomme!’ zegt Isabel wanneer ze haar hand openhaalt aan een van de schroeven. Het wondje is niet groot, er druppelt er wat bloed uit, ze negeert het en kruipt door. Na zich zeven meter te hebben voortgeduwd lijkt het kanaal te eindigen. Ze richt de lichtbundel van haar zaklantaarn op het schot voor zich. Het kanaal maakt een bocht van negentig graden naar beneden. Het eerste probleem doemt op wanneer ze in het gat naar beneden kijkt. Wat is dit nou weer, denkt ze. Tom Cruise kruipt in “Mission Impossible” zonder problemen door dit soort kanalen. Ze legt de zaklantaarn naast zich neer en trekt aan de stalen wandjes die in het kanaal zijn aangebracht. Er zit geen beweging in en er is geen mogelijkheid ze te verwijderen. Een moment blijft ze liggen en voelt een opstaand randje onder zich. Ze kruipt wat terug en ziet dat er een luik in het kanaal is aangebracht. Voorzichtig opent ze het luik en schijnt met haar zaklantaarn een betonnen schacht in. Ze denkt aan de technische tekening van het gebouw en volgt in gedachten het groene kanaal. Er was geen schacht ingetekend. Wanneer ze de stalen treden ziet die in de betonnen muur zijn aangebracht kan ze een glimlach niet onderdrukken. Het ventilatiekanaal dat in de schacht is gemonteerd verdwijnt halverwege uit het zicht.

Voorzichtig laat ze zich via het luik naar beneden zakken, stapt op de treden en begint aan de afdaling. Het is koud in de schacht, onwillekeurig denkt ze aan de warme hand van Owen die over haar lichaam glijdt. Ze maant zichzelf daarmee te stoppen, ze moet zich focussen. Voorzichtig daalt ze verder af. Het ventilatiekanaal buigt weer af en verdwijnt door een gat in het beton. Met haar zaklantaarn schijnt ze langs het kanaal en ziet dat deze zich boven een systeemplafond vertakt.

Wanneer ze naar beneden schijnt, ziet ze dat ze bijna een plateau in de schacht heeft bereikt. Snel overbrugt ze de laatste meters. In de muur is een kleine deur aangebracht voorzien van twee hendels. Langzaam haalt ze de eerste hendel over, een zacht schurend geluid van staal op staal is hoorbaar. De tweede hendel staat vreemd genoeg al open. Ze geeft de deur een duwtje en kijkt een groot laboratorium in.

In de blauwe gloed van een aantal wandlampen zijn vreemde vormen zichtbaar die het plafond lijken te ondersteunen. Vanuit de schacht stapt ze op een glimmende kunststofvloer. Ze rilt, in de ruimte is het koud en het blauwe licht maakt het voor haar gevoel nog kouder. Gespannen luistert ze naar de geluiden die hoorbaar zijn, gezoem, piepjes en een zacht gekreun. Isabel drukt op een lichtschakelaar, de led-verlichting springt aan en dan wordt zichtbaar wat in de blauwe schemer louter als schaduwen zichtbaar was.

50

23 augustus 2018, GenMedical, Londen
Verbijsterd kijkt Isabel naar de tientallen op aquaria gelijkende glazen cilinders, die van de vloer tot aan het plafond reiken en een doorsnede van bijna twee meter hebben. De ruimte doet haar denken aan de Basilica Cisterne in Istanbul, met in plaats van de stenen zuilen, de glazen cilinders.

Ze doet een stap naar een van de cilinders die gevuld is met een grijze vloeistof waarin iets lijkt te zweven. Het glas is beslagen. Met haar handschoen wrijft ze het laagje vocht weg. Het gezicht van een donkere man wordt zichtbaar, ze deinst achteruit. Wanneer ze is bekomen van de schrik, kijkt ze opnieuw. Ze schat hem op vijftig jaar oud. De rest van het lichaam is in de vloeistof alleen als een wazige vorm zichtbaar. Hij doet haar aan iemand denken, hij lijkt op een politicus uit Zuid-Afrika die veel in het nieuws is geweest vanwege zijn anti-Britse ideeën. Isabel draait zich om. Tegen een muur staan een aantal kleinere cilinders opgesteld. Ze legt haar hand op het glas. Het voelt zelfs door de stof van haar handschoen warm aan, warmer dan bij de grote cilinder het geval was. Ondanks dat ze voorbereid is, schrikt ze weer van het lichaam dat in de grijze vloeistof drijft, een baby nog, met het gezicht van een volwassen vrouw. Vertwijfeld kijkt ze rond, ze had veel verwacht, maar geen menselijke productielijn.

Haar oog valt op een scherm ter grootte van een flinke iPad dat aan de cilinder is bevestigd. Het scherm toont informatie, zoals ze weleens in een ziekenhuis heeft gezien: hartslag, bloeddruk, zuurstofgehalte en temperatuur. Onderaan het scherm staat het logo van GenMedical en de benaming van het apparaat.

'Ectocrib.' Ze spreekt het woord langzaam uit, alsof ze er zo achter komt wat het betekent. Met "crib" zal de glazen cilinder bedoeld worden, denkt ze, een wieg. Het "ecto" is vooralsnog onduidelijk.

Aan haar linkerhand ziet ze een glazen wand waarachter in het halfdonker een laboratorium zichtbaar is. Ze maakt een foto van de cilinders en verstart in de beweging om haar telefoon op te bergen. Er klinkt een geluid alsof er iets verschoven wordt. Snel loopt Isabel naar de lichtknop en stopt haar telefoon in haar jaszak. Het licht springt uit wanneer ze haar hand tegen de knop houdt.

Voorzichtig opent ze een deur die op een kier staat, stapt het laboratorium in en luistert. Het is stil, een machine die op een werkbank staat laat een zacht piepje horen, boven Isabel springt een ventilatiesysteem aan. Weer hoort ze het geluid, het komt uit een kamer verderop. De kamer wordt aan twee zijden van het laboratorium gescheiden door ramen voorzien van Luxaflex. Isabel drukt zich tegen een muur wanneer ze het schijnsel van een zaklantaarn ziet, en trekt haar pistool. Behoedzaam sluipt ze dichterbij. Tussen de jaloezieën door ziet ze een man achter een computer. Net als zijzelf heeft hij een bivakmuts op, zijn handen zijn gehuld in blauwe latex handschoenen. Een moment staart ze naar hem, laat het idee dat ze hem ergens van kent varen en schopt de deur open. Ze richt het pistool.

'Geen beweging.'

De man wijst op een stoel die naast hem staat. 'Ga zitten. Het is erg interessant wat ik hier lees.'

'Owen?' stamelt Isabel 'Wat doe jij hier?'

'Ik zou hetzelfde aan jou kunnen vragen, maar dat is zo afgezaagd.'

'Hoe ben je hier binnengekomen?' Isabel stopt het pistool in de holster op haar heup.

'Ik denk via dezelfde weg als jij. Via het pand hiernaast.' Hij wijst naar het scherm. 'Dit is hun geheime plannetje: de Britse koloniale tijd laten herleven.'

'Heb je ze gehackt?' Ze snuift. 'Journalist, echt niet.'

Owen praat in een microfoon. Hij ziet Isabel verbaasd kijken. 'Een kennis die in een auto iets verderop zit, zij heeft de server gehackt.'

'Ze? Een vriendinnetje?'

'Een kennis uit een ander tijdperk. En lesbisch, maak je geen zorgen.'

'Waarom hackt ze niet vanuit bijvoorbeeld een hotelkamer?'

'Deze server is niet verbonden met het internet, behalve wanneer ze dat hier willen,' zegt Owen. 'Via dit apparaatje kan ze binnenkomen. Het heeft alleen niet zo'n groot bereik.'

Isabel kijkt naar een zwart kastje dat via een kabel met een patchkast is verbonden en naar het scherm van een Apple-laptop.

'Het bestand is gedownload.'

'Laat eens lezen.'

Owen scrollt langzaam door de onderzoeksgegevens en verslagen.

'Je hebt gelijk. Zo te zien zijn ze een paar jaar geleden begonnen met een persoonsverwisselingsplan. Heb je die cilinders hiernaast gezien? Het lijkt op een kraamkamer.'

Owen knikt. 'Ectocribs, kunstmatige baarmoeders. Ecto staat voor ectogenese, buitenbaarmoederlijke zwangerschap. Zover zijn ze dus al, ze hebben geen vrouwen meer nodig.'

'In een ervan ligt een politicus uit Zuid-Afrika. Zijn kloon, bedoel ik. Het is dat ik het zelf heb gezien, anders zou ik het niet geloven. Hoe weet jij dat eigenlijk allemaal?'

Owen wijst op een deur. 'De verpleegkundige vertelde het me.'

Isabel staat op en opent de deur van wat een toilet blijkt te zijn. Op het toilet zit een vrouw in een smetteloos wit uniform, haar mond is afgeplakt met ducttape, haar armen en benen zijn met tiewraps bij elkaar gebonden. De vrouw kijkt woedend naar Isabel.

'Oké.' Isabel doet de deur weer dicht. Ze wijst naar de laptop. 'Zouden ze een back-up hebben van het plan?'

'Misschien op een aparte schijf in die kluis daar.' Owen wijst op een grote stalen kast in de hoek van de kamer. 'Het plan zullen ze niet buiten deze kamer bewaren. Waarom vraag je dat?'

Isabel antwoord niet, haalt twee flessen gevuld met een blauwe vloeistof uit haar rugzak. Op de fles staat in grote gele letters: "Voor een geslaagde barbecue: FIRE-ON!"

'Je bent toch niet van plan … En de mensen in de ectocribs?'

‘Het zijn geen normale mensen, maar klonen, net als ik. De ectocribs lopen geen gevaar. De kraamkamer is een bunker,’ zegt Isabel. ‘We moeten dit plan stoppen.’

‘De brand is zo geblust.’ Owen wijst naar het plafond.

‘De flessen met het blusgas staan in de schacht, geen probleem.’

Owen pakt de laptop in. ‘Ik heb een kopie van het plan gedownload naar deze USB-stick.’ Hij staat op. ‘Ik probeer die kluis te openen. Draai jij de blusgasflessen dicht?’

‘Geen probleem.’

Owen knikt naar het toilet. ‘Wat doen we met haar?’

‘Ze mag weg zodra het hier brandt.’

Isabel loopt naar de schacht. Niet veel later staat ze weer achter Owen. ‘Gelukt, hoever ben jij?’

Op dat moment opent Owen de kluisdeur. ‘Goed dat het een mechanisch slot is, een elektronische duurt langer. Dat is de back-up server.’ Owen wijst op een apparaat dat in een rek is vastgeschroefd.

Isabel spuit een lading vloeistof in de kluis, besprenkelt daarna de rest van de serverruimte. Owen haalt de vrouw uit het toilet en snijd de tiewraps rond haar benen los.

‘Luister goed. Je gaat bij die toegangsdeur staan. Zodra wij in de schacht zijn, kun je weg.’ De vrouw knikt. Owen zet de vrouw bij de deur en rent terug.

‘Heb je een vuurtje?’ vraagt Isabel.

‘Ik rook niet.’

Isabel zucht en haalt een aansteker uit haar rugzak. ‘Klaar?’

Owen knikt.

Isabel klikt de Zippo aan en steekt de vloeistof die voor haar op de grond ligt aan. Een kleine vlam verspreidt zich en wordt al snel groter. Er klinkt gebonk.

'Fuck. Dat mens trapt tegen de deur,' zegt Owen.

'Wegwezen.'

Ze rennen laverend tussen de glazen cilinders door richting de schacht. Op dat moment wordt de deur opengegooid en komt er een bewaker de kraamkamer met de ectocribs in gerend. Owen en Isabel rennen door. De bewaker trekt zijn wapen en vuurt enkele keren kort achter elkaar. Een kogel doorboort een van de ectocribs. Het glas scheurt en de vloeistof uit de glazen cilinder spreidt zich uit over de vloer. Er klinkt een harde knal wanneer de ectocrib openbreekt. Met een doffe klap valt het lichaam van een donkere man op de grond. Isabel glijdt uit over de vloeistof en komt naast het lichaam op de grond terecht. De man kijkt haar aan, hij kermt. Owen heeft zijn pistool getrokken en schiet op de bewaker, die wegduikt.

'Kom!' schreeuwt hij, en trekt Isabel overeind. 'Je bent gewond.'

Isabel krabbelt op. Ze klimmen naar boven door de schacht, wanneer ze de ventilatiebuis in kruipen gaat achter hen het brandalarm af.

'Opschieten.' Isabel geeft Owen een duw tegen zijn achterste. Ze kijkt om en ziet de bewaker de schacht inkomen. Ze trekt haar wapen. De bewaker trekt zich terug.

Op het dak aangekomen rent Owen naar de dakrand en kijkt naar beneden. 'Shit. De bewaking loopt al buiten.'

'Hoe had je naar beneden gewild? Abseilend?'

Isabel haalt de parachute tevoorschijn en propt deze met moeite in haar rugzak. Het past net niet. Ze haalt haar schouders op en hijst de rugzak op haar rug. De helm klikt ze vast aan haar riem.

Owen kijkt Isabel schaapachtig aan. 'Oké. Wat is jouw exitstrategie?'

Isabel antwoord niet, zet haar headset op en trekt het microfoontje voor haar mond. 'Delta 2 voor Delta 1, het eten is klaar. Er zijn twee koks. Ik herhaal, er zijn twee koks.'

'Delta 2 ...' Een moment blijft het stil. 'Delta 2, geen probleem. De baktijd neemt wel af. De tuin krioelt van de muizen. Ik stuur de verdelger.'

'Begrepen Delta 1. Uit.' Isabel sjort de rugzak steviger op haar rug. 'Hier trek mijn reserve harnas aan en zorg dat je klaarstaat.' Er klinkt gestommel uit de luchtbehandelingsinstallatie.

'Voor wat?' vraagt Owen, terwijl hij het harnas aantrekt.

'Ons vervoer. We moeten opschieten, die bewaker zal het luik in het filterhuis ook zo hebben gevonden.' Op dat moment komt er een kleine onbemande helikopter aanvliegen die anderhalve meter boven het dak blijft hangen.

'Klik je harnas vast aan die staalkabels.'

'Hoe heb je dat geregeld?'

'Later. Niet springen of tegenhouden, het gaat vanzelf.'

De propellers beginnen meer toeren te maken en de staalkabels komen strak te staan. Langzaam worden Isabel en Owen van het dak opgetild. De wind die over het dak waait krijgt vat op de drone. De propellers herstellen de neerwaartse beweging, langzaam maken ze meer hoogte. Op het moment dat de bewaker uit de luchtbehandelingsinstallatie kruipt, vliegen Owen en Isabel al boven de Theems.

'Wie bestuurt dit ding,' roept Owen om boven het geluid van de wind en de drone uit te komen.

'Iemand op het RAF College in Lincolnshire. Ze denken dat dit een oefening is.'

'Rot op.'

Isabel lacht.

De drone maakt vaart, ze blijven parallel aan de beroemde rivier vliegen totdat Isabel merkt dat ze langzaam dalen.

'Delta 2 voor Delta 1, hoelang nog naar de tuin? Uit.'

'Delta 1 voor Delta 2, het wordt een moestuin. Uit.'

'Problemen?' vraagt Owen.

'Ik zou op een begraafplaats landen, door het extra gewicht zijn de accu's sneller leeg, het wordt een openbaar park,' zegt Isabel. 'We dalen sneller. Daar is het park!'

De drone daalt steeds sneller, remt af en blijft twee meter boven de grond hangen.

'Gebruik je mes,' roept Isabel.

Beiden snijden ze het harnas waar ze in hangen door, met een doffe klap komen ze op het gras van het park terecht. Wanneer ze naar boven kijken , is de drone al verdwenen.

Isabel wil opstaan maar zakt vanwege een scherpe pijn door haar rechterbeen. 'Shit. Het is een behoorlijk diepe snee.'

Geholpen door Owen, staat Isabel op. Ze strompelt een beetje, al snel gaat het lopen beter. Ze blijven zoveel mogelijk langs de gevels lopen om uit het zicht te blijven.

Owen wijst op een oud pand op een hoek van een straat. 'Hier is mijn hotel.'

51

23 augustus 2018, GenMedical HQ, Londen

Enorme rookwolken stijgen op boven het hoofdkantoor van GenMedical. Soren loopt op Manfred af die staat te praten met een brandweerofficier.

'Wat staat er in brand?' vraagt Soren. 'Toch niet de kraam ... ?'

Manfred bedankt de brandweerman en loopt naar Soren. 'Niet hier.'

Op dat moment klinkt er een doffe knal en glasgerinkel. Ze kijken omhoog. De vlammen slaan uit de ramen op de vijfde verdieping.

'Kom.' Manfred trekt Soren mee aan zijn arm naar een plein achter een kleine kerk die vlak naast het brandende kantoor staat.

Soren draait zich om en kijkt verbijsterd naar de brand, die inmiddels is overgeslagen naar de zesde verdieping. Het glazen atrium dat zich uitstrekt over alle zeven verdiepingen staat vol rook.

'Ik kreeg een half uur geleden een melding over een inbraak in de serverkluis op de vijfde,' zegt Manfred. 'De bewaking werd op hetzelfde moment door Machteld, die blonde verpleegkundige, gewaarschuwd dat er inbrekers in het lab waren.'

'Godver.'

‘De bewaking heeft direct opgeschaald naar code rood, de inbrekers zijn door een schacht vanuit de kraamkamer naar het dak gevlucht.’

‘Ze zijn daar nog?’

‘Er is niemand aangetroffen.’

Soren loopt onrustig heen en weer. ‘De server staat in een brandvrije kluis.’

‘En er is een blussysteem, dat zal een brand als deze niet blussen, hooguit vertragen. We zullen moeten afwachten of het voldoende is.’

‘Je weet dat er geen andere back-up is,’ zegt Soren. ‘En wat het betekent voor het plan wanneer ... Jezus.’

‘Ik heb je meer dan eens op dat risico gewezen.’

Soren kijkt weer naar het gebouw waar de brandweer volop aan het blussen is. ‘Ik bel Harris, MI6 moet het onderzoek op zich nemen voordat de Metropolitan Police dat doet.’

‘Dat probleem heb ik al getackeld. Hij wacht op ons.’

Ze zitten in een pub niet ver van het hoofdkantoor van GenMedical. Harris neemt een slok van zijn bier.

‘Je neemt het onderzoek op je?’ vraagt Soren.

‘Het verslag wordt op dit moment al geschreven, kortsluiting in een van de machines in het lab. Geen probleem.’

‘En de lichamen? Ik begreep dat de kraamkamer gespaard is gebleven?’

‘Die gaan naar de Highlands.’

Soren knikt. Hij weet dat Harris doelt op het geheimzinnige Loch Wrath in de Schotse hooglanden, een plek waar je niet heen wilt als je er niets te zoeken hebt.

Harris zet zijn glas neer. 'Dit waren geen gelegenheidsinbrekers. Je zou iemand van ICT laten uitzoeken of er iets gestolen is aan data?'

Manfred legt zijn telefoon neer. 'Noah kan hier ieder moment zijn.'

Op dat moment gaat de deur van de pub open. Geluiden van de straat stromen samen met een nieuwe bezoeker de pub binnen.

Manfred wuift. 'Noah. Ga zitten.'

Harris steekt meteen van wal. 'Wat heb je gevonden?'

Noah schuift gespannen heen en weer op zijn stoel en klapt zijn laptop open. 'De server is licht beschadigd door de brand, de harde schijven zijn nog intact.'

Soren gaat rechtop zitten. 'Dat is fantastisch! Ik kan binnen een aantal maanden weer opstarten.'

'Wat is er?' vraagt Harris aan Noah. 'Je lijkt minder enthousiast.'

'De inbrekers hebben kans gezien om op de server te komen. In het downloadlog kan ik zien dat ze alle gegevens met betrekking tot het plan te pakken hebben gekregen.'

'De server is niet verbonden met het internet,' zegt Manfred. 'Hoe hebben ze dat voor elkaar gekregen?'

'Daarom hebben ze ingebroken in het gebouw. Met een eigen verbinding naar buiten konden ze een hacker laten inbreken op de server.'

Harris schudt zijn hoofd. 'Waar hebben ze het op gedownload? Een stick?'

'Het meest handige is inderdaad een USB-stick,' zegt Noah. 'U zei het net al. Dit zijn ervaren inbrekers, die de juiste middelen ervoor hebben.'

'We hebben teams die dit ook kunnen. Sterker, bij MI6 doen we niet anders. Je denkt aan een concurrerende dienst?'

Noah schudt zijn hoofd. 'Ik ben zo vrij geweest om de camerabeelden en geluidsopnamen te bekijken.' Hij klikt op zijn laptop. 'Ik kan het u beter laten zien en horen. Dit is de kraamkamer, de camera is gericht op de toegangsdeur. Hier komt de eerste inbreker in beeld. De enige manier om vanaf die kant binnen te komen is via de schacht die door het hele gebouw loopt. Aan de lichaamsbouw te zien is het een man, de bivakmuts en handschoenen houdt hij de hele tijd aan. Ik spoel even door.' Ze zien de versnelde beelden van de man die langs een aantal ectocribs loopt, erin kijkt en foto's maakt. Plotseling springt de verlichting aan. Noah stopt met doorspoelen. 'Hier komt de verpleegkundige binnen. Ze verdwijnt uit beeld, maar wordt samen met de man opgepikt door de camera die in lab 22 hangt. Die beelden laat ik zo zien.' Hij spoelt weer door, het licht springt uit. Noah stopt met doorspoelen als het licht op het scherm weer aanspringt. Een volgende inbreker loopt het beeld in.

'Waterloo Station in de spits is er niks bij,' zegt Harris. 'Het lijkt erop dat ze apart van elkaar binnen zijn gekomen.'

'Weten ze niet dat er een camera hangt?' vraagt Soren.

'Dat weten ze wel,' zegt Manfred. 'Het maakt ze niet uit. En gelijk hebben ze, want wat zien we nu helemaal? Twee onherkenbare figuren.'

'Die laatste is een vrouw zo te zien. Lekker kontje.' Harris knikt goedkeurend.

Ze zien hoe de vrouw richting het lab loopt. Het licht gaat uit.

'Ik start de andere video, die van het lab,' zegt Noah. 'De camera is weer op de toegangsdeur gericht. Hier rechts is de serverruimte. Daar komt inbreker één met de verpleegkundige.' Weer spoelt hij door. 'En daar is nummer twee. In de serverruimte hangt ook een camera, die is gericht op de servers.' Noah start een andere video en spoelt door. 'Er is geen beeld van wat de man aan het doen is. Er is wel geluid. Hij bedreigt in eerste instantie de verpleegkundige, die daarop uitleg geeft over de ectocribs. Het is een minuut of vijf stil en dan komt het.'

'Geen beweging!

'Het is erg interessant wat ik hier lees.'

'Owen? Wat doe je hier?'

Noach spoelt een klein stukje door. 'En dit.'

'Heb je ze gehackt? Journalist, echt niet.'

Manfred kijkt Soren aan. 'Dat is verdomme die klote journalist waar Daniël achteraan zit.'

'Owen Cuperus? Shit.'

'Heb ik iets gemist?' vraagt Harris.

Manfred legt in het kort uit wat er is gebeurd sinds het dossier in Mons is ontdekt, de achtervolging naar Zaventem en de GPS-tracker in de laptop die nog uitstaat.

'Je vond het niet nodig om mij hierover in te lichten?' Harris neemt een slok van zijn bier. 'En die meid? Hoort zij bij hem?'

'Geen idee. Uit het achtergrondonderzoek naar die journalist is niet naar voren gekomen dat hij een vriendin heeft.' Manfred geeft Harris een uitdraai. 'Dit is de informatie de we gevonden hebben.'

'Hij heeft bij Rebel gezeten. Dat zijn geen amateurs.' Harris gooit het vel op tafel en gaat naast Noah op een stoel zitten 'Geeft de GPS-tracker in de laptop al een signaal af?'

'Nog niet.' Noach schuift een stukje op.

Er valt een stilte. Harris drinkt het laatste restje bier uit zijn glas.

'De stem van die vrouw komt mij bekend voor. Uit een andere video die ik pas gezien heb,' zegt Manfred.

'Ik wist niet dat pornoactrices tekst hadden.' Harris laat zich onderuitzakken.

Noah trommelt op zijn laptop. 'U bedoelt een andere bewakingsvideo? Ik zou de stem kunnen vergelijken met de stemmen uit de opgeslagen camerabeelden.'

Harris komt overeind. 'Kun je dat gelijk doen?'

'Natuurlijk.' Noah staat op. 'Ik ga even apart zitten.'

Harris kijkt Soren en Manfred aan. 'Zorg ervoor dat we hoe dan ook die stick terugkrijgen. De brand betekent een uitstel van het plan van één jaar, twee jaar?'

'Een half jaar tot een jaar,' zegt Soren.

'Laat dat het enige zijn. Meer gezeik betekent voor jullie allebei een enkeltje Loch Wrath. Ben ik duidelijk genoeg?'

Soren steekt verzoenend zijn handen omhoog. 'We werken samen aan hetzelfde project, hebben hetzelfde doel.'

'Van die samenwerking merk ik momenteel niet veel. Vergeet niet wie dit project financiert.'

Manfred glimlacht. 'Ja, ja. Wie betaalt, bepaalt.'

'Jij snapt het.'

Noah komt aanlopen met de laptop in zijn hand. 'Ik heb die andere opname gevonden. De stem van de vrouw komt daar voor drieënnegentig procent mee overeen.'

'Laat zien en horen.' Harris schuift zijn stoel aan.

Noah start de opname en zet het geluid harder.

Soren knikt wanneer hij de beelden ziet van Isabel. 'Dat is die zogenaamde journaliste. Of eigenlijk is het een zus van Anna, zo lijkt ze op haar.'

'Jezus. Wat begrijpen jullie niet aan het woord communiceren?'

Manfred legt zijn hand op de schouder van Harris. 'Rustig Harris. We weten het ook pas sinds gisteren.'

'Rustig!? Hoe kan ik rustig blijven met zulke amateurs?' schreeuwt Harris. Speeksel vliegt over de tafel. Hij kijkt weer naar de beelden op het scherm. 'Tuurlijk. Je hebt haar laten gaan?'

'Dat was zijn idee.' Soren wijst naar Manfred.

'Ik wilde haar laten volgen.'

'Je wilde dat? Ik mag hopen dat je dat gedaan hebt?'

'Ze heeft de tracker ontdekt en we zijn haar in de metro ...'

Harris steekt zijn hand op. 'Ik wil het geloof ik niet horen.'

'Eh ... mijnheer Harris. Sir?' Noah draait zijn laptop naar Harris.

'Wat?'

'De GPS-tracker in de laptop is aangegaan. Ze zijn nog in Londen.'

52

23 augustus 2018, Londen, Groot-Brittannië

Isabel ligt op haar zij op bed, terwijl Owen ontsmettingsvloeistof op de wond op haar bovenbeen druppelt. Ze reageert met een diepe zucht.

'Doet het zeer?'

'Het prikt.'

'Ik druk de wond dicht en plak het met zwaluwstaartjes.' Owen spreekt het laatste woord in het Nederlands uit.

'Wat?'

Isabel voelt hoe zijn vingers haar huid beroeren. De pijn wordt na iedere pleister die hij over de wond plakt onderbroken door een tedere aanhaling die haar naar meer doet verlangen.

'Dat waren ze. Klaar.'

Isabel bekijkt het resultaat. 'Netjes. Je kunt zo op de Spoedeisende Hulp gaan werken.'

Owen haalt zijn laptop uit zijn rugzak en gaat weer op bed zitten. 'Heb je de stick?'

Heel even voelt Isabel de warmte van zijn vingers als ze hem de stick aangeeft. Het lijkt alsof haar zenuwuiteinden op scherp staan.

Op het scherm worden een aantal mapjes zichtbaar.

Owen klikt op een Excelmap. Er wordt een sheet geopend met datums, opmerkingen en namen. 'Het tijdsschema.'

'De eerste fase van dit plan is op Zuid-Afrika gericht.' Isabel wijst op een kolom. 'Mei volgend jaar hebben ze verkiezingen in Zuid-Afrika. Die man in dat glazen ding ...'

'Ectocrib.'

'Was een eh ... kloon van een Zuid-Afrikaanse politicus,' gaat Isabel verder.

Owen tikt een zoekopdracht in. Er verschijnen foto's op het scherm. 'Dit zijn de ministers van Zuid-Afrika.'

'Dit is hem,' zegt Isabel. 'Hij viel uit de ectocrib.'

'Michael Mapuza, minister van Defensie.'

'In die andere ectrocrib, de kleinere, lag een baby met een oud gezicht. Ze had iets weg van haar.' Isabel wijst een vrouw aan op het scherm.

'Patricia Pillay, ze is de vicepresident.'

'Ga eens terug naar de tijdlijn?'

Owen klikt terug.

'Kijk,' zegt Isabel. 'Precies wat ik dacht. Ze willen van Zuid-Afrika weer een Britse kolonie maken.'

'Ik had niet verwacht dat het zo ver zou gaan.'

'Misschien overdrijf ik met een kolonie, maar met hun eigen mensen op de juiste plekken hebben ze veel invloed. Ze hoeven zelfs het ANC niet uit te schakelen. Met strategisch verkeerd genomen beslissingen door hun klonen schakelt het ANC zichzelf uit. Ik durf te wedden dat er een nieuwe oppositiepartij klaarstaat om de stemmen binnen te halen.'

'Wel kort dag tot mei,' zegt Owen.

'Het maakt niet uit of het ANC deze verkiezingen wint. Het ANC gaat door het wanbeleid en de corruptie van de klonen de hele termijn niet uitzitten. Bij de daarop volgende verkiezingen wint de oppositie ruimschoots.'

'Dit plan is niet uitgedacht door GenMedical alleen, hooguit voor wat betreft de klonen. Het gaat ook om de levering van geld en wapens aan groepen die voor onrust moeten zorgen, zodra het "wanbeleid" bekend wordt,' zegt Owen.

'Zou de Britse regering hierachter zitten?'

'Ik vermoed eerder dat het een actie is van een groep mensen die hulp krijgt van een van de inlichtingendiensten of een militair onderdeel.'

'MI6 zou logisch zijn,' zegt Isabel. 'Die hebben er het geld en de mensen voor in het buitenland.'

'De mogelijkheden hebben ze inderdaad. Wat is er? Je kijkt zo somber.'

'Die ectocribs. Zou ik ook zo gemaakt zijn?'

Owen slaat zijn armen om Isabel. 'Je denkt dat je een kloon bent? Ik dacht dat je gisteren een grapje maakte.'

'Het kan haast niet anders. Er zijn zover we weten nu drie vrouwen vermoord die als twee druppels op Monika en mij lijken, of eigenlijk lijken we allemaal op Anna Bolton. Dat moet iets te betekenen hebben.'

'Je bent in 1986 geboren? Was de techniek destijds al zover dat er gekloond kon worden? Dat schaap was er eind jaren negentig pas.'

'Ik weet het niet. Wat zou het anders moeten zijn?'

'Heb je een foto van Monika?'

'Hoezo?'

'Ik wil weleens zien of jullie zoveel op elkaar lijken.'

Isabel rekt zich uit en pakt haar telefoon van het nachtkastje. 'Dit is een foto die met Kerst is gemaakt.'

'Sexy pakje heb je aan.'

Isabel stoot Owen aan. 'Dat is Monika. In die spijkerbroek ben ik.'

'Grapje. Jullie lijken sprekend op elkaar. Jij bent iets gespierder, denk ik.'

'Je bedoelt minder vrouwelijk?'

'Daar heb ik tot nu toe niets van gemerkt. Zijn er nog andere verschillen tussen jullie?'

Isabel wijst een plek aan op haar lichaam. 'Monika heeft op haar rechterbovenbeen een grote wijnvlek ter hoogte van haar lies.'

Owen lacht. 'Ik bedoelde eigenlijk qua DNA.'

'Daarin verschillen we in de basis niet. Omdat we zoveel jaar van elkaar zijn gescheiden, zijn er hele kleine verschillen ontstaan. Dat zie je ook bij eeneiige tweelingen.'

'Dat wist ik niet. Owen buigt zich naar Isabel. 'Kloon of niet, ik vind je leuk.' Hij kust haar op haar mond. Isabel voelt hoe haar lichaam op hem reageert. Ze zakken wat onderuit. Op de achtergrond klinkt de tune van het Channel 4 nieuws. Er wordt een item aangekondigd over een grote brand in het centrum van Londen. Isabel duwt Owen van zich af. Ze wijst naar de televisie die aan de muur tegenover het bed hangt. 'We zijn 'Breaking News' op Channel 4.'

Owen zet het geluid harder. Samen kijken ze naar de beelden van de uitslaande brand bij GenMedical. 'Ik geloof dat ik de barbecue de volgende keer maar aansteek.'

Isabel trekt Owen naar zich toe. 'Kom eens hier.'

Buiten is het nog donker. Het blauwe, dan weer gele licht van een ouderwetse neonreclame van een galerie aan de overkant schijnt door de ramen naar binnen. Het is rumoerig in het hotel. Isabel luistert liggend op haar rug naar de geluiden die in ieder hotel hetzelfde zijn: een toilet dat wordt doorgetrokken, een deur die dichtslaat, seksgeluiden in de kamer naast hen. Ze grinnikt.

'Weer een binnenpretje?'

Isabel draait zich op haar zij en kijkt Owen aan. 'Dat stel hiernaast neemt gewoon wraak op ons.'

'Ik vond ons overtuigender.'

Isabel kruipt tegen hem aan, ze voelt de warmte van zijn lichaam. 'Je moet me toch eens uitleggen waar je geleerd hebt om in een laboratorium in te breken.'

Een moment blijft het stil. Ze voelt hoe de linkerhand van Owen over haar billen glijdt en dan naar haar onderrug.

'Ik ben niet altijd journalist geweest. Dat wist je al.'

'Special Forces?'

Owen komt overeind, zet zijn kussen tegen het hoofdbord en gaat er tegenaan zitten. 'Daar ben ik mijn carrière begonnen. Daarna heb ik vijf jaar voor Rebel Recon & Special Ops gewerkt. Afgekort RRS.' Hij lacht. 'Die moet je in Nederland niet hoeven bellen.'

'Rebel Recon. Klinkt als hippe startup, dat is het vast niet.'

'Het is een particuliere inlichtingendienst. Ze doen in data-analyse, opsporing en ze hebben een afdeling die "special ops" heet en ...'

'Special Operations? Daar werkte jij, vermoed ik?'

'Heel goed.' Met zijn hand kroelt hij door haar haar. 'Het was leuk werk, geen leidinggevende die over je schouder meekijkt en veel vrijheid om je opdrachten uit te voeren.'

'De opdrachten, van wie kwamen die?'

'Veelal grote bedrijven, maar ook overheden of overheidsinstanties.'

'Heb je mensen ...'

'Van de vijf jaar heb ik er drie bij Special Ops gezeten, daarvoor bij een afdeling waar we iemand moesten volgen of camera's plaatsen. De eerste opdrachten voor Special Ops waren weliswaar hard, maar leverden veel informatie op over ophanden zijnde aanslagen. Na een half jaar werden we continu ingezet bij acties die het Amerikaanse leger niet mocht uitvoeren. We werden min of meer huurlingen voor de CIA en andere populaire afkortingen. Dat was voor mij de reden om te stoppen.'

Isabel laat haar hand over zijn buik naar beneden glijden, ze voelt de harde ribbels van zijn buikspieren, de stoppels van zijn geschoren schaamhaar en zijn ... Abrupt komt ze overeind.

'Hoorde je dat?' Ze stapt uit bed, kleedt zich snel aan en pakt het pistool uit haar rugzak.

Owen heeft inmiddels ook zijn kleren aan. 'Hoe hebben ze ons gevonden?' Hij haalt de beveiliging van zijn wapen.

Isabel kijkt naar de laptop. 'Die heb je net pas aangezet?'

'Ik heb wel mijn rugzak gecontroleerd, niet de laptop.'

'Je bent er alweer een aantal jaren uit,' zegt Isabel berustend. 'De USB-stick.' Ze houdt haar hand op.

Owen gooit de stick naar haar toe.

Isabel stopt hem in de voorzak van haar broek.

'Misschien is het niks.' zegt Owen. Er klinkt gekraak van de vloer vlak achter de deur. 'Of toch wel.'

'Het is in ieder geval niet het stel van hiernaast.' Isabel wijst naar het raam en richt daarna haar wapen op de kamerdeur.

Owen schuift het raam omhoog. Een briesje waait de kamer in. Hij kijkt naar beneden. 'Er is hier een betonnen rand waar je op kunt staan.'

'Opschieten.'

'En de rest van onze spullen?'

'Wegwezen!'

Owen klimt naar buiten en stapt op de circa twintig centimeter brede rand. Hij wordt al snel gevolgd door Isabel. Ze schuift het raam achter zich dicht.

'De buren hebben een balkon,' zegt Owen. Er klinkt een knal uit de hotelkamer.

Isabel geeft Owen een duwtje. 'Ze breken de deur open.'

Owen schuift langzaam naar het balkon.

Isabel stapt op het balkon en zet een wit kunststof kuipstoeltje opzij.

'De deur staat op een kier,' zegt Isabel. 'We kunnen naar binnen.'

'Onze buren zijn nog steeds bezig, zo te horen.'

Isabel sluipt de kamer in. In het licht van de straatlantaarns ziet ze een grote woonkamer met oude meubels. Recht voor haar ziet ze een gang. Een deur aan de linkerkant staat open, waarschijnlijk de slaapkamer. Ze hoort dezelfde geluiden uit de kamer komen die ze net aan de andere kant van de muur hoorden. Owen stapt de woonkamer in.

'Waar bleef je?'

'Dat komt wel.' Owen kijkt rond. 'Dit is dus de Just Married Suite.'

'Ik ga hier echt onze huwelijksnacht niet doorbrengen.'

Owen glimlacht en wijst op een deur. 'Die deur geeft volgens mij toegang tot de kamer hiernaast.'

'Waar heb je een extra kamer voor nodig als je net getrouwd bent?'

'Misschien vanwege je eerste echtelijke ruzie?'

Er klinkt een piepend geluid van buiten.

Isabel doet een stap in de richting van het balkon. 'Ze hebben onze route ontdekt.'

Owen opent de deur naar de andere kamer.

Isabel volgt hem op de voet.

Er klinkt een kreet, gevolgd door een doffe klap en het geluid van stoelen die worden verschoven.

Isabel kijkt verschrikt op. 'Wat was dat?'

'De reden dat ik net iets later was. Er stond een oud flesje zonnebrand op het balkon. Ik heb de rand ermee ingespoten.'

Isabel kijkt uit het raam naar beneden. Op het terras voor het hotel ligt naast een omgevallen tafel een man in een onnatuurlijke houding.

Owen komt naast haar staan. 'Ik heb de politie gebeld. We moeten weg, voordat ze er zijn.'

Op de gang klinken stemmen en voetstappen. Niet veel later rennen er twee mannen naar een BMW. De auto wordt gestart en rijdt met hoge snelheid weg.

53

24 augustus 2018, Den Haag, Nederland

Isabel kijkt vanuit de auto naar Owen, die iets verderop in de treinwagon staat te bellen met een kennis in Denemarken. Ze laat zich onderuitzakken in de stoel. De wond aan haar been kriebelt, ze onderdrukt de neiging om te krabben. De huurauto waar ze in zit ruikt nieuw. Het kan de geur van de opengesprongen ectocrib niet uit haar neus verdrijven, en al helemaal niet de gedachten uit haar hoofd die ze erbij heeft.

Ze trekt de zonneklep naar beneden en kijkt in het spiegeltje. Ze is bijna zeker een kloon. Een heel lekkere volgens Owen, het gevoel wordt er niet anders door. Goed beschouwd heeft ze geen ouders, haar ouders bestaan uit één cel van Anna Bolton waaruit ze is gecreëerd. Er trekt een lichte trilling door de auto wanneer de trein zich in beweging zet.

Owen stapt in en gaat achter het stuur zitten. 'Geregeld. Ik ga naar Kopenhagen zodra Leif de informatie bij elkaar heeft.'

'Waar ken je hem van?'

'Uit mijn tijd bij Rebel. Hij is, net als ikzelf, niet altijd journalist geweest.' Owen kijkt opzij. 'We zijn vertrokken.'

'Heb je alles kunnen vragen wat we besproken hebben?'

'Ik heb goede hoop dat hij de antwoorden vindt.'

'En het kenteken op de bekeuring van Monika?'

'Dat was volgens hem vrij eenvoudig, dus dat geeft hij straks nog door. Hoelang duurt deze rit eigenlijk?'

'Totaal iets langer dan een half uur. Waarom wil je dat weten?'

Owen kijkt naar de grote deuren die hen scheidt van de volgende wagon. 'We staan alleen in deze wagon.' Hij knikt naar de achterbank.

Isabel gaat verzitten op de stoel die voor het bureau van Monika staat. De reis vanuit Londen via de kanaaltunnel was vlot verlopen. Vanuit Rotterdam The Hague Airport, waar ze de huurauto moesten inleveren, hebben ze de rest van de reis met het openbaar vervoer afgelegd. Vanaf Den Haag is Owen alleen doorgereisd naar Amsterdam, terwijl ze zelf naar het kantoor van de C.I.U. is gegaan. Isabel kijkt op haar telefoon, Owen moet nu zo'n beetje thuis zijn.

'Niet te geloven.'

Isabel schrikt op. 'Hé?'

'Dit hele plan, de ectocribs. Echt niet te geloven.'

'Ik denk alleen dat GenMedical niets met de moorden te maken heeft.'

'Niet?'

'De moorden hebben een persoonlijk kenmerk. Ga maar na; Jens, de brieven, de nummers die verwijzen naar een krantenbericht dat over ons gaat. GenMedical is van alles, maar ze zijn zeker niet persoonlijk.'

'Misschien willen ze met de moorden op de een of andere manier hun belangen beschermen?'

'Dat doe je niet op zo'n ingewikkelde manier. Door mijn onderzoek in het Mundaneum naar Anna, dacht ik dat GenMedical er wellicht iets mee te maken had.'

'Dat dacht ik ook.'

'Na mijn bezoek aan Londen ben ik er zeker van dat die lui van GenMedical niks goeds van plan zijn, maar de moorden niet gepleegd hebben.'

'Toch Siobhán? Of een van de andere zussen,' oppert Monika.

'Zou kunnen. Ik heb onderweg nagedacht of we misschien iemand te spreken kunnen krijgen die voor GenMedical op Fanø heeft gewerkt.'

'Goed idee.' Monika schuift met haar muis over de muismat. 'Ik zal eens op de website kijken.'

'Daar heb ik al op gezocht. Er zijn geen medewerkers die oud genoeg zijn.'

'En onder de gepensioneerden?' vraagt Monika. 'Het is al een tijd geleden.'

'Dat heb ik aan Owen gevraagd voordat we afscheid namen. Hij zou zijn hackervriendin uit Londen erop zetten. Zij kan bij de oude personeelsbestanden komen. Ik verwacht ieder moment antwoord van hem.'

'Ik hoop dat er iemand tussen zit.'

De telefoon van Isabel trilt in haar broekzak. 'Owen? Ik zet je op de speaker.'

'Er is nog een medewerker in leven die iets zou kunnen weten over GenMedical in de tijd dat jullie eh ... geboren zijn. Zijn naam is Sean Keating. Ik app je zijn gegevens. De vraag is alleen of hij wil praten.'

'Ik gebruik gewoon mijn charmes. Dat werkte bij jou ook,' zegt Isabel.

'Ik ben dan ook geen bejaarde laborant. Ik mail je zijn volledige dossier. Zijn adres en mobiel nummer app ik.'

'Bedankt, schat.'

Monika knipoogt. 'Lief.'

'Dat is hij ook.' Isabel kijkt naar het appje dat Owen gestuurd heeft. 'Sean Keating woont in Bray, dat is in Ierland. Bel jij hem?'

Monika knikt. 'Stuur het appje even door, dan doe ik dat gelijk.' Ze klikt op het telefoonnummer in de app, de lijn gaat over.

'Keating.'

'Sean Keating?'

'Met wie spreek ik?'

'U spreekt met Monika He …' Monika bedenkt zich en kan zich net op tijd inhouden.

'Hallo?'

'Excuses. U spreekt met Monika Nymark.'

Sean reageert enthousiast. 'Nymark? Bent u familie van Oskar Nymark?'

Monika steekt haar linkerhand in de lucht. 'Zijn eh … dochter.'

Isabel steekt haar duim op.

'Zou ik u wat vragen mogen stellen over GenMedical? Het liefst persoonlijk als dat kan.'

Een moment is het stil aan de lijn. Net als Monika denkt dat Sean de lijn zal verbreken hoort ze zijn stem. 'Bel over vijf minuten terug, dan ben ik thuis, ik zit in de eh … auto.'

Vijf minuten later belt Monika opnieuw, Sean neemt direct op.

'Je hebt zeker vragen over Fanø?'

Monika is een moment van haar apropos door de directe vraag. 'Over mezelf en mijn zussen.'

'Je zussen? Zo zou je ze mogen noemen.'

'Hoe moet ik ze anders noemen?'

Sean antwoord niet. 'Luister. Ik ben vandaag nog thuis. Vanavond laat ga ik naar mijn vrouw die in Australië is voor een congres. We gaan aansluitend een rondreis maken van vijf wek ...'

'Ik kan vanmiddag nog langskomen.'

'Dat is prima. Je hebt mijn adres?'

'Ja. Bedankt, tot straks.' Monika drukt de lijn weg. 'We zijn welkom. Vond je niet dat hij raar reageerde op mijn vraag over hoe ik ons moest noemen?'

'Dat kunnen we hem straks vragen. Alleen hoe komen wij daar zo snel? Ik kan Mark bellen.'

'Laat mij het transport maar regelen. Ik weet een snelle manier om in Bray te komen.'

54

24 augustus 2018, Londen, GenMedical HQ

Noah tikt een paar gegevens in op het scherm en drukt op "bewaren". Hij kijkt naar de ontwakende stad aan de overkant van de Theems en dan naar de tijd op zijn scherm. Nog twintig minuten voordat hij naar huis mag. Het is een rustige nachtdienst geweest, wat voor de brand wel anders was. De uitgebrande laboratoria en serverruimte op de vijfde vielen onder zijn verantwoordelijkheid. Er ging geen dag voorbij of er moest iets worden aangepast of uitgebreid. Hij snuift. Ondanks dat het hele pand in recordtijd was schoongemaakt, ruikt hij de scherpe lucht nog steeds.

Er verschijnt een pop-up in het scherm met een herinnering om de meldingen na te lopen. Met de muis klikt hij op de snelkoppeling op zijn bureaublad. Een lijst met meldingen opent zich. Snel loopt hij er doorheen. Hij glimlacht als hij ziet dat die muts van security op een site heeft gekeken met informatie over het afbreken van een zwangerschap en de morning afterpil.

'Slet.'

Noah klikt de melding weg en loopt de andere na. Geen bijzonderheden. Onderin het scherm knippert een rood balkje.

Verbaasd kijkt hij naar het balkje en klikt er op.

“Mogelijke Hackaanval”, verschijnt er in grote witte letters op het scherm. Hij kijkt weer naar de tijd op het scherm, de metro van tien over kan hij wel vergeten, en logt in op de server.

‘Je weet honderd procent zeker dat er een hack is geweest?’ vraagt Manfred niet veel later.

Noah kijkt het hoofd van de beveiliging aan, die over zijn schouder meekijkt. Hij gruwelt van de man, maar het is zijn direct leidinggevende. ‘Absoluut.’

‘Ik heb je gevraagd om de systemen beter te beveiligen. Zeker na die laatste hack.’

‘Ik heb de beveiliging van de labservers prioriteit gegeven.’

‘Kun je zien waarnaar ze hebben gezocht?’

‘Het systeem loopt op dit moment alles na.’ Er verschijnt een melding en Noah klikt er op. ‘Daar hebben we de eerste: HR/Medewerkers/2018/.’

‘Ze hebben personeelsgegevens opgevraagd?’

‘Misschien een concurrent die personeel nodig heeft,’ zegt Noah.

‘Wanneer je personeel zoekt kun je beter via LinkedIn iemand benaderen.’

‘Ik heb er nog twee: “Gepensioneerden” en “Gepensioneerden/ Fanø”.’

‘Fanø? Dat lab is al tientallen jaren dicht en het pand is verkocht, volgens mij.’

‘De hacker zocht iemand die daar heeft gewerkt.’

‘Zoek de details eens op.’

Noah klikt op een mapje op de desktop. ‘Dit zijn de HR-bestanden. Fanø is een klein bestand. Alle medewerkers zijn overleden, behalve deze mijnheer, Sean Keating, hij ontvangt nog maandelijks zijn pensioen en een ruime toelage. In 1983 is hij op Fanø gaan werken. Als einddatum staat juli 1998 vermeld.'

'Ik werkte hier toen nog niet. Staat zijn adres erbij?'

'Hij woont in Ierland.'

'Vreemd dat ze naar een oud-medewerker hebben gezocht.' Manfred pakt zijn telefoon die in zijn broekzak trilt. 'Ja?'

'Bent u het hoofd van de beveiliging?'

Manfred herkent de stem niet. Het is een oudere man met een Iers accent. 'Dat klopt. Met wie spreek ik?'

'Met Sean Keating. Een vrouw die zich Monika Nymark noemt, heeft mij benaderd over het lab op Fanø. Wat moet ik doen?'

Soren loopt nerveus heen en weer door het kantoor van Manfred. 'Monika Nymark?'

'Dat is wat Keating zei,' zegt Manfred. 'Ze wilde meer weten over Fanø en haar zussen.'

'Waar heb je het over?'

'Ik heb geen idee waar dit over gaat. Ik hoopte dat jij meer wist.'

'Op Fanø had mijn broer Oskar een lab. Het stelde volgens mij niet veel voor. Ze hebben destijds voor mij een vooronderzoek gedaan naar het verouderingsproces dat we gebruiken voor ons project. Dat was eind jaren 80, begin jaren 90. De resultaten waren bedroevend slecht. Ik heb het onderzoek daarom beëindigd. Dat is de laatste keer dat ik mijn broer op vriendschappelijke wijze heb gesproken.'

'Hoe ging het verder?'

'Hij bedreigde mij. Dat is een aantal jaren doorgegaan zonder dat er wat gebeurde, het was altijd al een slappe zak. Het laatste wat ik gehoord heb, is dat hij is veroordeeld.'

'Waarvoor?'

'Dat weet ik niet. Wat heb je tegen Keating gezegd?'

'Dat hij haar zo lang mogelijk aan de praat moet houden.'

'Is Keating geloofwaardig?'

'Ik heb hem gezegd dat hij zo oprecht mogelijk moet zijn, ze mag geen argwaan krijgen. We hebben tijd genoeg om haar te onderscheppen.'

'Wie stuur je ernaar toe?'

'Ik heb Harris gebeld. Nadat Daniël van het balkon viel, leek het mij beter dit soort zaken aan hem over te laten. Ik ga wel met het team mee.'

'Hoe staat het met de stick?'

'Dat loopt volgens Harris. Hij moet voorzichtig zijn. Zijn directeur heeft lastige vragen gesteld over het onderzoek naar de brand en de reden waarom MI6 erop is gedoken.'

'Volgende maand kan ik het lab en de kraamkamer opnieuw opstarten. Voor die tijd moet het probleem met die stick opgelost zijn.'

'Geen probleem,' zegt Manfred. 'Ik ben benieuwd wie we in Ierland aantreffen.'

Zo snel mogelijk loopt Soren naar zijn eigen kantoor. 'Jeannette? Ik wil geen bezoekers en geen telefoon,' zegt hij in het voorbijgaan tegen zijn secretaresse. De deur trekt hij achter zich dicht, gaat achter zijn bureau zitten en drukt op de naam van Vita in de contactenlijst van zijn telefoon.

'Waar is Siobhán? Ze moet naar Ierland. Vanmiddag nog.'

'Ze zit volgens mij in Polen of is onderweg daarheen.'

'Godver.'

'Wat is er, schat?'

Soren vertelt in het kort over Sean Keating en het bezoek van Monika. 'Het klinkt raar uit mijn mond, maar we moeten Monika helpen om onze belangen te beschermen.'

'Siobhán redt het niet op tijd. Heb je niemand in Ierland die je kunt sturen?'

Soren staat op. 'Dat regelt Manfred normaal gesproken. Ik heb dergelijke contacten niet, in ieder geval niet in Ierland.'

'Kun je Sean niet bellen?'

'Wat denk je dat Harris doet als hij merkt dat Monika is gevlucht? Er is één optie, en dat is afwachten.'

'Je hebt gelijk we kunnen alleen maar afwachten,' zegt Vita. 'Mocht ze het niet overleven, we hebben de andere zussen allemaal al gevonden.'

55

24 augustus 2018, Bray, Ierland

De privéjet taxiet naar het begin van de startbaan, stelt zich op en begint te rollen. Isabel voelt hoe het toestel snelheid maakt en loskomt van Rotterdam The Hague Airport.

'Handig zo'n vader met een eigen vliegtuig.'

Monika maakt haar gordel los. 'Hij gebruikt het toestel niet veel. Ik denk dat zijn medewerkers er meer mee vliegen.'

'Je vader zorgt ook voor een auto?'

Monika knikt. 'We worden afgehaald. De chauffeur moeten we even afzetten bij het kantoor van HCS in Dublin.'

'Hoelang is het vliegen?'

'Met dit toestel iets meer dan twee uur. We hoeven in Dublin niet door de gewone securitycheck. Dat scheelt ook.' Monika legt een notitieblok voor zich neer. 'Ik schrijf wat vragen op, dan kunnen we die niet vergeten.'

'Goed idee.' Isabel opent het personeelsdossier van Sean Keating op haar laptop dat Owen haar heeft gemaild en begint te lezen.

Isabel stuurt de Toyota terreinauto een zijweg in, dat richting een bos loopt. 'Mooi is het hier.'

Monika knikt afwezig. 'Het is bij de volgende kruising linksaf, dan rechtdoor tot de boerderij.'

'Ik hoop dat hij echt met ons wil praten en zich niet heeft bedacht.'

'Toen ik de naam Nymark liet vallen, reageerde hij heel enthousiast.'

'Houd je huidige achternaam maar voor je.'

'Hier links.'

Isabel wijst op een bordje met de tekst: *"Feirme ar an aill"*. 'Weet jij wat dat betekent?'

'Geen idee.' Monika kijkt op haar telefoon. 'Het betekent "Boerderij op de klif", volgens Google Translate.'

'Dat klopt wel, de zee is hier vlakbij.'

Ze rijden af op een oude boerderij. Het dak is groen van het mos, de stenen gevel begroeid met klimop, een eenvoudig houten hek vormt de erfafscheiding.

'Hij is wel met zijn tijd meegegaan.' Isabel wijst op een rij zonnepanelen die op het schuurdak liggen.

'Ik zie zijn auto niet staan. Hij is toch wel thuis?'

'We zullen het zo zien.'

'Laat mij het woord maar doen.'

De auto komt tot stilstand voor het houten hek, ze stappen uit. De wind is toegenomen en de eerste spetters vallen uit de donkergrijze wolken. Monika klopt op de voordeur. Ze horen een deur dichtslaan, geschuifel, sloten die geopend worden. Dan zwaait de deur open.

'Mijnheer Keating?'

'Anna? Mijn God! Nog een?' roept Sean die in de deuropening is verschenen.

'Nee, ik ben, wij zijn. ...' Monika draait zich naar Isabel die naast haar is komen staan.

'Mogen wij binnenkomen?' vraagt Isabel.

Sean lijkt haar niet te horen, kijkt naar Monika, dan weer naar Isabel, en gebaart hen dan binnen te komen. Hij steekt zijn hand uit. 'Sean Keating.'

Ze stellen zichzelf voor, terwijl Sean nog steeds ongelovig naar hen kijkt.

'Fijn dat u met ons wilt praten over GenMedical,' zegt Monika.

Sean knikt en hangt de jassen op een kapstok. Onder de kapstok staan twee grote koffers.

Monika wijst ernaar. 'Klaar voor de reis?'

'Eh ...ja.' Sean draait zich om en gaat hen voor. Ze betreden de woonkamer, die in de jaren 80 is ingericht en daarna nooit gemoderniseerd. Sean wijst naar een opzichtige stoffen bank. 'Ga zitten. Ik zal even thee zetten.'

Vijf minuten later staat de thee dampend voor hen op de salontafel. Sean gaat in een fauteuil zitten die kraakt onder zijn gewicht.

'Echt ongelofelijk hoe jullie op Anna lijken.' Sean nipt aan zijn thee. 'Jullie willen graag meer weten over het laboratorium op Fanø en eh ... je eigen achtergrond?'

Monika en Isabel knikken gelijktijdig.

'Ik zal bij het begin beginnen. GenMedical is vlak voor de Tweede Wereldoorlog opgericht door Anna Bolton. Ze voorzag dat Hitler het niet alleen bij oorlogstaal zou houden. Daarmee toonde ze meer visionair inzicht dan de politiek en de top van het Britse leger bij elkaar.'

Monika maakt aantekeningen van de informatie die Sean hen geeft in haar notitieblok.

'Zijn wij klonen van haar?'

Sean kijkt verstoord naar Isabel. 'Pardon?'

'Gaat u verder.' Monika stoot Isabel aan.

'Eind jaren 30 haalde Anna uit heel Europa mensen naar Londen. Ze richtten zich op het verwisselen van personen binnen de Wehrmacht. In de beginjaren van GenMedical gebruikten ze daarvoor personen die qua uiterlijk voor iemand anders konden doorgaan. Destijds waren dat voornamelijk Duitsers die niet meeliepen met de politiek van de nazi's. Het was niet erg succesvol en kostte enorm veel tijd en mensenlevens.'

Monika legt haar pen neer. 'Wat heeft Victor daarmee te maken?'

'Dat was de volgende briljante zet die Anna deed. Ze had gehoord dat Victor mensen kon reproduceren.'

'Met reproduceren bedoelt u klonen?'

'Klonen? Nee, dat kon pas in de jaren 90 ... Waar was ik?'

'Bij Victor.'

'Ach ja. Victor. Er zijn voor het plan honderden embryo's ontwikkeld en vernietigd. Wat hij deed, zou in deze tijd als onethisch gezien worden. Dat was het misschien ook wel. Toen werd er zo niet tegenaan gekeken. Alles was geoorloofd om Hitler te verslaan.'

'Vreselijk,' zegt Isabel.

'Voor een goede persoonsverwisseling moest Victor de embryo's versneld kunnen verouderen,' gaat Sean verder. 'Met een baby-Hitler kun je tenslotte niet veel beginnen. Celverjonging was Victor al gelukt, gestuurde celveroudering bleek veel lastiger.'

Monika laat van verbazing haar pen vallen.

Isabel pakt hem op. 'Hij kon mensen verjongen? Dat zou nu grof geld opleveren.'

'Zeker. Soren had plannen om het Atrezenox, zoals het werd genoemd, op de markt te brengen. Er zitten echter nogal wat haken en ogen aan de productie. Ik weet nog dat het een bewerkelijk proces was, waarbij onder andere cellen uit het hersenvocht van jonge mensen gehaald moest worden, het liefst familie van elkaar. Dit was gelijk het struikelblok, want de persoon die het hersenvocht leverde overleefde het meestal niet.'

Monika omcirkelt het woord "veroudering", zet er een streep onder. 'Is de veroudering gelukt?'

'Pas in de nazomer van 1944 kon GenMedical achttien hoge officieren rond Hitler laten vervangen door reproducties van de juiste leeftijd.'

'Waren die verwisselingen succesvol?'

'Zeker weten. In de geschiedenisboeken leer je dat Hitler aan het eind van de oorlog strategisch gezien waanzinnige beslissingen nam. Duitsland zou om die reden de oorlog hebben verloren. Die beslissingen waren gebaseerd op valse informatie die hij kreeg van officieren van GenMedical. Zonder deze mensen had de oorlog zeker een jaar langer geduurd.'

'Niet te geloven.' Isabel haalt een paar kopieën uit een map die naast haar ligt. Op het bovenste vel staat "Top Secret" gedrukt. Ze laat het aan Sean zien. 'Ik heb er wel over gelezen in dit verslag dat ik in een museum in België heb gevonden, ik dacht dat het nogal aangedikt was voor Churchill.'

Sean bekijkt het verslag vluchtig, alsof hij het al eens eerder heeft gezien en geeft het terug.

'De kwaliteit van de reproducties liet qua levensduur wel te wensen over. De meeste hielden het niet langer dan een jaar vol. 'Ze vergingen als het ware.'

Isabel laat een foto zien op haar telefoon, die ze heeft gemaakt in Londen. 'GenMedical maakt op dit moment klonen.'

Sean kijkt langs de telefoon naar buiten. 'Ik ben er al een tijd weg, ik weet dat de techniek niet heeft stilgestaan.'

Monika slaat haar notitieblok dicht. 'En hoe zit het met ons?'

'Degene die jullie heeft ontworpen en gemaakt, is één van de twee zonen van Victor en Anna Bolton.'

'Ze hadden een relatie?' vraagt Monika.

Sean kijkt weer naar buiten en dan op zijn horloge. 'Min of meer. Het was een hectische en vreemde tijd. Anna was al getrouwd, maar kreeg desondanks een tweeling van Viktor, Soren en Oskar. Beiden zijn opgenomen in de staf van GenMedical. Dat was vanzelfsprekend ver na de oorlog. Oskar was van de tweeling qua kennis over genetische innovatie nog briljanter dan zijn vader Victor.'

'Wanneer bent u bij GenMedical gaan werken?' Monika neemt een slok van haar thee.

'Ik ben eind 1978 in dienst gekomen en werd, na een aantal jaar in Londen gewerkt te hebben, voor een project naar het laboratorium op Fanø gestuurd. Volgens mij was dat in 1983.'

Isabel schuift naar de rand van de bank. 'Was dat voor ons eh … experiment?'

'Het was iets commercieels: "BabyCon", we noemden het de babyconfigurator omdat ouders hun kind min of meer konden samenstellen. Vanaf het begin was het een groot financieel succes voor GenMedical. Het is enige jaren geleden stilgelegd na klachten over de teruglopende kwaliteit van de kinderen.'

'U doet het overkomen alsof je online een auto samenstelt.'

Sean knikt instemmend naar Isabel. 'Dat is een goede vergelijking.'

'Kregen de ouders altijd waarom ze vroegen?'

'Meestal wel. Er ging genetisch weleens wat verkeerd in die tijd, je moet denken aan de kleur ogen, het haar of geslacht. Wanneer het kind niet aan de eisen voldeed, konden de ouders de aankoop annuleren, het kind accepteren of wachten op een andere.'

Monika reageert geschokt. 'Jezus. En wat gebeurde er met de baby's die werden eh ... afgekeurd?'

'Die bleven bij ons. Begin 1985 is "BabyCon" verplaatst naar Londen omdat het project met jullie gepland stond. Oskar zorgde voor meer collega's ter ondersteuning.'

Monika kijkt Isabel aan. 'Ik dacht dat het een klein lab was? Achter in de schuur die aan het huis stond?'

'Ik ken geen ander.'

'Dat lab was voor de buitenwacht, voor de buren of bezoekers die iets kwamen afgeven. Het grote lab was verstopt onder de schuur. Begin jaren tachtig is het vergroot toen je vader naar Fanø terugkeerde. Het nummer op jullie vinger verwijst daarnaar. Het eindcijfer twee? Dat is het lab in Sønderho.'

Monika en Isabel wrijven haast gelijktijdig over het nummer.

Sean neemt nog een slok van zijn thee.

'Zijn we getatoeëerd om ons uit elkaar te houden?' Isabel laat het nummer op haar vinger aan Sean zien.

'Klopt.'

Monika opent haar blocnote en loopt door haar lijst met vragen. 'Waarom heeft Oskar ons eigenlijk gemaakt?'

'Jullie maakten deel uit van een langjarig onderzoek naar de invloeden van opvoeding en het milieu op meerlingen. In de basis waren jullie alle acht hetzelfde, dus we konden een goede vergelijking maken. Vandaar de unieke nummers op jullie vinger.' Sean gaat verzitten. 'Zo'n onderzoek was nog nooit uitgevoerd. Zes van jullie zijn over Europa verdeeld. Het bureau waarmee wij eerder voor die adopties samenwerkten heeft jullie, na het eh ... voorval in 1998, ondergebracht bij pleegouders.'

'Kon dat zomaar?' Isabel gaat verzitten.

'Het zal ongetwijfeld niet helemaal volgens de regels zijn gegaan. Er ging veel in die tijd niet volgens het boekje. Ook ethisch niet.'

'U had zelf ethische bezwaren?' vraagt Monika.

'Niet bij jullie. Ik zag dat als een fantastisch experiment. Jullie waren gezond en groeide op in een harmonieus gezin ... Dat laatste is ... '

'Wanneer ging u twijfelen?'

'Dat was bij een ander project uit die tijd. Een intern onderzoek voor GenMedical.' Sean neemt nog een slok van zijn thee.

Monika wil iets opschrijven, maar bedenkt zich. 'Wat hield dat onderzoek in?'

'De veroudering zoals Victor had uitgedacht tijdens de Tweede Wereldoorlog. De kennis en expertise daarover was in Londen plotseling weer topprioriteit geworden. Na de dood van Anna ... jullie weten dat ze is overleden?'

'Een V2-aanval,' zegt Isabel.

'Inderdaad. GenMedical is na de oorlog door Victor voortgezet als bedrijf. De kennis over het verouderen heeft hij mee zijn graf ingenomen.'

‘Wat deed u twijfelen?’

Sean kijkt nogmaals op zijn horloge. ‘Het verouderingsproces was zeer pijnlijk en vrat energie. Negentig procent van de baby’s haalden het niet door uitputting.’

Geërgerd laat Isabel zich tegen de rugleuning van de bank zakken. ‘Hoe zit het eigenlijk met ons? Zijn wij nu wel of geen klonen van Anna?’

‘Jullie zijn een meerling van Anna. Ik zei net al dat jullie deel uitmaakten van een onderzoek naar de invloed van opvoeding, opleiding en woonplaats op meerlingen?’

Isabel kijkt Monika aan. ‘Anna is toch onze moeder? Dat is toch niet mogelijk?’

‘Omdat ze al jaren dood was bedoel je? Ze heeft jullie niet gebaard. Daarvoor hebben we een aantal vrouwen uit Ghana laten overkomen.’

Sean staat op en loopt naar de keuken.

Isabel kijkt hem na. ‘Verwacht u iemand?’

‘Nee. Waarom denk je dat?’

‘U kijkt steeds op uw horloge en u hebt al een paar keer naar buiten gekeken.’

Sean gaat weer op de stoel zitten. ‘Er is niets.’

‘Gaat u alstublieft verder,’ zegt Monika.

‘Oskar nam mij in vertrouwen. Hij had mij hulp nodig om jullie … ‘ Sean wrijft met zijn hand over zijn kalende hoofd. ‘Het lichaam van Anna Bolton ligt in een soort mausoleum in het oude hoofdkantoor van GenMedical. In een vrieskast in dezelfde ruimte heeft Oskar ingevroren eitjes gevonden van Anna.’

Monika komt overeind. ‘We zijn ontstaan uit meer dan veertig jaar oude eitjes?’

‘Maar wie is onze vader dan?’ Isabel pakt de hand van Monika.

'Oskar vond het niet ethisch om zijn moeder te bevruchten. Daarom heeft hij mij gevraagd het te doen.'

'U bent onze vader?'

56

24 augustus 2018, Bray, Ierland

Sean haalt zijn schouders op. 'Technisch gezien zou je het zo kunnen noemen. Het stelde niet meer voor dan een van mijn zaadcellen planten in een eicel van Anna, waarna Oskar de celdelingen heeft gemanipuleerd.'

'Hij heeft de cel tot een achtling laten uitgroeien?' Isabel is verbijsterd. Ze hebben hun biologische vader gevonden, maar die praat over hen alsof ze een ding zijn.

'Een negenling. Jullie waren met negen totaal. Uniek in de hele wereld.'

Monika kijkt weer naar het nummer op haar vinger.

Sean ziet het. 'Het negende meisje reageerde niet goed op de pretesten. Lichamelijk mankeerde ze niets, maar psychisch ... We hebben haar buiten het onderzoek gehouden.'

'Wat is er met haar gebeurd?' vraagt Monika.

'We hebben haar gebruikt ...'

Isabel reageert geërgerd. 'Misbruikt.'

'... voor andere onderzoeken. Ze is in 1998 samen met jullie uit huis geplaatst.'

'Wat was haar naam?' vraagt Monika.

'Ik noemde haar altijd Siobhán, naar mijn vrouw. Eigenlijk had ze geen naam. Dat was niet nodig, ze maakte geen deel uit van het onderzoek.'

Isabel wijst Monika op een vraag die bovenaan de pagina staat van haar notitieblok. Monika knikt. 'Weet u waar de andere baby's naartoe zijn gegaan? Door wie ze zijn geadopteerd?'

Sean schudt zijn hoofd. 'Dat heeft Oskar zelf geregeld. De communicatie verliep via briefwisseling.'

'Dan moet er een adressenlijst zijn.'

'Zowel Oskar als de ouders gebruikten postbussen.'

'U heeft dus geen enkel idee ...'

'Ik heb een keer een enveloppe zien liggen op Oskars bureau. Daar stond een adres op in Moskou.'

Er valt een stilte. Sean kijkt naar buiten en dan weer naar de klok.

'U bent behoorlijk openhartig, waarom vertelt u ons dit allemaal?' Isabel kijkt ook naar buiten. Er is niets te zien.

'Jullie hebben recht op de waarheid, dat zou ik ook willen in jullie positie. Ondanks alles mocht ik Oskar graag.' Sean wijst naar het plafond. 'Ik heb boven nog een paar dossiers liggen. Als het goed is, zit er daar één tussen met meer informatie over jullie.'

'Het is veel erger dan ik dacht.' Isabel staat op. Ze loopt naar de keuken. Buiten is geen mens te zien.

'Ik wil als wij terug zijn, mijn ouders vertellen hoe het met ons zit. Dat wij een meerling zijn.'

'Zullen we het daar straks over hebben? Ik ga even plassen.' Isabel loopt de hal in. Ze kijkt naar de koffers en pakt er een op. De koffer voelt leeg. Ze pakt de andere op, die net zo licht aanvoelt. Verbaasd zet ze de koffer neer. Isabel hoort geluiden van zolder komen, geschuif van dozen en flarden van een gesprek.

'Waar blijven … ik heb alles al vert… Een half uur …' Isabel hoort Sean vloeken, gevolgd door gestommel.

Op het toilet denkt Isabel na over de informatie die in de mail stond, die ze in het vliegtuig las. Sean is sinds 1996 weduwnaar. Misschien is hij hertrouwd. Ze opent de toiletdeur en ziet Sean met een verhuisdoos de trap afkomen. 'Zal ik u even helpen?'

'Dat is niet nodig.' Hijgend sjouwt Sean de doos de keuken in. 'Dit zijn de dossiers die ik in 1998 heb meegenomen. Vraag mij niet waarom, ik heb er nooit meer in gekeken.'

Ze spreiden de acht mappen uit over de keukentafel. Sean pakt een van de mappen van tafel en geeft die aan Monika. 'Dit gaat over jullie.'

Monika begint te lezen. Isabel gaat naast Monika op de bank zitten. Al snel zijn ze verdiept in de materie.

Sean sloft terug naar de keuken en zet opnieuw de waterkoker aan.

'Wij werden opgeleid tot een team moordenaars?' Monika slaat een pagina terug.

'Daar kwam ik in de loop van de jaren achter. Soren, de broer van Oskar, trok het verouderingsonderzoek in. Ze kregen daar enorme ruzie over. Oskar ging zich vreemd gedragen, nam onverantwoorde beslissingen, beschuldigde zijn broer van sabotage en ging jullie trainen.'

Monika wijst Isabel op een zin in de tekst. 'Trainen om te doden?'

'Zoals ik al zei, Oskar was de weg kwijt. Ik vermoed dat hij zichzelf wilde beschermen.'

'Niemand wist daarvan?' vraagt Isabel.

'In Londen sowieso niet. In 1988 is een aantal collega's vertrokken. Ik ben als een van de weinige gebleven en heb jullie zien opgroeien.' Sean kijkt Monika aan. 'Tot 1998. Was jij dat met dat mes?'

Monika staat op. 'Ik ga ook even naar het toilet.'

Isabel wacht totdat Monika de woonkamer heeft verlaten. 'U gaat vanavond nog op reis?'

'Zodra jullie weg zijn vertrek ik naar het vliegveld.'

'Moet u uw koffers niet inpakken?'

'Die staan klaar in de ...' Sean knikt berustend. 'Je weet het?'

'Uw vrouw is in 1996 overleden. De koffers zijn leeg.'

'Ik schaam me zo.' Sean kijkt naar de grond. 'Mijn eerste reactie toen Monika belde was om GenMedical in te lichten. Dat is ons destijds iedere dag ingeprent. Bij vragen van wie dan ook, meteen bellen. Ze waren net al op het vliegveld, ze kunnen hier ieder ogenblik zijn.'

Monika komt de woonkamer in en kijkt Isabel aan. 'Is er iets?'

'We moeten weg. Sean heeft aan GenMedical doorgegeven dat we hier zijn.'

'Ik heb daar enorme spijt van. Tijdens ons gesprek besefte ik wat het voor jullie moet betekenen. Het onderzoek, om geen biologische ouders te hebben.'

'U bent toch onze vader?' vraagt Monika.

'Ik heb geen gevoel bij jullie, niet als een vader in ieder geval. Nooit gehad. Ik zie jullie als een voortijdig afgebroken en daardoor mislukt onderzoek. Het spijt me.'

Isabel staat op van de bank. 'Kom, we gaan.'

57

24 augustus 2018, Bray, Ierland

Monika stapt in de auto en doet haar gordel om.

Isabel loopt terug naar het huis.

Sean staat nog in de deuropening. 'Iets vergeten?'

'We hebben het er net niet meer over gehad, wat gebeurde er met de baby's die door de ouders werden afgekeurd?'

'Is het belangrijk voor je om dat te weten?

'Ik vroeg het mij af.'

Sean haalt zijn schouders op. 'Ze werden bewaard voor andere onderzoeken.'

'Wat bedoelt u met bewaard?'

'Je zus wacht.' Sean wijst naar de auto.

Isabel stapt achter het stuur en laat het bestuurdersraampje zakken.

Sean komt naast de auto staan. 'Goede reis terug. Als je verderop linksaf gaat, snij je een stuk af en hoef je niet langs Bray.'

Isabel ziet door de voorruit twee Nissan Qashqai's aan komen rijden. 'Daar zul je ze hebben.'

'Sorry. Ze zijn sneller dan ik had gehoopt.'

'Is er een andere weg?'

Sean schudt zijn hoofd. 'Als je door dat weiland zou rijden kom je op een gravelweg uit. Ik denk alleen niet dat deze au ...' Sean kan zijn zin niet afmaken.

Isabel geeft gas. Ze gooit het stuur om en steekt met hoge snelheid het erf naast de boerderij over. In de binnenspiegel ziet ze de voorste Nissan de bocht te ruim nemen. Heel even verdwijnt de SUV uit het zicht. Isabel geeft meer gas en rijdt door een openstaand hek een weiland in, dat schuin afloopt naar een bomenrij.

'Welke kant op?' schreeuwt Isabel.

Monika praat in haar telefoon. Ze wijst naar links. 'Naar die bomen daar. Volgens Sean is er een doorgang die uitkomt op een gravelpad.'

Isabel stuurt meer naar links. Het weiland is hobbelig, ze worden flink door elkaar geschud.

Monika kijkt in de buitenspiegel. 'Ze zitten vlak achter ons.'

De Toyota versnelt wanneer Isabel het gaspedaal dieper intrapt.

'Helemaal links!' Monika kijkt door de achterruit. Een van de Nissans probeert rechts in te halen, terwijl de andere meer links blijft hangen. 'Ze proberen ons in te sluiten!'

Isabel stuurt naar rechts en gelijk weer naar links. De rechter Nissan remt iets af, corrigeert naar rechts om een aanrijding te voorkomen, de afstand wordt meteen vergroot.

'De linker probeert het nu.' Monika sluit haar ogen wanneer ze recht op een hek afrijden.

Het hek is geen partij voor de Toyota. Het hout versplintert wanneer Isabel er dwars doorheen rijdt.

'Links! Links!' schreeuwt Monika.

Isabel richt de voorkant van de auto op een smalle doorgang. Wanneer ze tussen de bomen doorrijden horen ze gekraak en een harde knal.

'Dat was de rechterspiegel,' roept Monika. Weer horen ze een knal. 'En dat de linker.'

Monika draait zich naar Isabel. 'Je keek er op de heenweg toch niet in.'

Isabel stuurt de auto over een pad dat net iets smaller is dan de auto. Het geluid van takken die langs de auto schrapen overstemt het motorgeluid.

'Remmen! Rechts!' Monika krijgt nog steeds aanwijzingen van Sean via de telefoon.

Met een ruk aan het stuur laat Isabel de Toyota slippend de bocht naar rechts in duiken. Een moment lijkt de auto stil te vallen, dan schiet hij vooruit, een gravelweg op.

Monika kijkt weer door de achterruit en ziet de eerste Nissan over de gravelweg rechtdoor rijden en hard afremmen. De bestuurder van de tweede Nissan remt eerder af, en haalt de bocht wel.

'Hier links. Na honderd meter is er een betonfabriek.' Monika wijst op een industriële installatie dat boven de bomen uitsteekt.

Ze slaan een zijweg in en rijden een terrein op waar bergen gravel, steen en zand liggen opgeslagen. Isabel ontwijkt een bulldozer en rijdt een pad op dat een bos in verdwijnt.

Er klinkt een aantal schoten achter elkaar. 'Ze gebruiken een mitrailleur!' schreeuwt Isabel.

Een aantal harde tikken geven aan waar de kogels de Toyota raken.

Isabel kijkt in de binnenspiegel, ze ziet de voorste Nissan snel dichterbij komen. Ze rijdt achter een grote industriële installatie het terrein van de betonfabriek op. Een betonmixer rijdt net weg vanonder een silo. Isabel rijdt achter de vrachtwagen aan, onder het betonlaadstation door en remt hard af. Licht slippend komt de Toyota tot stilstand.

'Eruit! Verstop je in de bosrand.'

Monika rukt het dashboardkastje open, vist er een wapen uit en geeft het aan Isabel. 'Hier. Je bent er handiger mee dan ik.'

'Eruit!' Isabel stapt uit en rent de trap op naar het vertrek waar de operator zit van de betonfabriek. Terwijl ze naar boven rent, knalt de voorste Nissan hard op de Toyota. Ze ziet in de auto een witte stofwolk van de airbags boven het dashboard opdoemen. Isabel gooit de deur van de operatorkamer open en richt Monika's wapen op een man die achter een scherm zit. 'Open de klep. Nu!'

De man schrikt hevig, maar drukt toch op een knop op zijn toetsenbord. Isabel ziet een grote hoeveelheid cement uit de trechter lopen. Het glas van het panoramadak van de Nissan versplintert. Binnen een paar seconden is de auto gevuld en loopt het cement over de auto heen. Er stapt niemand uit de auto.

'Bedankt.' Isabel rent de trap af.

Monika komt haar kant op rennen.

De tweede Nissan komt aangereden. Een man hangt half uit het zijraam. Hij heeft een wapen in zijn hand.

Isabel richt op de Nissan en haalt de trekker over. De chauffeur wijkt uit. De kogel mist zijn doel.

'Naar de auto!' schreeuwt Isabel. Ze stappen weer in de Toyota die aan de achterzijde onder het cement zit. Isabel geeft vol gas, de auto komt met een krakend geluid los van de Nissan.

In de binnenspiegel ziet Isabel de andere Nissan verschijnen. 'Ze zitten alweer achter ons.'

'Daar is de uitgang.' Monika wijst op een openstaand hek. Ze verlaten het terrein van de betonfabriek.

'Waarschuw de piloot dat hij doorvliegt naar Cork. We vliegen vanaf daar terug.'

Monika zoekt moeizaam een telefoonnummer op. 'We moeten wel die klootzakken achter ons zien te lozen.'

Isabel stuurt de Toyota een smalle weg in. 'We hebben een andere auto nodig.'

'Ik had net mijn vader aan de lijn. Hij regelt het met de piloot. Moet ik hem nog een keer bellen voor een auto?'

'Laat maar. Ik heb een ander idee.' Isabel rijdt een woonwijk van Bray in.

Monika kijkt door de kapotgeschoten achterruit. 'Zo te zien zijn we ze kwijt.'

Isabel parkeert de auto achter een grote bestelbus in een doodlopende straat. 'Kom, het laatste stuk lopen we.'

'Waar gaan we heen?'

'Het treinstation.'

De trein remt af en rijdt een tunnel in. Isabel kijkt naar de grijze muur die aan haar voorbij flitst. De adrenaline van de achtervolging begint weg te ebben, ze denkt na over Sean en Anna. Ze hebben een moeder die al meer dan vijfenzeventig jaar dood is en een vader die hen ziet als een afgebroken onderzoek.

'Na deze tunnel komt het station van Cork,' zegt Monika. 'Daar nemen we een taxi naar het vliegveld.'

'Heb je Sean nog geprobeerd te bellen?'

'Net nog, hij neemt niet meer op.'

'En je ouders?'

'Ze wachten op ons, Gitte en Elin zijn vanzelfsprekend welkom.'

'Fijn.'

'Komt Owen ook?'

'Die wil ik eerst voorstellen aan Gitte en Elin zonder anderen erbij.'

Monika staat op. 'We zijn er.'

58

25 augustus 2018, Skodsborg, Denemarken

Monika draait een laantje in vanaf de hoofdweg en stopt voor een hek. Een bewaker herkent haar, praat in een microfoontje op zijn revers en het hek begint opzij te schuiven. Twee pollers die vlak achter het hek zijn geplaatst zakken in de grond.

Isabel schrikt op wanneer Monika haar aanstoot. Ze kijkt door de voorruit naar het hek dat openschuift. 'Tijd geleden dat ik hier was. Met Kerst was dat, toen je moeder die brief kreeg.'

'Dat klopt. Vlak daarna ging ik naar de C.I.U.' Monika trekt op en zwaait even naar de bewaker. 'Gaan we alles vertellen? Van gisteren?'

'Ze moeten alles weten. Wie onze biologische ouders zijn, maar ook over de achtervolging.'

'Shit. Ik ben best nerveus. Het voelt een beetje alsof ik voor de tweede keer uit de kast ga komen.'

'Zo zou je het kunnen zien.'

Monika volgt een fraai aangelegde oprijlaan die eindigt bij een moderne villa. Ze parkeert de auto achter een Nissan Leaf en een Tesla Model X.

'Gitte is er al. Elin kon niet mee komen.' Isabel wijst naar de Nissan. Ze kijkt naar het huis. 'Je ouders hebben het aardig verbouwd, het was veel ouder in mijn gedachten.'

'De oude woning is gesloopt. Ze wilden naar volledig energieneutraal. Verbouwen bleek net zo duur als iets heel nieuws laten bouwen.'

'Jammer. Ik vond die kleine ruitjes in de keuken zo lekker kneuterig.'

'Wacht maar tot je het uitzicht in de woonkamer hebt gezien.' Ze stappen uit en lopen naar de voordeur. Een dienstmeisje doet open.

'Goedemiddag, Li.'

'Dag mevrouw Monika, mevrouw Isabel. Komt u binnen.'

'Zijn ze in de woonkamer?'

Li schudt haar hoofd. 'Uw ouders geven een rondleiding aan mevrouw Alonso. Zal ik uw jassen aannemen?'

Ze lopen naar de woonkamer en Isabel ziet wat Monika zojuist bedoelde met het uitzicht. Over de volle breedte van de villa is een glaswand aangebracht die zicht geeft over de Sont. 'Schitterend.'

'Daar zul je ze hebben,' zegt Monika.

Nadat Monika haar ouders en Isabel Gitte heeft begroet, nemen ze plaats op de bank. Ze wisselen wat algemene nieuwtjes uit.

'Wat is er aan de hand?' Frederik kijkt even naar Gitte. 'Jullie zijn hier niet zomaar, zeker niet nu Gitte halsoverkop uit Malmö moest komen. Heeft het met het vliegtuig te maken waarover je gisteren belde?'

'Dat klopt, er is een reden.' Monika aarzelt. 'Meerdere eigenlijk. We moeten iets vertellen … ik bedoel … er is iets gebeurd.'

'We weten wie onze biologische ouders zijn,' onderbreekt Isabel de hakkelende Monika.

'Meen je dat nou?' Eloise kijkt verbaasd naar Frederik.

'We maken deel uit van een negenling. Onze moeder is in 1944 al overleden, maar haar eicellen zijn al die tijd bewaard gebleven. We zijn in 1986 in een laboratorium op Fanø gemaakt eh ... geboren.' Isabel bedenkt zich dat hetgeen ze zojuist gezegd heeft belachelijk moet klinken. Het is wel de waarheid.

Er valt een oorverdovende stilte.

Gitte slaat haar hand voor haar mond. 'Een negenling? Dat bestaat niet.'

'Toch wel, mam.' Isabel pakt de hand van haar moeder. 'Het Britse bedrijf GenMedical houdt zich sinds het einde van de Tweede Wereldoorlog bezig met genetische manipulatie van mensen. We hebben gisteren een gepensioneerde medewerker in Ierland gesproken, die heeft ons er alles over verteld. Hij is onze biologische vader, technisch gezien, voor de rest hoeven we niets van hem te verwachten.'

Monika neemt het gesprek over en vertelt hun verbijsterde ouders wat Sean heeft verteld. Over Oskar, de draagmoeders, de persoonsverwisselingen, maar ook over de achtervolging door GenMedical, waarbij meerdere doden zijn gevallen.

Frederik gaat rechtop zitten. 'Wacht even. Is GenMedical verantwoordelijk voor de ontvoering van Jens en die vrouw die in Kopenhagen is vermoord?'

'GenMedical heeft daar niets mee te maken. Er zijn nog meer vrouwen vermoord, onder andere in België en Duitsland. De vrouwen zijn zussen van ons, maken deel uit van de negenling.' Monika laat het nummer op haar vinger zien. 'Jullie hebben je altijd afgevraagd wat het nummer betekent. Het blijkt een serienummer te zijn. Serie vijf, kind drie, laboratorium twee. Dat is een laboratorium op Fanø.'

‘Ik kan het gewoon niet geloven.’ Gitte trekt Isabel tegen zich aan. ‘Begrijp ik uit wat Monika net zei, dat Oskar jullie wilde opleiden tot een moordteam?’

Isabel knikt. ‘In eerste instantie maakten we onderdeel uit van een langjarig onderzoek naar meerlingen. Na een ruzie met zijn broer Soren moesten we van Oskar de training volgen. We zullen nooit exact weten wat Oskar met ons van plan was.’

Eloise glimlacht naar Monika. ‘Vandaar je interesse in wapens. Paarden vond je maar niks, schieten kon je toen je dertien was als de beste.’

‘Isabel ook.’ Gitte schudt haar hoofd. ‘Wat een verhaal.’

‘En Jens? Heb je nog een bericht over hem gekregen?’ vraagt Eloise.

‘Hij is dood.’ Monika begint te huilen.

‘Wat? Weet je dat zeker?’

Monika snuit haar neus in de zakdoek die Frederik haar aangeeft. ‘Ik heb na Kerst nog één foto gekregen. De andere foto’s waren erg, de laatste slaat alles, hij leeft niet meer.’

Eloise staat op, gaat naast Monika op de bank zitten en slaat haar arm om haar dochter. ‘Wat vind ik dit verschrikkelijk. Jullie waren toch nog vrienden, ook al was het uit?’

‘Jens wilde dat wel graag, ik heb het afgehouden. Het was toen al verwarrend genoeg.’

‘Als GenMedical de moorden niet gepleegd heeft, wie dan wel?’ vraagt Frederik.

‘We zijn erachter gekomen dat de negende zus Siobhán heet,’ zegt Isabel. ‘Er is over haar niets te vinden.’

Gitte reageert verbaasd. 'Die naam heb ik eerder gehoord.'

Isabel herinnert Gitte aan de mail die ze vond in een oud dossier van pleegzorg waar Siobhán in werd genoemd.

Frederik staat op, loopt naar de enorme pui en kijkt over de Sont. Hij draait zich om. 'Ik kan er een aantal van mijn mensen opzetten?'

Isabel schudt haar hoofd. 'Waarschijnlijk is dat niet nodig. Owen heeft overmorgen een afspraak in Esbjerg met Leif Olsen. Hij schijnt veelbelovende informatie te hebben gevonden.'

'Olsen, dat is toch die onderzoeksjournalist van de Denmark News?' vraagt Eloise.

'Hij wilde iets aan Owen persoonlijk laten zien en de informatie die hij heeft gevonden toelichten.'

Monika staat op. 'We moeten weg, het vliegtuig vertrekt straks naar Amsterdam. Ik ga met Gerhardt overleggen, wellicht is er inmiddels meer informatie over de andere moorden.'

'Jullie blijven toch wel eten,' vraagt Eloise. 'Li heeft haar befaamde rijsttafel gemaakt.'

'Dat gaat echt niet, mam.'

'Maar ...'

Frederik komt tussenbeide. 'Ik laat een vliegtuig op Kastrup voor jullie klaarzetten dat jullie naar Nederland kan brengen. Jullie blijven lekker eten en daarna mag je weg.'

'Graag. Ik heb trek.' Isabel kijkt Monika aan. 'Wat ik steeds vergeet te vragen. Heb je zin om volgende week naar Amsterdam te komen? Je bent dan ook in Nederland.'

'Lijkt me leuk.'

'Bofkont,' zegt Eloise. 'Daar wil ik al zolang heen, maar je vader wil niet.'

59

25 augustus 2018, GenMedical, Londen, Groot-Brittannië

Harris legt met een klap zijn telefoon op tafel. 'Verdomme!'

Soren kijkt Harris aan. 'Wat is er?'

'Ze hebben het verkloot.'

'Je speciale team?' Soren kan een glimlach met moeite onderdrukken.

Harris ziet het. 'Je vriend Manfred is bedolven onder een paar ton cement. *As we speak* wordt hij door de Ierse politie uit de auto gehakt.'

'Mijn God.'

'Drie van mijn mensen zaten in dezelfde auto.'

'En die Monika waar Keating over belde?'

'Ze is bij die ouwe op bezoek geweest, samen met dat Zweedse wijf die bij je heeft ingebroken,' zegt Harris. 'Wonder Woman is er niks bij.'

Soren schudt vertwijfeld zijn hoofd. 'Wie is Wonder ...'

'Godver! Wat maakt dat uit! Ik heb mijn halve team verloren aan twee kutten die allang uitgeschakeld hadden moeten zijn.' Woedend gooit Harris zijn telefoon door de kamer, hij belandt in een plantenbak.

'En het tweede team dat je gestuurd hebt? Zijn die ook ...'

Harris blaast uit. 'Ze zijn die wijven kwijtgeraakt in het centrum van Bray. De auto hebben ze wel gevonden, die stond in een achterafstraatje op tweehonderd meter van het station.'

'Het vliegtuig waarmee ze naar Ierland zijn gevlogen werd toch in de gaten gehouden door de bemanning van ons vliegtuig?'

Harris staat op, pakt zijn telefoon uit plantenbak, veegt hem af en stopt hem in zijn broekzak. 'Het vliegtuig is zonder hen vertrokken. Weet je waar heen? Naar Cork.'

'Ze zijn zelf met de trein naar Cork gegaan.'

'Exactamente. Die Monika is slim, die Isabel is slim én geslepen. Dat is bij een vrouw een gevaarlijke combinatie.'

'Wat nu?' Soren wacht het antwoord niet af. 'Heb je trouwens een vervanger voor Manfred? Ik kan het plan niet opnieuw in gang zetten zonder een goede beveiligingsexpert.'

'Je loyaliteit aan Manfred is ontroerend.' Harris gaat weer zitten. 'Ik zal dat moeten overleggen met Lord Mclaren. Die zal vragen stellen waar ik geen antwoord op heb.'

Soren glimlacht. 'Mclaren is een Lord?'

'Stel je er niet te veel bij voor. Voor 49 pond kun je ook een Schotse Lord zijn.' Harris spreidt zijn handen. 'Wat wil je dat ik tegen hem zeg? We waren bezig met een leuk plannetje om het Britse rijk te laten herleven, helaas is dat mislukt door incompetente medewerkers.'

'Niet mislukt ...'

'Het heeft heel goed uitgepakt, wil je dat zeggen?'

'Hij weet niets van het plan. Waarom moet je hem überhaupt iets uitleggen?'

'Omdat die Keating, op aanraden van jouw vriend Manfred, de hele geschiedenis van GenMedical in geuren en kleuren aan die mutsen heeft verteld. Tel daar de bij de inbraak buitgemaakte informatie bij op, die Zweedse loopt soppend rond.'

'Hoe weet je dat Keating dat allemaal aan ze heeft verteld?'

'Die ouwe heeft in Loch Wrath gezellig theegedronken met Mclaren, nou goed?'

'Code 19 in Loch Wrath, ik begrijp het.' Soren rilt bij de gedachten. Van een code 19 is nog nooit iemand teruggekomen.

'Dat is dan de eerste keer.'

'Je kunt die twee niet laten oppikken? In Loch Wrath krijgen ze hen wel aan het praten, vermoed ik.'

Harris snuift. 'We zijn nog steeds geen bananenrepubliek. Acties in het buitenland, zoals jij voorstelt, gaan door twintig commissies voordat er überhaupt toestemming wordt gegeven. Zelfs ik moet mij daaraan houden. Niemand wist van ons plan, dus wat moet ik opgeven als reden? Ze stonden verkeerd geparkeerd?'

'Ik dacht ...'

'Je denkt teveel.'

Harris gaat staan, loopt naar het raam en kijkt naar het deels uitgebrande gebouw aan de overkant van de straat. 'Leg de renovatie maar stil.'

'Dat meen je niet.'

Harris draait zich naar Soren. 'En of ik het meen! Die verdwenen gegevens zijn een te groot risico. Je ruimt je troep op en verdwijnt.'

'Wat moet ik gaan doen? GenMedical is ...'

Harris kijkt hem woedend aan.

'Oké.' Soren staat plotseling op. 'Zien we elkaar nog?'

'Vast sneller dan je denkt.' Harris is gaan zitten. Hij kijkt Soren na, die gehaast de kamer uitloopt. Geërgerd staat Harris weer op, hij is te rusteloos om te zitten. Het plan dat hij heeft uitgedacht is mislukt door het amateurisme van anderen. Dertig jaar voorbereiding door het toilet gespoeld. Het is zijn eigen schuld. Het gevoel dat hij vanaf het begin had bij Soren was niet positief, hij vond hem te eigengereid, een saaie wetenschapper. Zijn gevoel was juist, maar dan moet je er wel naar luisteren en vooral naar handelen.

In de parkeergarage stapt Harris in zijn Range Rover en denkt na. Het plan opnieuw opstarten kost tijd en geld. Een deel van het geld, dat hij op slinkse wijze heeft bemachtigd voor de financiering van het plan, staat nog op diverse rekeningen in het buitenland. Alleen hij had toegang tot de bankrekeningen. Snel controleert hij de saldo's, het is te weinig om het plan opnieuw op te starten, meer dan genoeg om een leuk leven te leiden. Het maakt zijn volgende beslissing eenvoudiger. Hij pakt zijn telefoon.

'Ik heb er nog één. Een code 19. Zijn naam is Soren Nymark.' Harris geeft een aantal instructies en legt de telefoon dan naast zich op de passagiersstoel. Weer een probleem opgelost. Eigenlijk heeft hij nu nog maar twee problemen. Het eerste probleem is voor de lange termijn: hoe gaat hij wraak nemen op die twee wijven. Daar gaat hij in zijn nieuwe appartement over nadenken. Het tweede probleem is urgenter; wordt het een appartement in Monaco of in Dubai.

60

25 augustus 2018, 23 Cedar Gardens, Londen

Soren sjokt de trap op. Het project is letterlijk in rook opgegaan nu Harris de stekker uit de renovatie van het laboratorium heeft getrokken. De volgende stap is ongetwijfeld het stopzetten van de financiering van GenMedical. Hij smijt zijn tas tegen het keukeneiland. God, wat heeft hij een spijt dat hij zich ingelaten heeft met die klootzak.

Vita komt op het geluid af. 'Schat? Wat is er?'

'Harris heeft ons project stilgelegd.'

'Heeft dat te maken met de brand?'

'Dat is niet het enige. De brand is aangestoken door inbrekers, het plan is daarbij buitgemaakt. Als dat bekend wordt ... je kent de pers.'

'Daar heb je niets over gezegd.'

'Ik wilde je niet ongerust maken.'

Vita slaat haar armen om de nek van Soren en geeft hem een kus. 'Je bent een lieverd.' Ze kijkt hem aan. 'Wat is er? Ben je ergens bang voor?'

'Harris. Daar ben ik bang voor.'

'Hoezo? Het is een vriend van je.'

'Hij kan iemand zomaar laten verdwijnen. Hij heeft dat onlangs met een oud-medewerker van GenMedical gedaan. Ik ben bang dat ik de volgende ben.'

'Als je weg wilt kunnen we naar mijn appartement in Kopenhagen gaan. Dat staat op naam van de B.V. van Siobhán en is niet te traceren.'

'Goed idee.' Gehaast staat Soren op. 'Neem zo min mogelijk mee en vergeet je medicijnen niet. Over een half uur vertrekken we.'

'Ik ben bijna door de Atrezenox heen. Kun je dat in Kopenhagen maken?'

'Je weet wat ervoor nodig is. Daar is niet zo eenvoudig aan te komen.'

Vita haalt vijf buisjes met een doorzichtige vloeistof uit haar tas en legt ze op het keukenblad.'

Soren pakt een buisje van het aanrecht en kijkt naar de naam die erop staat. 'Maja? Wacht even. Ik mag hopen dat dit niet de werkelijke reden is dat je ze door Siobhán laat doden?'

'Het is belangrijk voor me, schat. Ik wil voor altijd je mooie jonge vrouw zijn. De Atrezenox uit de voorraad lijkt minder te werken, ik heb er steeds meer van nodig.'

Soren schudt zijn hoofd. 'Heb je dat plan ... ' Hij kijkt Vita aan. 'Je hebt het allemaal verzonnen? Jezus.'

'Ik vond en vind dat ik recht heb op de nalatenschap vanwege mijn verleden met Oskar. Hij heeft mij destijds gedwongen tot dingen die je fantasie te boven gaan.' Vita gaat op de bank zitten. 'Je hebt mij altijd gezegd dat Atrezenox onder andere uit hersenvocht met een homogene samenstelling gemaakt wordt en bij voorkeur met hetzelfde DNA. Deze groep is daar ideaal voor. We slaan twee vliegen in één klap.'

Soren gaat verbijsterd naast Vita op de bank zitten. 'Heb jij de zijventrikels aangeprikt? Het luistert nogal nauw.'

'Siobhán. Ik heb haar laten oefenen op een aantal asielzoekers die ik uit een Grieks opvangkamp heb laten komen.'

'Mijn God.' Soren staat op van de bank. 'De groep mensen die ze in een massagraf bij Folkestone hebben gevonden? Was dat jouw werk?'

'We hebben vijftig miljoen dollar helemaal voor onszelf, we hebben elkaar, we kunnen een prachtig leven leiden.'

'Jezus.'

'Wat is je probleem? Voor het geld mag Siobhán ze vermoorden, maar voor de Atrezenox niet?'

'Het maakt niet meer uit. We moeten zo snel ... ' Er klinkt een hard krakend geluid onderaan de trap. 'Daar zijn ze.'

'Wie?'

'Kom!' Soren sleurt Vita naar de slaapkamer. Hij drukt op een paneel waarna een grote boekenkast wegdraait.

'Wat is dit?' stamelt Vita.

Soren duwt haar de ruimte achter de kast in. 'Je kunt via die ladder in de kelder komen. Houd links aan, je komt bij een deur uit naar metrostation Hampstead.' Hij geeft Vita een kus. 'Ik hou van je.'

'En jij?'

'Ik houd ze op. Zorg ervoor dat Siobhán het plan afmaakt. Ga nu!' Hij kijkt naar Vita, die zich twijfelend omdraait en dan naar de ladder rent. Soren draait de kast op zijn plaats en loopt naar de woonkamer. Bovenaan de trap staan vijf in het zwart geklede mannen. Soren kijkt naar het vreemd uitziende wapen dat de voorste man in zijn handen heeft. Er klinkt een nauwelijks hoorbaar gesuis, waarna er zich iets prikkelends in zijn lichaam nestelt. Hij kijkt naar het pijltje dat uit zijn buik steekt. Dan wordt het tot zijn verbazing grijs in zijn hoofd en niet zwart zoals hij altijd dacht.

Met een schok schrikt Soren wakker. Verbaasd kijkt hij om zich heen en merkt dat hij op een houten bankje in een kleine cel ligt. Hij gaat rechtop zitten. De cel lijkt te bewegen. Hij kijkt door een raampje dat voorzien is van gaaswerk naar een bos dat aan hem voorbij trekt, hij zit in een bestelbus. De boomtakken hangen laag over de weg en hoewel het dag is lijkt het alsof ze door een tunnel rijden.

Het bos maakt al snel plaats voor een desolaat landschap waar alleen wat rotsplanten en gras lijken te gedijen. Het begint te schemeren, het licht in de cel springt aan. Een half uur later stopt de bestelbus. Soren kijkt naar een minstens vier meter hoog hek, het glinstert in het licht van de maan. Het lijkt op een hek van een gevangenis. Er staan echter geen waarschuwingsborden, er is geen bewaking te zien, geen camera's, helemaal niets. Alleen het hek in de *fucking middle of nowhere*. Soren vermoedt waar ze zijn. Deze plek is gecreëerd voor de vijanden van Groot-Brittannië. Dat zou Harris hem niet aandoen, dat weet hij zeker.

De poort schuift open. Soren hoort dat chauffeur gas geeft, de weg gaat vrij steil omhoog een berg op. Na twee kilometer rijden ze een met beton aangelegd terrein op. Zijn hoop vervliegt als hij de in de bergwand aangebrachte stalen deur ziet. Erboven brandt een lamp. De letters die op de deur zijn aangebracht zijn goed leesbaar. "Loch Wrath" staat er, en eronder "19".

61

26 augustus 2018, Den Haag, Nederland

Woedend rijd ik vanuit Polen Duitsland in. Ik ben terug bij af, Zuzanna werkt volgens haar man Piotr niet meer in Szczecin, maar via een uitzendbureau in Nederland.

De navigatie geeft aan dat het zevenenhalf uur rijden is naar Den Haag waar ze bij een autopoetsbedrijf werkt. Het is verdomme tien kilometer van de plek waar ik niet zo lang geleden nog was om Roos op te zoeken. Als ik dat toen geweten had.

Ik denk na over mijn vervolgstappen. Het laten afluisteren van Monika heeft zijn vruchten afgeworpen. Ze gaat van de week naar Isabel in Amsterdam. Misschien kan ik een en ander combineren nu ik in de buurt ben, de finale wat versnellen. Ik krijg het druk de komende dagen, maar dat is niet erg.

Op mijn telefoon zoek ik naar informatie over het poetsbedrijf, en naar een andere wijze om haar te doden. Zuzanna werkte in Szczecin bij een vleesverwerkend bedrijf waar ongeveer iedere machine dodelijk is.

Ik klik door de eenvoudige website en lees dat het bedrijf naast de geijkte autopoetsbehandelingen, een "ozonbehandeling tegen luchtjes" aanbiedt. Er wordt achter mij getoeterd, ik stuur terug naar de rechterbaan en kijk weer op mijn telefoon. De woede maakt langzaam plaats voor de energie die ik altijd voel wanneer er een idee in mijn hoofd ontstaat, een alternatief voor de machinale vleessnijders in Szczecin. Ozon. Ik leg de telefoon naast mij op de passagiersstoel en verhoog de snelheid.

Na getankt te hebben bij Hannover, koop ik wat te eten en lees ik mezelf in over ozon en ozongeneratoren. Het spul is dodelijk in grote hoeveelheden. Met een eenvoudige generator die ze bij het poetsbedrijf gebruiken gaat het niet lukken, ik moet op zoek naar een professionele machine.

Het is al donker wanneer ik een oud industrieterrein in Den Haag op rijd. De meeste bedrijven zijn al gesloten, bij het poetsbedrijf staat de roldeur nog open. Er komt een witte Opel Karl aanrijden, voorzien van een opvallende bestickering, de bestuurder toetert. Ik controleer in de informatie die ik letterlijk uit Piotr heb gepeuterd. De naam van het uitzendbureau waar Zuzanna werkt komt overeen met die op de auto.

Ik zie haar aan komen lopen, ze ziet er verzorgd uit, ondanks dat ze net een dag heeft gewerkt. Zuzanna stapt in en de auto rijdt weg. Ik volg de auto Den Haag uit. Huizen en bedrijven maken plaats voor grote kassencomplexen, totdat de hele omgeving eruit lijkt te bestaan. Het enige groen bestaat uit het onkruid dat tussen de tegels van de middenberm van de autowegen groeit.

De auto rijdt een laantje op en stopt bij een uit geel baksteen opgetrokken huis. Voor de deur staan drie auto's met Poolse kentekenplaten. Achter het huis staat een volgend kassencomplex. Hoewel het al enige tijd donker is, lijkt het door de assimilatielampen in de kas wel dag. Zuzanna stapt uit, de chauffeur trekt op en de auto verdwijnt uit het zicht.

Ik stop de auto naast Zuzanna.

'Zuzanna?' Ze kijkt mij verbaasd aan. 'Ik ben je zus.'

62

31 augustus 2018, Amsterdam, Nederland

“Vijzelgracht, uitstappen linkerzijde” schalt er door de metro. De deuren openen zich en Monika stapt het perron op. Ze kijkt omhoog naar het einde van een lange roltrap, zet haar koffertje voor zich neer en laat zich rustig meevoeren op haar weg naar boven. Een gehaaste medereiziger met een laptoptas over zijn schouder wurmt zich langs haar heen en rent de roltrap op.

‘Sorry, schrijfcursus, ik ben al te laat,’ mompelt de man in het voorbijgaan.

Op straat is het druk, er komt een tram aangereden en het wemelt er van de fietsers die ze bij het oversteken ontwijkt. Ze kijkt op haar telefoon naar de door Owen gemailde routebeschrijving. Aan de overkant ziet ze op een gebouw een bord hangen met de straatnaam, “Weteringschans”. Ze glimlacht om het geluid dat de wielen van haar koffertje maken. Van de websites die ze voor haar komst naar Amsterdam heeft bekeken weet ze dat de klank inmiddels bekend staat als de “Airbnb-sound”'.

Na een paar honderd meter slaat ze linksaf en loopt een gracht op. Het oude centrum van Amsterdam lijkt op dat van Delft, waar ze sinds begin dit jaar woont.

Van afstand herkent ze het wit geschilderde hoekpand van de foto die Owen heeft gestuurd. Ze loopt een stenen trapje op en drukt op de bel naast de naam 'O. Cuperus'. Ze hoort een zoemend geluid, duwt de voordeur open. Aan het einde van de gang staat Owen haar op te wachten.

'Geef mij je koffer maar. Het is op de derde verdieping.'

Monika loopt een smalle trap op en stapt een ruim en licht appartement binnen. Isabel komt op haar afgelopen. Ze omhelzen elkaar en houden elkaar even stevig vast.

'Bedankt voor de uitnodiging,' zegt Monika.

'Ging het met het verkeer?'

'Op de A4 was het druk. De auto staat bij station Zuid in de garage, met de metro ben je hier zo.'

'Ik zal even de logeerkamer laten zien.' Owen loopt een volgende trap op.

'Mooi appartement heb je.'

Niet veel later zitten Monika en Isabel op een brede vensterbank en kijken uit over de gracht. Monika nipt aan een witte wijn.

'Leuk wonen hier, zo midden in de stad.' Monika tikt met haar glas tegen die van Isabel. 'Skål!'

'Skål!'

'Ben je hier vaak?'

'Zo veel mogelijk. Owen is helaas vaak weg voor zijn werk. Had ik al verteld dat hij de World Climate Summit mag verslaan in Melbourne?'

'Echt? Wat leuk! Waar is hij eigenlijk?'

'Nog even naar de redactie. Iets afmaken.' Isabel kijkt op haar telefoon. 'Ik heb een tafeltje voor ons gereserveerd bij de PizzaBakery.'

'Goed idee. Heb ik nog tijd om te douchen?'

'Natuurlijk. Ik zal even een handdoek voor je pakken. Als je het leuk vindt, gaan we na het eten naar "De Kelder", een danceclub in een oud kantoorgebouw. Er draait vanavond een dj die ik heel goed vind: Carl Cox.'

'Carl Cox? Wauw. Ja, die is super,' antwoordt Monika. 'Is er een kledingvoorschrift?'

'Zo normaal mogelijk. Jurkje of T-shirt met spijkerbroek. Owen komt daar vanaf de redactie naartoe. Ga eerst lekker douchen.'

Isabel zet de glazen in de vaatwasser, ruimt nog wat op en loopt naar boven.

'Eh … Isabel?'

Isabel draait zich om. In de deuropening van de slaapkamer staat Monika. Ze volgt de contouren van het naakte lichaam van haar zus, die zich droog wrijft. 'Wat is er?'

'Ik ben mijn slipjes vergeten. Heb jij misschien …'

'Natuurlijk.' Isabel pakt een slipje uit een la en gooit deze naar Monika.

'Dank je. Lekkere douche hoor.' Monika trekt het slipje aan.

Isabel volgt de beweging. Haar blik blijft hangen waar het bovenbeen overgaat in de lies. Geen wijnvlek, alleen een wit streepje dat op een oud litteken lijkt.

Monika draait zich om en loopt de badkamer in. 'Ik ben zo klaar.'

Isabel staat aan de grond genageld. 'Oké,' weet ze uit te brengen. Heeft ze het goed gezien? Monika had toch een wijnvlek op haar bovenbeen? Misschien moet ze het gewoon vragen.

'Zullen we gaan?' Monika komt de slaapkamer in lopen, gekleed in een wit zomerjurkje.

'Ja. We gaan.'

Isabel kijkt op de menukaart en dan naar Monika. 'Heb je een keuze gemaakt?'

'Ik neem de lasagne. En jij?'

'De zalm tagliatelle. Die is hier echt lekker.' Isabel wenkt een serveerster en geeft de bestelling door.

De serveerster zet een mandje met brood op tafel.

Isabel pakt een stukje brood en geeft het aan Monika. 'Heb je Sean nog te pakken gekregen?'

'Gerhardt heeft iemand van de C.I.U. vanuit Dublin naar Bray gestuurd om bij het huis van Sean te gaan kijken.' Monika smeert wat aioli op het brood en stopt het in haar mond.

'En?'

Monika slikt. 'De voordeur stond open, geen spoor van Sean. Het huis was verder onaangeroerd.'

'Daar was ik al bang voor.'

'Er zal hem toch niets overkomen zijn?'

'Ik denk liever niet aan wat er met hem is gebeurd. Je hebt deze week niet stilgezeten neem ik aan?'

'Ik heb een verzoek ingediend om in heel Europa een oproep te doen op televisie. Met mij als ... ' Monika zucht diep.

'Je zegt het alsof ...'

'Het is afgewezen inderdaad.'

'En verder?'

'Samen met Gerhardt heb ik nog twee mogelijke moorden gevonden. In Zwitserland en één hier in Nederland.'

'Je zou de Zwitserse politie om meer informatie vragen over de moord.'

'O ja, dat wist je al. Ik heb gebeld. Aardige man die rechercheur. Het gaat volgens Matteo, zo heet hij, om Sofia Moser. Sofia Nymark van het lijstje.'

'En de nummers?'

'Ik kom op een "H" uit. Je moet er maar even naar kijken.' Monika leunt achterover. 'Ik heb er zoals ik al zei nog één gevonden.'

'Dat weet je zeker?'

'Je kunt in het systeem niet alleen zoeken, maar net als de Zwitsers gedaan hebben een melding aanmaken.'

'Jammer dat we dat niet eerder wisten. Je hebt een melding aangemaakt en een reactie gekregen?'

'Een van onze zussen woonde in Nederland, in Maasland om precies te zijn, dat ligt niet ver van Delft. Er reageerde een Nederlandse rechercheur op mijn oproep. We hebben vijf moorden en vijf letters.' Monika schuift een lijstje over de tafel.

Op dat moment wordt de bestelling gebracht. 'Eet smakelijk,' zegt de serveerster.

Isabel neemt een hap van de tagliatelle en kijkt met een schuin oog naar het lijstje dat naast haar bord ligt.

'We hebben Maja, Dagmar, Elise, Sofia en Roos. We missen Zuzanna nog. Kun je iets met die letters?'

Monika pakt het lijstje terug. 'R, E, N, H en S.'

'Zou het op volgorde staan?' vraagt Isabel.

'Weet je niet meer hoe Oskar dat altijd deed?'

Isabel kijkt verbaasd naar Monika. 'Geen idee. Jij was er veel beter in dan ik. Je loste de puzzels zo op. Ik kreeg de kans niet eens.'

'Ik zou het echt niet meer weten.' Monika schuift haar bord van zich af. 'Hoe laat heb je afgesproken met Owen bij de danceclub?'

'We hebben nog wel even. Vijf moorden, vijf letters. Je hebt geen nieuwe mail gehad? Geen idee over het sleutelwoord?'

'Die mails hebben ons tot nu toe niet echt geholpen.'

'Niets over Jens?'

Monika schudt haar hoofd. 'Niets meer na de laatste foto.' Ze neemt een hap van haar lasagne. 'Gaat Owen overmorgen naar Denemarken?'

'Het is verzet. Hij gaat aanstaande donderdag. Ik ben erg benieuwd.' Isabel kijkt op haar telefoon. 'Jij nog iets toe. IJs? Dat redden we nog wel qua tijd.'

'Nee, dank je. Ik ben niet zo'n liefhebber van ijs.'

'Vroeger had je daar geen nee tegen gezegd. Voel je je wel lekker?'

Monika lacht. 'Sinds ik gestopt ben met die medicijnen gaat het echt veel beter.'

'Goed om te horen. Kom, dan gaan we.'

63

31 augustus 2018, Amsterdam, Nederland

De rij voor de nachtclub is lang en ze moeten wachten. Owen voegt zich bij Monika en Isabel.

'Lekker gegeten?' Owen geeft Isabel een kus.

'Ja, hoor,' zegt Isabel. 'We hebben bijgepraat.'

Monika kijkt langs de rij. 'Ik hoop dat we naar binnen kunnen.'

'Ze hebben een behoorlijk strikt deurbeleid, je zult zien dat de helft van die mensen worden weggestuurd,' zegt Owen. 'Ik ken de eigenaar, het is nooit een probleem. Zeker niet met twee van zulke prachtige dames aan mijn zijde.'

De rij wordt langzaam korter.

De bewaker knikt goedkeurend naar Owen. 'Een tweeling dit keer.' Hij gebaart hen dat ze mogen doorlopen.

Ze lopen de trap af naar een donkere kelder. Met elke stap die ze zetten wordt de dreun van de muziek sterker.

'Dit keer een tweeling?' Isabel lacht

'Je kent me.' Ze lopen een grote danszaal in. 'JP Enfant draait nu. Het voorprogramma. Carl Cox begint om een uur of twaalf met zijn eerste set.'

De muziek wordt steeds luider. Isabel trekt Owen mee naar de dansvloer.

'Willen jullie wat drinken?' Monika moet haar best doen om boven de muziek uit te komen.

'Een witte wijn,' zegt Isabel luid.

'Wodka-spa rood,' schreeuwt Owen.

Monika loopt naar een loungebar en bestelt de drankjes. Ze kijkt naar Isabel en Owen die al aardig op elkaar zijn ingespeeld qua dans. Ze nipt aan haar witte wijn. Isabel wenkt. Een moment twijfelt ze, laat de klanken van de beat toe in haar hoofd, haar lichaam reageert. Snel neemt ze nog een slok van haar wijn. Ze loopt de dansvloer op en laat zich meevoeren op de muziek.

Een half uur later eindigt de dj zijn set. Even wordt het stil. De hoofdact wordt aangekondigd.

'Wat drinken?' Monika geeft de drankjes aan die op de bar staan en ze gaan op een bank in de loungeruimte zitten.

'Skål!' zeggen Monika en Isabel gelijktijdig.

Owen heft zijn glas 'Proost.'

'Leuke tent is dit.' Monika neemt een flinke slok van haar wijn. 'Zijn jullie hier eerder samen geweest?'

'Twee keer. Ik kwam hier vroeger wel vaker met vrienden,' zegt Owen.

Isabel pakt het lege glas van Monika. 'Jij nog wat drinken?'

Monika blaast uit. 'Straks misschien. Deze is al aardig gevallen volgens mij.'

'Gaat het wel? Je pupillen zijn vergroot. Je hebt toch geen pilletje geslikt?'

'Wat? Nee. Ik heb in mijn leven al genoeg pil...' Monika zakt in elkaar en glijdt van de bank.

'Shit,' roept Isabel. 'Monika? Hé!'

'Heeft ze iets gebruikt?' vraagt een toegesnelde beveiliger.

Owen schudt zijn hoofd. 'Alleen wijn.'

De beveiliger wijst op een donkere gang. 'We nemen haar even mee naar een rustige plek. Hier om de hoek.'

Owen en de beveiliger nemen Monika tussen hen in. Niet veel later zijn ze in een ander deel van het gebouw, een opslag, waar tafels en stoelen staan opgestapeld. Op de achtergrond horen ze Carl Cox aan zijn set beginnen.

'Leg haar maar even op deze tafel. Ik roep iemand van de EHBO op.'

'Dank je.' Owen kijkt Isabel aan. 'Is dit weer zo'n aanval?'

'Lijkt er wel op. Ze kreeg het in het verleden van haar medicijn of iets wat haar triggert.'

'Ze gebruikt die medicijnen niet meer, zei je laatst.'

'Er zijn hier ook geen krakende traptreden.'

'Ze heeft dezelfde wijn als jij gedronken?'

'Ja. Wit. De glazen hebben wel onbeheerd op de bar gestaan.'

Er komt een vrouw binnen. Ze heeft een hesje aan waar met grote letters "EHBO" op staat.

Isabel kijkt door een grote ruit de ambulance na. Owen is met Monika mee naar het ziekenhuis. Zij is in de danceclub gebleven omdat ze iets heeft gezien. In een flits. Ze zou er niet meer aan gedacht hebben als Monika niet onwel was geworden.

'Hier heb ik haar jas,' zegt de beveiliger.

'Dank je.' Isabel vouwt de jas op en voelt iets hards in een van de jaszakken. Het is een ID van de C.I.U. Ze loopt naar de bar in de kelder.

'Mijn naam is Monika Hedegaard, C.I.U.' Isabel houdt de ID van Monika voor de neus van de barkeeper. 'Wie gaat er over de beveiliging? De camera's? Het heeft haast.'

'Tony? Neem jij even over? Loop maar mee.'

Isabel volgt de man de trap op. Via een lange gang komen ze bij een zwart geverfde deur uit, waarop met grote letters "Security" staat. De deur gaat open en er komt een volgende beveiliger de gang in lopen.

'Deze dame is van de politie. Ze wil de camerabeelden van de bar zien,' zegt de barkeeper tegen de beveiliger.

De man kijkt Isabel aan. 'Legitimatie?' Isabel toont nogmaals de ID van Monika.

'De C.I.U.? Dat is de eerste keer dat ik iemand van jullie tegenkom. Deze kant op.' De beveiliger houdt de deur voor Isabel open.

Isabel loopt een grote ruimte in. Aan de wanden hangen tientallen beeldschermen waarop beelden van de danceclub worden getoond.

'Dit is Evy. Zij bemant ... bevrouwt de securityroom,' zegt de beveiliger. 'Evy dit is ...'

'Monika Hedegaard.'

'... van de C.I.U. en ze heeft snel beelden nodig.'

Een dame met lang krullend haar draait zich om op haar stoel. 'Wat kan ik voor je doen?'

'Ik wil de beelden van de bar zien. Van zo'n drie kwartier geleden tot nu,' zegt Isabel.

'Vanwege de vrouw die in elkaar is gezakt? Je lijkt op haar.'

‘Is dat mogelijk? Heb je daar camera’s?’

Evy draait zich terug naar het beeldscherm dat voor haar op een groot bureau staat. ‘Ga zitten. Je kunt meekijken op dat grote scherm daar.’ Er verschijnt een haarscherp beeld van de bar. ‘Dit is kwart voor twaalf. Ik spoel even door. Daar komen jullie binnen. Is dat je vriendje?’

‘Spoel nog iets door.’

‘Hier ga je met je vriendje naar de dansvloer. Zo te zien is het je zus?’

‘Ja. Ga door.’

‘Sorry. Ik ben te nieuwsgierig, daarom doe ik dit werk. Je zus loopt door naar de loungebar. Ik schakel even over. Daar komt ze. Leuk jurkje heeft ze aan. De kleur staat haar goed.’

Isabel kijkt toe hoe Monika de drankjes bestelt. Isabel ziet haar aan de bar hangen. Monika zwaait naar iemand op de dansvloer. Ze neemt nog een slok van haar wijn en loopt dan de dansvloer op.

‘Oké. Rustig aan. Tot het einde van de set van die dj die op dat moment draaide.’

Ze zien een paar mensen langs de bar lopen. Er komt een jongen bij de bar staan. Hij buigt over de drankjes en steekt zijn hand op naar de barkeeper die druk bezig is. Wanneer hij weer overeind komt ziet Isabel dat hij een handgebaar maakt. Heel even. Er glinstert iets in zijn hand in de felle flitsen van het licht in de danszaal.

‘Stukje terug. En nu beeldje voor beeldje. Kun je inzoomen?’

‘Natuurlijk,’ zegt Evy. Het beeld wordt nog gedetailleerder, maar blijft scherp.

‘Stop! Hij gooit iets in het glas. Zie je?’

'Verdomme. Je hebt gelijk. Ik maak even een frame van zijn gezicht.' Wanneer het gezicht van de man door het felle licht wordt beschenen zet Evy het beeld vast. 'Ik laat mijn gezichtsherkenningssoftware naar hem zoeken via de camera's.'

'Denk je dat hij nog binnen is?'

'Er zijn pas twee stelletjes weggegaan.' Evy klikt en op het scherm begint de software die alle aanwezigen één voor één scant.

'Mooi systeem. Werkt het ook in het donker?'

'Infrarood en gezichtsherkenning. Zoals bij de nieuwste iPhones. Hij is in de hal bij de toiletten en loopt richting de uitgang.' Een jongen van rond de twintig kijkt even in de camera en loopt dan uit beeld.

'Bedankt!' Isabel haast zich naar de uitgang. Ze trekt de buitendeur open, rent een trapje af, een plein op. Er staan groepjes mensen te roken. Iets verderop ziet ze de jongen richting een fietsenstalling lopen. Hij stapt op een fiets. Hij ziet Isabel aankomen en fietst hard weg. Isabel staakt de achtervolging. Er komt een meisje aan fietsen. Isabel kijkt naar de fiets een haalt de ID van Monika uit haar broekzak.

'Politie! Ik heb je fiets nodig.'

'Ja. Doei,' zegt ze en fiets door.

Isabel kijkt om zich heen. Er stopt een scooter naast haar.

'Stap op!' roept de vrouw die de scooter bestuurt.

Isabel verstaat niet wat de vrouw zegt. Het gebaar is duidelijk en ze stapt achterop. De vrouw trekt op.

'Dank je,' zegt Isabel in het Engels.

'Heeft die gozer wat gestolen?' vraagt de vrouw in gebroken Engels.

'Het is iets anders.'

‘Daar fietst hij. Houd je vast.’ De vrouw stuurt de scooter de stoep op.

‘Hij ging naar rechts!’ Isabel herkent de plek, ze heeft er net nog met Monika gelopen op weg naar de pizzeria. In de verte komt een tram aanrijden.

De jongen kijkt om, stuurt ongemerkt naar links en rijdt de tramrails in. Zijn fiets klapt op de straat. Met een doffe dreun komt hij op de trambaan terecht. Isabel sluit haar ogen wanneer hij onder tram 4 terechtkomt.

Even is het doodstil rond de plek van het ongeluk. Isabel stapt van de scooter en knielt naast de jongen, die er slecht aan toe is. De trambestuurder is uitgestapt, schreeuwt iets in het Nederlands. De jongen opent zijn ogen, kijkt haar angstig aan. ‘Ik heb gedaan wat je wilde, de GHB in het glas, waarom achter …’ Hij slikt.

‘Van wie moest je dat doen?’

Op de achtergrond klinkt geschreeuw, sirenes die dichterbij komen.

‘Van jou …’ Het hoofd van de jongen zakt langzaam opzij.

De trambestuurder trekt Isabel weg van de jongen. ‘Mevrouw wilt u plaats maken?’

Isabel staat op en wandelt weg. Verderop kijkt ze om. De vrouw met de scooter is druk in gesprek met een politieagent. Isabel loopt snel een zijstraat in. Haar telefoon gaat over. Het is Owen.

‘Hoe gaat het met Monika?’

‘Waar ben je?’ pareert Owen de vraag.

‘In de buurt van het Rembrandtplein.’

‘Kun je hierheen komen? Monika is verdwenen.’

‘Wat zeg je?’

‘Ik was even naar het toilet op de Eerste Hulp. Toen ik terugkwam was haar bed leeg.’

Isabel loopt de volle wachtkamer in van de Eerste Hulp. Owen staat op en omhelst haar.

'Nog nieuws?'

'Nee. Ik heb hier haar telefoon' Owen geeft een witte iPhone aan Isabel. 'Wat deed je op het Rembrandtplein?'

Isabel vertelt in het kort over de camerabeelden in de club en de achtervolging met de dramatische afloop. 'Ik kan het maar niet uit mijn hoofd krijgen wat hij zei, dat ik hem opdracht heb gegeven om GHB in het glas van Monika te doen.'

'Siobhán misschien?'

'Daar heb ik aan gedacht. Maar er is iets dat je moet weten. Ik wil iets met je bespreken.'

'Dat klinkt niet goed.'

'Dat is het waarschijnlijk ook niet. We gaan naar huis. Misschien zit ze gewoon thuis.'

64

2 september 2018, Den Haag, Nederland

Iets te snel rijd ik op het kruispunt af waardoor ik de zijstraat naar het industrieterrein bijna mis. De banden protesteren wanneer ik de bocht neem, een harde bonk naast mij maakt dat ik opzij kijk. Zuzanna is tegen de deur gezakt. Ik pak het mapje op dat in de middenconsole ligt en kijk in het paspoort. Zuzanna Kowalska, gehuwd met Piotr Kowalski. Nummer 5.06.2. Op de foto is ze nog een stuk jonger, maar ik vind haar er nu beter uitzien.

De afgelopen dagen heb ik haar wat beter leren kennen, ze blijkt een aardige hardwerkende vrouw. In de voor haar kostbare vrije tijd zijn we samen Den Haag ingegaan. Heel even voelde ik iets wat ik nog nooit voor iemand heb gevoeld. Ik heb het opgezocht. Volgens Google heet het genegenheid. De zoektocht naar een goede ozongenerator bracht mij terug naar de werkelijkheid, naar het plan.

Ik parkeer de auto voor het poetsbedrijf en wacht af tot het bewakingsbedrijf zijn laatste ronde heeft gedaan. In het licht van de lantaarnpalen zie ik in mijn spiegels achter mij een aantal parkeerplaatsen en laat mijn blik, voor de zoveelste keer, over het terrein glijden. Er staat een VW Golf met een fikse schade, een vuilcontainer en een caravan. Aan een laadpaal links van mij, staat een Tesla Model S. Er rijdt een kleine bestelwagen voorbij van een bewakingsbedrijf, die even verderop afslaat en uit het zicht verdwijnt. Ik kan aan de slag.

Een half uur later sluit ik de deur van een Renault en kijk naar binnen. Het lampje van de ozongenerator brandt ten teken dat deze ozon genereert. Zuzanna ligt op de achterbank en beweegt niet, mede door de extra injectie dormicum die ik haar heb gegeven. Dit keer doet de ozongenerator het werk voor mij. Ik pak de spuitbus en spuit de cijfers op de zijkant van de station. Het blauw steekt mooi af tegen het wit van de auto. Ik loop naar mijn auto, stap in en rij achteruit. Morgenochtend gaat het bedrijf weer open. Het zal een ander begin van de werkweek worden.

Met een zucht stap ik weer in en kijk om naar de lege achterbank. Ook deze keer heb ik hem in de kelder achtergelaten. Een melancholiek gevoel overvalt mij, het was fijn om zo lang samen met hem te zijn. De lange ritten dwars door Europa, ze zijn voorbij. Ik verwacht dat Isabel met de laatste letter het sleutelwoord zal oplossen en daarmee de code. Ik kijk in de binnenspiegel naar de bagageruimte. Monika is niet te zien. Wat een geluk dat ik haar een paar dagen geleden in het ziekenhuis kon oppikken. Zodra ik in Denemarken ben, zet ik haar op de passagiersstoel. Ik rij de snelweg op en zet de navigatie aan. Het is tijd om naar huis te gaan.

65

3 september 2018, Den Haag, Nederland

'Alaoui, recherche. Die komt net binnen.' Hamza drukt zijn hand op het spreekgedeelte. 'Het is voor jou.'

Ronald neemt de hoorn over en luistert een paar minuten. 'We komen eraan.'

'Een melding?' vraagt Hamza.

'In Den Haag, industrieterrein Dekkershoek, er is een dode gevonden in een autopoetsbedrijf.'

Niet veel later rijdt Hamza de auto het parkeervak uit en stopt voor de slagboom.

'Ik heb geen idee waar het industrieterrein ligt,' zegt Hamza.

'Via de A4 is het snelste, je kunt het beste de afslag Den Haag-Zuid nemen.'

Hamza rijdt niet veel later de Wippolderlaan op. 'Hier rechtdoor?'

'Voorlopig wel, een kilometer of vier, tot voorbij de Uithof, daar kun je rechtsaf,' zegt Ronald. 'Ik heb de eerste info binnen van de agenten ter plaatse. Het gaat om een jonge vrouw, de brandweer is op dit moment het pand aan het luchten.'

'Er is brand geweest?'

'Dat staat er niet bij.'

Stilzwijgend vervolgen ze hun weg tot een groot kruispunt.

'De volgende kruising rechts. We zijn er bijna.' Ronald wijst naar een bouwmarkt. 'Het is daarachter.'

Hamza rijdt niet veel later een industrieterrein op. 'Wat een gribuszooi.'

Ronald kijkt om zich heen. 'Het nieuwe is er inderdaad wel vanaf. Daar staan de collega's.' Ze stappen uit en lopen naar een van de agenten. 'Imani. Wat heb je voor ons?'

'Hé, Ronald. Dag Hamza. De brandweer is nog bezig. Er hing een hoge concentratie ozon in het pand.'

Hamza snuift. 'Is dat wat ik ruik? Die scherpe chloorlucht?'

'Ik ruik het niet meer. Toen we er net waren, was het niet om te harden. De eigenaar krijgt zuurstof toegediend.' Imani wijst op een ambulance. 'Hij heeft het lichaam aangetroffen, maar is onwel geraakt toen hij de auto, waarin het slachtoffer ligt, wilde openen. Ze proberen hem te stabiliseren voordat hij naar het ziekenhuis gaat.'

Ronald kijkt naar een groepje mannen die tegen een hek leunen. 'Wie zijn dat?'

'Uitzendkrachten. Die zullen vandaag niet meer aan het werk kunnen.'

Er komt een brandweerman naar hen toe lopen. 'We zijn klaar. De ozonconcentratie is weer op het normale niveau, u kunt naar binnen als u wilt.'

'Dank je,' zegt Ronald.

De ambulance rijdt weg met gillende sirenes.

'De eigenaar heeft de melding gedaan?'

'Zijn compagnon. Mateusz Krawiec. Dat is die mijnheer daar met het "I love Szczecin" T-shirt.' Imani wijst naar een man die wat apart van de groep uitzendkrachten staat.

Ronald kijkt naar een sjofel geklede man die achter het afzetlint staat. 'Laat hem even plaatsnemen in jullie bus. Ik wil hem zo spreken. Wie heeft geconstateerd dat de vrouw is overleden?'

'Een van de brandweermannen is met zo'n speciaal gaspak naar binnen gegaan. Hij heeft de deur van de auto geopend en de levensfuncties van de vrouw gecontroleerd.'

Ronald en Hamza lopen naar het bedrijfspand. De hal is schemerig. Er staan een paar auto's.

Hamza kijkt naar het plafond waar een paar tl-buizen grote moeite hebben om licht in de duisternis te brengen. 'Hoe kun je hier nou een auto poetsen?'

Ronald glimlacht. 'Op de tast denk ik.'

Imani komt naast hen staan. 'Ze ligt in die witte Renault. Ik heb forensische opsporing ingelicht. Ze zijn onderweg.'

'Fijn.' Ronald loopt met een ruime boog om de auto heen. 'Jezus!'

Hamza loopt snel naar zijn collega. 'Wat is er?'

Ronald wijst naar de zijkant van de auto. 'Die cijfers, 5.06.2 en 02.20.'

'Net zoals bij de dode in Maasland? En ...'

'Denemarken, Zwitserland, Duitsland en België, als ik de collega van de C.I.U. moet geloven.'

'Ze heeft niet meer gereageerd op het dossier wat je hebt gestuurd?'

'Nog niet. Ik zal haar straks bellen dat we nog een zaak voor haar hebben.'

'Dit blijft wel ons onderzoek?'

'Natuurlijk. De C.I.U. mag zich alleen met coldcase zaken bezighouden. Heb je je zaklantaarn bij je?'

Ronald pakt een klein model Maglite aan van Hamza en beschijnt het lichaam dat op de achterbank ligt. 'Haar gezicht is niet goed te zien.' Hij verplaatst de lichtbundel naar een grote aluminiumkleurige machine die in de kofferbak staat. Een geribbelde kunststof slang, die is aangesloten op het apparaat, hangt over de rugleuning.

Imani wijst naar een rode 380v-stekker die op de grond ligt. 'De brandweer heeft de stekker uit het stopcontact getrokken. Ze wilde geen sporen in de auto verstoren.'

'Goed meegedacht. Dit is het apparaat dat de ozon maakt, of hoe zeg je dat?'

'Genereert of produceert?' oppert Hamza. Hij maakt een foto van het apparaat.

Ronald loopt naar de Volkwagenbus. 'We zullen moeten wachten tot de FO er is. We kunnen ondertussen mijnheer Krawiec wat vragen stellen.' Hij trekt de schuifdeur open. 'Mijnheer Krawiec? We komen even bij u zitten.'

'Gaat het om Zuzanna?' vraagt Mateusz. 'Zuzanna Kowalska?'

'Waarom denkt u dat?'

'Ze stond niet bij de andere uitzendkrachten. Ze is erg punctueel, altijd op tijd.' Hij zucht. 'En ze komt, net als ikzelf, uit Szczecin, haar man ken ik nog van school.'

'We weten nog niet wie het slachtoffer is,' zegt Ronald.

'Dit apparaat staat in de achterbak van de auto. Is het van u?' Hamza laat een foto op zijn telefoon zien.

Mateusz schudt zijn hoofd. 'Het merk ken ik wel, het is een professionele ozongenerator. Het is niet geschikt voor ons werk.'

'Waarom niet?'

'Het produceert enorm hoge concentraties ozon, die tasten het rubber van de auto aan en zijn bovendien levensgevaarlijk. Deze machines wordt bijvoorbeeld gebruikt in waterzuiveringsinstallaties en zijn erg duur.'

'U weet er veel van,' zegt Ronald.

'Ik vind dat je moet weten waarmee je werkt. De ozongeneratoren die wij gebruiken zijn kleiner, maar produceren toch een schadelijk gas.'

Hamza kijkt vanuit de bus naar een Tesla Model S die op een parkeerplaats tegenover het poetsbedrijf geparkeerd staat. 'Weet u misschien van wie die Tesla daar is?'

'Die is van de eigenaar van dat timmerbedrijf even verderop, hij woont in de straat hierachter, daar zijn alleen geen laadpalen.'

'Waar denk je aan?' vraagt Ronald.

'Mijn broer heeft er sinds kort een, hij schept op over de vele camera's die erin zitten.'

Ronald gaat rechtop zitten. 'Slaan de camera's de beelden op als de auto stilstaat?'

'Alleen als er een USB-stick in zit.'

'En?' vraagt Ronald als Hamza samen met een lange broodmagere man uit de auto stapt.

'Er zit een stick in. Dit is ...'

'Kevin Klein,' zegt de man. 'Van Klein tot Groot Timmerwerken.'

Ronald stelt zichzelf voor. Ze lopen naar de Tesla en Kevin stapt in. 'Bij beweging rond de auto neemt de camera op. De bewakingsmodus moet wel aan staan, anders werkt het niet.' Kevin geeft de stick aan Hamza.

'Ik kijk gelijk even op de laptop.'

Ronald loopt naar Hamza die de laptop op de achterklep van de dienstauto heeft gezet.

'De FO is gearriveerd, ik zal vragen of ze een foto van het gezicht van het slachtoffer willen maken,' zegt Ronald. 'En van haar vinger als er een nummer op staat.'

Hamza knikt en wijst naar het scherm van de laptop. 'Er staat een aantal opnamen op de stick. Ook van gisteravond en vannacht.'

'Begin bij die van tien over acht.'

Ze bekijken de opnames. Er is niets meer te zien dan een fietser en een kleine bestelauto.

Hamza klikt op een volgende opname van later op de avond.

'Dat was de tweede keer dat de bewaking langsreed. In de eerste opname reed de auto ook langs.'

'De kwaliteit van het beeld is echt top,' zegt Ronald. 'Nog twee opnamen.'

Hamza klikt op de voorlaatste opname. 'Een auto die achteruit komt rijden, een oude Volvo zo te zien. Er stapt iemand uit, een vrouw.'

De vrouw loopt vlak langs de Tesla.

Verbijsterd kijkt Ronald naar het beeld. 'Zag je op wie ze leek?'

Er klinkt een geluid van een fietsbel en Ronald pakt zijn telefoon.

'Een bericht van FO. Een foto van het slachtoffer.' Ronald laat de foto aan Hamza zien.

'Met hoeveel zijn ze wel niet?' merkt Hamza op.

'Drie in ieder geval. Ik denk dat de vrouw in de Renault Zuzanna is, verder hebben we Roos van der Velden in Maasland en deze, nog onbekende vrouw. Ze is weliswaar van één kant te zien, maar het is overduidelijk familie. En dan hebben we de slachtoffers nog die via Europol zijn gemeld.'

Hamza start de laatste opname. 'Ze vertrekt. Daar komt ze aanrijden.'

'Het is een Volvo 850, ik zal het kenteken laten natrekken.' Ronald tikt een bericht in.

'Wel een vrij recent kenteken voor zo'n oude bak,' zegt Hamza. 'Misschien een importauto?'

Weer klinkt er het geluid van een fietsbel. Ronald kijkt op het scherm van zijn telefoon. 'Het kenteken is afgeschermd, opvragen van de gegevens van de eigenaar moet via de minister.'

'Dat betekent?'

'Dat de eigenaar van de Volvo of een diplomatieke status heeft of vanwege zijn of haar veiligheid wordt afgeschermd.'

Ronald legt de telefoon neer. 'De Officier van Justitie wil dat we de zaken van Roos en Zuzanna als moord beschouwen.' Hij staat op.

'Hij heeft het licht gezien,' zegt Hamza.

'Het werd tijd. Heb je in Hansken gekeken?'

'Er is niets te vinden. Alleen onze eigen zaak in Maasland.'

'Regel jij de aanvraag om de eigenaar van de Volvo te achterhalen?' vraagt Ronald.

'Wat ga jij doen?'

'Ik ga die rechercheur bij de C.I.U. bellen.'

‘Ze doen toch alleen cold cases, zei je? Dan heeft ze niets met de nieuwe zaken te maken.’

‘De moord in Kopenhagen is door de C.I.U. opgepakt als cold case. Het hoofd van die organisatie is een Deen, dat zal er mee te maken hebben. De andere zaken lijken een link te hebben met die zaak in Denemarken. Misschien kunnen we samenwerken.’

66

4 september 2018, Delft, Nederland

De kerktoren slaat zes keer wanneer Isabel het straatje inloopt waar Monika woont. Het is zo vroeg in de ochtend nog rustig op straat. Ze kijkt naar het naamplaatje naast de deurbel. "M. Hedegaard" staat er in zwarte letters in het witte kunststof plaatje geëtst.

Uit haar broekzak haalt ze de huissleutels, die ze in de koffer van Monika in Amsterdam heeft gevonden en opent de deur. Ze stapt een smalle gang in en sluit de deur achter zich. Haar vingertoppen beroeren een lichtknop en het peertje aan het plafond springt aan.

In een kamer aan de rechterzijde van de gang staan Ikea-kasten in verschillende stadia van montage. Ze opent de enige kast die gereed is. Er liggen een paar overgebleven schroeven op een plank, de kast is verder leeg. Ze sluit de kastdeur en steekt de gang over naar een volgende kamer. Tegen de muur staan een paar verhuisdozen opgestapeld. Op elke doos zit een label met de tekst "Kledingkamer voorzijde links".

Niet veel later staat ze op de eerste verdieping en kijkt door de schuifpui naar het terras waar zij en Monika onlangs nog zaten. Op een pot met een verdorde hortensia na is het leeg.

Isabel gaat achter een bureau zitten dat in de slaapkamer staat. Op het blad staat een beeldscherm en een bakje met pennen. Geen foto's, geen andere persoonlijke spullen. De lade van het bureau die ze opentrekt is op een eenzame paperclip na leeg. Ze staat op en stoot met haar been tegen het bureau. Het beeldscherm beweegt naar achter, eerst traag en dan steeds sneller. Met het geluid van brekend glas en kunststof valt hij op de houten vloer.

'Verdomme,' moppert Isabel. Wanneer ze het scherm oppakt, ziet ze dat er iets op de achterzijde geplakt zit.

Isabel kijkt naar de kluissleutel die voor haar op het bureau ligt. Beneden is ze geen kluis tegengekomen. Ze kijkt de kamer door. Tegen een muur staat een tweepersoonsbed dat aan één kant beslapen is. Op de muur naast de badkamerdeur hangt een opvallend kleurrijk schilderij, het is het enige dat kleur geeft aan de kamer, aan het huis. Het hangt aan de rechterkant iets van de muur af. Isabel staat op, steekt haar wijsvinger achter het doek en trekt het naar zich toe. Er is een zachte klik te horen wanneer het schilderij van de muur afdraait en er een in de muur ingebouwde kluis zichtbaar wordt. Isabel voelt hoe haar hartslag versnelt.

De sleutel draait soepel rond. Wanneer Isabel de hendel naar beneden draait klinkt een zacht schurend geluid. De deur gaat open. In de kluis liggen acht smalle ordners, die ze op het bed neerlegt. Ze pakt de ordner waar haar naam op staat en slaat hem open. Er zitten maar een paar pagina's in. Op de voorste pagina staat met zwarte viltstift "Waar ben je?" geschreven. Eronder staat een datum die ze herkent als de datum dat ze Monika voor het eerst na al die jaren heeft ontmoet, bij haar thuis in Kopenhagen. Met blauwe pen staat er "opgelost" bijgeschreven. De andere ordners zitten vol informatie over de andere zussen: foto's, vertrouwelijke informatie van de lokale politie, werk, gewoontes en familie. De mappen bevatten informatie van de moordenaar, Isabel kan niet geloven dat Monika dat is.

Wanneer Isabel aan de adoptieouders van Monika denkt krijgt ze een ingeving, ze pakt haar telefoon en belt Eloise. De lijn schakelt door naar de voicemail. Ze spreekt een bericht in.

Beneden rinkelt een telefoon. Isabel rent de trap af. Uit haar rugzak haalt ze haar telefoon en die van Monika. Ze drukt op de groene knop van Monika's iPhone.

'Hallo?'

'Goedemorgen mevrouw Hedegaard. U spreekt met Ronald Bosman, recherche Den Haag. Mijn excuses dat ik zo vroeg bel.'

Isabel schakelt over naar het Engels. 'Ik was al op.'

'Ik heb u vorige week gesproken over de moordzaken met een overeenkomst met uw onderzoek in onder andere Kopenhagen.'

'Natuurlijk,' zegt Isabel. Koortsachtig probeert ze zich te herinneren wat Monika vertelt heeft over de vermoorde Nederlandse tijdens het eten in Amsterdam Ze rent de trap op en gaat op bed zitten en bladert door de gegevens van Roos.

'Mevrouw Hedegaard?'

Moet ze niet tegen hem zeggen dat ze Monika niet is, maar haar zus, denkt ze. 'Excuses. Ik ben even naar boven gelopen.' Te laat.

'Ik begrijp het. De kinderen zeker? Praat me er niet van.'

'Wat kan ik voor u doen?'

'Ik heb u gisteravond geprobeerd te bereiken. We hebben namelijk een volgend slachtoffer gevonden die ...'

Isabel kan zich net inhouden om de laatste naam van het lijstje door de telefoon te schreeuwen. 'Wat is haar naam?' *Zuzanna.*

'Zuzanna Kowalska, een Poolse. Ze werkte via een uitzendbureau bij een autopoetsbedrijf en is overleden aan een overdosis ozon.'

Isabel hoort de toelichting van Ronald aan, het dringt niet echt tot haar door. Van de laatste zin schrikt ze op. 'Wat zei u als laatste?'

'We hebben haar op beeld staan.'

'Wie?'

'De dader en haar auto. Haarscherp. We weten nog niet wie de vrouw is, maar ze lijkt erg op het slachtoffer. Het kenteken van de auto, een Volvo 850, is afgeschermd, maar het zal niet lang duren voordat deze wordt vrijgegeven. Ik zal het filmpje naar u toe mailen.'

'Graag.'

'Ik hoor graag wat u ervan denkt. Ik mail u onze eerste bevindingen,' zegt Ronald die iets in het Nederlands naar iemand roept. 'Sorry. Ik moet orde op zaken stellen, geloof ik.'

'De kinderen?' gokt Isabel.

'Twee meisjes, vier en zeven.'

'Draken zijn het, maar zonder kun je niet, ' zegt Isabel.

'Precies.'

Isabel drukt het gesprek weg en bekijkt op de telefoon van Monika het binnengekomen filmpje. Vijfenvijftig seconden later legt ze de telefoon naast zich neer.

Normaal gesproken zou ze zich euforisch voelen wanneer ze een onderzoek kan afronden. Ze springt op en spuugt haar vroege ontbijt uit in het toilet van haar zus.

Een kwartier en een sprintje door het oude centrum van Delft later, stapt ze in de trein naar Schiphol. Ze gaat boven in de dubbeldekstrein zitten. Ze tikt een appje naar Owen, over het filmpje, de auto en ... Ze verwijdert de tekst, maakt er "Ben onderweg, heb groot nieuws, niet via de app" van en stopt haar telefoon in haar jaszak.

Pas in Leiden voelt ze de spanning in haar lijf wat afnemen en pakt ze de telefoon van Monika erbij. In de mail van de Nederlandse rechercheur ziet ze de cijfers staan waar ze naar op zoek is: 5.06.2 en 02.20. Uit haar rugzak diept ze het krantenbericht op, dat er inmiddels verfomfaaid uitziet. Met haar vinger loopt ze de letters in de zin langs en komt uit bij de "ø". Ze mist nog twee letters voor Monika en haarzelf. Door de "ø" ziet ze echter meteen de oplossing van het sleutelwoord: "Sønderho". Hoe simpel kan het zijn, denkt ze. Uit het insteekmapje, waar het krantenbericht in zat, haalt ze een A4-tje dat bedrukt is met letters, het Vigenère alfabet, de oplossing van de zoektocht is nabij. Ze klapt het tafeltje dat aan de stoel voor haar zit open en legt het A4-tje erop. Met een pen schrijft ze "Sønderho" op het vel, en pakt de code uit de brieven erbij.

BSXXR KTWBJ VQHVU WFRRN ICKSJ

Ze denkt even na, loopt met haar vinger naar de "S" in de linkerkolom en dan naar rechts waar de "B" uit de code staat. Met haar vinger volgt ze de kolom naar boven, waar de "J" staat. De eerste letter is bekend.

'Leuk! Een Vigenèrecode.'

Isabel kijkt verstoord op naar de conductrice. 'Ik spreek geen Nederlands. Sorry.'

De vrouw gaat naast Isabel op een stoel zitten. Ze schakelt soepel over naar het Engels. 'Mijn vriend en ik sturen elkaar vaak van deze codes toe om de ander uit te nodigen voor een etentje. Dit is de code toch?' De conductrice wijst naar de rij letters.

'Inderdaad.'

'Je kunt op deze site het sleutelwoord en de code invoeren,' zegt de conductrice. Ze laat op haar telefoon een website zien. 'Je kunt de code zo oplossen. Niet tegen mijn vriend vertellen hoor.'

'Echt?' Isabel tikt de domeinnaam in op haar telefoon en klikt op de site op een knop met de tekst "Decode Vigenère".

De trein rijdt een lange tunnel in en stopt op het station onder het vliegveld.

'Ik moet verder. Succes.'

Isabel bedankt de conductrice en stopt haar spullen in haar rugzak. Nog voor ze incheckt voor haar vlucht naar Kopenhagen heeft ze de oplossing van de code gevonden.

JE KUNT MIJ VINDEN IN DE KELDER

De telefoon van Isabel gaat over. Het is Eloise die terugbelt.

'Hej Eloise. Heb je mijn bericht gekregen?'

'Wat is er aan de hand?'

Isabel doet kort verslag over wat er in Amsterdam is gebeurd. 'Monika had toch een wijnvlek op haar bovenbeen?' Met stijgende verbazing luistert Isabel naar het antwoord. 'Verwijderd?' De gate gaat open en haar medepassagiers staan gelijktijdig op. 'Ik moet boarden, ik bel je later.' Isabel loopt naar de gate. Opgelucht neemt ze plaats in haar stoel.

67

4 september 2018, Esbjerg, Denemarken

Owen loopt het treinstation van Esbjerg uit waar hij vanuit Kopenhagen naartoe is gereisd. Hij kijkt op zijn telefoon. Isabel heeft een whatsapp gestuurd dat ze van Monika nog niets gehoord heeft. Hij scrollt door de berichten en leest in het laatste appje dat ze nieuws heeft.

'Owen!'

Owen schrikt op uit zijn gedachten en kijkt om zich heen. Er staat een man bij een taxi, hij loopt ernaartoe.

'Welkom in Esbjerg.'

'Dank je Leif.'

Ze schudden elkaar de hand.

'Je hebt verder geen bagage?'

'Alleen deze rugzak.'

'Stap in. Isabel is nog onderweg?'

'Ze moest nog iets uitzoeken in Delft en heeft een vlucht later genomen.' Owen pakt zijn telefoon. 'Ik zal even vragen waar ze is. Ze heeft trouwens groot nieuws, dat ze niet via de app wil doorgeven.'

Ze stappen in de taxi.

Leif tikt de chauffeur op zijn schouder. 'Esbjerg Kirkegård', alsjeblieft.'

De chauffeur knikt.

'Is het ver?' vraagt Owen.

'Vijf minuten.'

De telefoon van Owen zoemt. 'Isabel rijdt ter hoogte van Kolding. Volgens de navigatie is het nog drie kwartier.'

'Geef het adres even door.' Leif laat een op een post-it geschreven adres zien. 'Dit is het adres van de begraafplaats.'

Niet veel later rijdt de taxi een rustige straat aan de rand van een woonwijk in en stopt bij een de ingang van de begraafplaats. Leif betaalt de chauffeur en ze stappen uit. Ze lopen tussen de bomen door die langs de oprijlaan staan de begraafplaats op naar een kapel. Leif slaat een pad in en staat stil bij een grafsteen. Voor de steen staan bloempotten met bloeiende planten. Een ervan herkent Owen als een hortensia.

'Dit is het graf,' zegt Leif.

'Oskar Nymark. We weten dat hij in 2008 is overleden. Waarom wilde je me dit laten zien?'

Leif zet de bloempotten opzij. 'Omdat je mij anders niet zou geloven.'

Owen kijkt naar de in de grafsteen gebeitelde naam die achter de potten verborgen zat.

'Monika?' Hij schudt zijn hoofd. 'Dit moet ik even ...'

Leif wijst naar de grafsteen. 'Ik was net zo verbaasd als jij toen ik het zag. Er is vreemd genoeg niets te vinden met betrekking tot haar overlijden in 1999.'

'Er is geen Akte van Overlijden?'

'Daar is lastig aan te komen, het lijkt erop dat er überhaupt geen bewijs is.'

'Ze weten hier hopelijk wel wie er begraven ligt?'

'Men wilde mijn vragen niet beantwoorden, ze gaan simpelweg ervan uit dat als er twee namen op de steen staan, er twee lichamen in het graf liggen. De tuinman die hier het onderhoud doet, heb ik gevraagd naar de steen. Hij weet niet of deze onlangs vernieuwd of verwijderd is geweest. De bloempotten worden wel regelmatig ververst.'

'De steen ziet er wel schoon uit.' Owen kijkt naar de groen uitgeslagen grafstenen naast die van Oskar en Monika. 'Als we ervan uitgaan dat Monika in 1999 is overleden, wie is dan de persoon die de Hedegaards hebben geadopteerd?'

Leif troont Owen mee naar een bankje en ze nemen plaats. Hij haalt een formulier uit zijn tas. 'Ik heb voor je gezocht naar informatie over Oskar én Monika.'

'En Isabel?'

'Geduld. Dat bespreken we zo.'

Ze kijken naar een paar vogels die tussen de grafstenen door huppen.

'Laat ik beginnen met de vader. Oskar Nymark, geboren in Londen in 1943. Nymark is in 1983 naar Denemarken gekomen. Hij heeft zich gevestigd op Fanø in het huis dat zijn vader achterliet toen die in 1941 naar Londen vertrok. Er hebben in '83 enorm veel bouwactiviteiten plaatsgevonden. Volgens de buren was het een komen en gaan van graafmachines en betonmixers. Niemand weet echter wat er is gebouwd. Bij de gemeente is geen vergunning aangevraagd of afgegeven.'

'Interessant. Ga verder.'

'Nymark is in 1998 aangehouden nadat Monika hem had neergestoken. Een jaar later is hij veroordeeld tot tien jaar cel voor misbruik van zijn dochters.'

'Je bedoelt Isabel, Monika en Siobhán? Isabel kan zich uit die tijd echter geen andere zus dan Monika herinneren.'

‘Op Siobhán kom ik zo terug.’ Leif haalt een map uit zijn tas. ‘Monika en Isabel zijn apart van elkaar in de opvang terechtgekomen. Monika is na anderhalf jaar als pleegkind opgenomen door de familie Hedegaard. Volgens deze grafsteen was de Monika die Isabel van vroeger kent toen al overleden. Ken je de familie Hedegaard?’

‘Isabel heeft het mij verteld. Ze zijn eigenaar van die grote containerrederij.’

‘De grootste ter wereld. Monika, of wie ze ook is, is goed terechtgekomen. Er waren voldoende middelen om haar persoonlijk te laten begeleiden bij haar psychische problemen, voor haar bestond er geen wachtlijst.’

‘Van welke aard waren die psychische problemen?’

Leif geeft Owen een brief. ‘Ik heb hier een brief van het psychiatrisch instituut waar ze tot eind 2003 intern zat.’

‘Hoe kom je hieraan, met al die privacyregels tegenwoordig?’

‘Ik laat mij niet tegenhouden door regels, maar het helpt wel wanneer je schoonzoon er werkt.’

HOVEDBORG

PSYKIATRISK INSTITUTION

Herren F. Hedegaard
Skovbakken 875
2942 SKODSBORG

Datum : 20 november 2002
Kenmerk : AB/ML/88053/Nymark, Monika
Betreft : Voortgang behandeling

KOPIE

Geachte heer Hedegaard,

Hierbij informeren wij u over de voortgang van de behandeling van onderstaande patiënte die sinds 9 juli 2001 bij ons onder behandeling is.

Patiëntgegevens

Naam patiënt(e):	Monika Nymark
Geboortedatum	14 oktober 1986
Geslacht:	Vrouw
Adres:	Skovbakken 875

Postcode + woonplaats: 2942 Skodsborg
Juridische status:
casenummer/ M-99341/ 1999-2787

DSM-classificatie
Hoofd 300.15
Dissociatieve stoornis NAO
Somatisch 000
Geen
GAF 45
Hoogste GAF score: 50

Medicatie
Onderstaande geneesmiddelen worden in het kader van onze behandeling voorgeschreven.
Fluoxetine 40mg 1dd1 en Oxazepam 10mg z.n.
Voor een volledig beeld verwijzen wij u naar het volledige overzicht dat door de apotheek wordt bijgehouden.

Conclusie na onderzoek
Na uitgebreid psychologisch onderzoek is bij patiënte de diagnose Dissociatieve Stoornis NAO gesteld. Naast meerdere identiteiten heeft patiënte last van geheugenverlies, depersonalisatie en derealisatie.

Huidig beleid
Het doel van de behandeling is om de verschillende identiteiten in één persoon te laten samensmelten. De behandeling zal onder andere bestaan uit farmacotherapie, het opstellen van een veiligheidsplan en het verwerken van onderliggende trauma's.

Indien u vragen heeft kunt mij bereiken via de receptie van het instituut.
Hoogachtend,
Markus Lindgren
Hoofd gespecialiseerde zorg Hovedborg, locatie Toldbodgade

Hovedborg Psykiatrisk Institution
Toldbodgade 1033, DK-1253, København-K, Danmark

Owen leest de brief nog een keer door en houdt de brief omhoog. 'Dit briefpapier gebruikt de moordenaar.'

'Nog een aanwijzing in welke hoek we het moeten zoeken. Het is volgens een medewerker van het instituut het oude briefpapier dat de moordenaar gebruikt. Tegenwoordig heeft Hovedborg een logo met een boom.'

'Dit is een kopie?'

'Deze brief zat in het dossier dat ik in het archief van het Openbaar Ministerie heb gevonden.'

'Waarom is er een kopie van deze brief aan het Openbaar Ministerie gestuurd?'

'Ik vermoed vanwege de adoptieprocedure die de familie Hedegaard destijds is gestart.'

'Vandaar de achternaam "Nymark", Monika was op dat moment nog niet geadopteerd.' Owen geeft de brief terug aan Leif. 'Wat zijn de symptomen van DIS?'

Leif haalt een brochure tussen de papieren in de map vandaan. 'De symptomen zijn: geheugenverlies, depressie, depersonalisatie, derealisatie, meerdere identiteiten. Het is een ziektebeeld dat vaak voortvloeit uit ernstig trauma in de jeugd, misbruik bijvoorbeeld.' Hij laat de brochure aan Owen zien. 'Lag bij de receptie van Hovedborg.'

Owen denkt aan wat Isabel over haar jeugd heeft gezegd. 'Misbruik zou goed kunnen. De uithuisplaatsing was het gevolg van een steekpartij nadat Oskar voor de zoveelste keer Monika wilde misbruiken.'

'Triest verhaal.'

'Ik moet je iets vertellen.' Owen vertelt over het bezoek van Monika aan Amsterdam, het vergeten slipje en de ontbrekende wijnvlek.

'Dat is opmerkelijk. Nog een aanwijzing dat het om een ander persoon lijkt te gaan.'

'Zou het Siobhán zijn die zich Monika noemt?' oppert Owen.

'Het zou verklaren waarom ik helemaal niets over Siobhán kan vinden na 1999. Ze is tot die tijd wat ze een opvanghopper noemen, drie weken op één plek is lang. Het laatst bekende adres is in Aarhus. Ze is uit die instelling verdwenen en niet teruggekeerd.'

'Waar zou zij Monika van kennen? Isabel kent haar in ieder geval niet.'

Leif bladert door een map. 'Ik meen mij te herinneren dat Monika en Siobhán op dezelfde locatie zijn opgevangen, dan heb ik het over een paar weken.' Hij haalt twee formulieren uit de map. 'Ze hebben even buiten Esbjerg bijna drie weken op hetzelfde adres gezeten. Die opvang is al jaren geleden gesloten.'

'Veel van de opvangtehuizen uit die tijd zijn opgeheven. Hoe komt dat?'

'Door bezuinigingen vanuit de overheid en vanwege misstanden binnen de instellingen.'

'Met misstanden bedoel je seksueel misbruik?

'Misbruik in de zin van verspilling van overheidsgeld, de zorg liet overigens vaak te wensen over.'

Owen kijkt op zijn telefoon naar de vragen die hij doorgestuurd heeft naar Leif. 'Het kenteken van Monika haar auto. Is dat nog gelukt?'

'Dat duurde wat langer dan ik dacht. Mijn contact bij de SKAT was enige tijd ziek. Ze kon pas gisterochtend het kenteken in het register natrekken. Ik heb hier een uitdraai van de mutaties op het kenteken. Het is nooit als gestolen opgegeven, de auto is inmiddels uitgeschreven uit het kentekenregister.'

'Dat klopt. Monika is naar Nederland verhuisd. Bij het RDW, de Nederlandse SKAT, kom ik helaas niet verder, ik heb er geen contacten. We kunnen er vanuit gaan dat het Monika was die in Zuid-Duitsland geflitst is.' Owen leunt achterover. Zijn telefoon trilt. 'Isabel is in de buurt. Ze is hier binnen twintig minuten.' Hij kijkt Leif aan. 'Wat ben je over Isabel te weten gekomen?'

'Even zien.' Leif bladert door een aantekenblok. 'Ze is in 2002 geadopteerd door een Deens stel, die haar al in 1999 als pleegkind in huis hadden genomen. De vrouw is Deens, hij van origine Spaans. De man is al enige tijd geleden overleden. Gitte en Isabel verhuizen op gegeven moment naar Zweden. De moeder van Isabel is lesbisch, wist je dat?'

Owen knikt.

'Isabel bezoekt tussen 1999 en 2002 een psycholoog vanwege gedragsproblemen,' vervolgt Leif. 'Die kunnen we met een gerust hart toeschrijven aan het misbruikverleden. Wist je dat ze gewond is geraakt bij die steekpartij?'

'Ze heeft een litteken.' Owen houdt zijn duim en wijsvinger tien centimeter van elkaar.

Leif knipoogt. 'Die zul je wel eens gezien hebben.' Hij slaat een vel om van zijn aantekenblok. 'Na 2002 gaat het beter met haar, ze rondt haar middelbare schooltijd af en meldt zich wanneer ze achttien is aan bij het Zweedse leger.'

'Dat heeft ze mij verteld. Ze heeft, net als ikzelf, bij de Special Forces gediend.'

'Bij de SOG, de Särskilda Operationsgruppen in Karlsborg, een eenheid zoals de Amerikaanse Navy

Seals. Ze doen er zeker niet voor onder trouwens,' zegt Leif.

'Ze heeft een jaar of vijf bij de SOG gezeten?'

'Klopt. Drie jaar geleden is ze iets anders gaan doen. Over de laatste drie jaar is niet veel bekend. Een vastgoedtransactie is het enige dat ik ben tegengekomen. Het gaat om een stuk grond in de buurt van Malmö dat ze heeft gekocht. Voor de rest leek ze van de aardbodem verdwenen.'

'Als je dat zo zegt, wordt het nog beter, vermoed ik?'

'Je hebt een leuk meisje aan de haak geslagen. Heb je wel eens van de KSI gehoord, de Kontoret för Särskild Inhämtning?'

Owen lacht. 'Nee.'

'Het is een afdeling binnen de Zweedse militaire inlichtingendienst, een heel gesloten club. Er zijn geen namen bekend van medewerkers, ze hebben een onbekend budget en onbekende mandaten.'

'Aantrekkelijke arbeidsvoorwaarden.'

'Isabel werkt voor de KSI.'

'Waarom denk je dat?'

'Deductie. Ik heb een aantal papieren kunnen inzien, daar heb ik overigens geen kopieën van gekregen. Het gaat om beoordelingen en gedragsrapporten van de militaire psychologische dienst. Drie en half jaar geleden wordt er plotseling veel meer gerapporteerd dan voorheen.'

'Isabel heeft ergens gesolliciteerd waarvoor men de rapporten nodig had?'

'Heel goed. Bij de KSI, vermoed ik. In een van de meest recente psychologische rapporten staat een interessante conclusie van de psycholoog. Daarin schrijft hij dat Isabel geschikt is bevonden voor "K". Meer staat er niet, na die datum is alle informatie die ik heb geprobeerd op te vragen afgeschermd. Soms maakt iets dat niet zichtbaar is, alles juist transparant.'

'Ze heeft er niets over gezegd.'

'Dat komt nog wel,' zegt Leif. 'Ik vermoed dat ze zich moet houden aan strenge geheimhoudingsvoorwaarden.'

Owen hoort voetstappen op het grind van de oprijlaan. Tussen de bomen door ziet hij Isabel aan komen lopen en zwaait. 'Daar zul je mijn geheim agente hebben.' Owen zwaait. Isabel ziet het en loopt het zijpad in naar het bankje.

Ze omhelzen elkaar. 'Dit is Leif,' zegt Owen, die zich losmaakt uit de omhelzing. 'Leif, dit is Isabel.'

Ze gaan weer op het bankje zitten. Isabel zucht.

'Je lijkt een beetje gestresst? Wat is er?'

'Het was toch Monika die bij ons in Amsterdam was en ik heb de code opgelost.'

Isabel vertelt in het kort over de mappen in de kluis in Delft, de moord op Zuzanna, de verwijderde moedervlek en de tip die de conductrice in de trein gaf.

'Je kunt me vinden in de kelder,' zegt Owen. Hij geeft de telefoon terug aan Isabel.

'In een kelder. Geen specifieke locatie,' zegt Leif. 'Heb je enig idee over welke kelder het gaat?'

Isabel knikt. 'Volgens een oud-medewerker van GenMedical is er een kelder onder de schuur. Daar was het laboratorium gevestigd. Ik denk dat we daar Monika zullen vinden.'

'Loop eens mee,' zegt Owen.

Ze lopen naar het graf.

Isabel staart naar de naam op de grafsteen. 'Monika is overleden?'

Owen slaat zijn arm om Isabel. 'Er zijn geen bewijzen dat ze is overleden. We hebben alleen de grafsteen en een verklaring van de begraafplaats dat hun administratie klopt, omdat er twee namen op de steen staan.'

'Siobhán heeft Monika's identiteit aangenomen. Maar ik zou dat toch gemerkt moeten hebben?'

'Het lijkt er wel op. Monika en Siobhán hebben een aantal weken op hetzelfde adres in de opvang gezeten. We weten niet zeker of ze elkaar ontmoet hebben. Mocht dat zo zijn, dan moet dat voor beiden een schok zijn geweest. Eerst de uithuisplaatsing, en dan een zus die je niet kent.'

'Ik heb wel al langere tijd een onbestendig gevoel bij eh … Monika. Ze reageerde destijds bijvoorbeeld totaal niet op het mes en mijn litteken.'

'Heb je daar niets van gezegd?' vraagt Leif.

'Ik weet het aan onze hernieuwde kennismaking, de spanning. Het blijft spannend om je zus na achttien jaar terug te zien.'

Isabel hurkt bij de steen, laat haar hand over de naam van haar zus glijden en denkt aan wat Eloise gezegd heeft. 'Op de weg hierheen wist ik zeker dat Siobhán probeert Monika de moorden in de schoenen te schuiven. Nu weet ik het niet meer. Als ze echt is overleden …'

Isabel staat op en loopt zonder iets te zeggen, richting de auto.

'Waar ga je heen?' Owen loopt met haar mee. Leif volgt hen.

'Naar Sønderho.'

68

4 september 2018, Sønderho, Denemarken

Ik loop door het oude laboratorium. Het is de laatste keer, denk ik. Wanneer mijn plan is afgerond laat ik de zee hier haar gang gaan. De stilte in de kelder brengt mij in gedachten terug naar de gesprekken met papa in de gevangenis. Arme papa. Hij was altijd zo lief, zag mij in elk opzicht als zijn vrouw die hij nooit heeft gehad. Ik vond dat niet erg, het duurde nooit lang. Dat hij voor de liefde die hij mij en mijn zussen gaf straf heeft gekregen, begrijp ik nog steeds niet.

De ruimte is vochtig en stinkt. Papa ziet er vermoeid uit. Zijn T-shirt is groezelig en staat wat bol. Een moment overweeg ik hem iets schoons aan te doen. Ik verwerp het idee, want waar haal ik zo snel een schoon T-shirt vandaan?

Nog één keer loop ik de verlichting na. Door de felle bouwlampen lijkt het wel alsof het daglicht direct de kelder binnen schijnt. Het laatste dat ik doe is het controleren van de springlading op de inlaatbuis, die in directe verbinding staat met de zee en ooit werd gebruikt voor de koelmachines. De buis is in slechte staat, de springlading versnelt het proces slechts. Met vloed loopt de kelder via de buis vol. Ik kijk op mijn horloge, het is op dit moment eb.

Tevreden loop ik de betonnen trap op die in de schuur uitkomt. Het luik dat het trapgat afsluit, laat ik openstaan. In de schuur open ik de app "Zoek mijn iPhone". De app laat een blauw knipperend rondje zien, Isabel is nog op de begraafplaats.

Ik hoor verderop een autodeur dichtslaan. Op het erf voor het woonhuis staat een auto die ik herken aan de gele kentekenplaten. De Volvo is weliswaar niet van mij, het voelt wel zo na de vele kilometers die ik erin gereden heb. Tevreden constateer ik dat Monika is bijgekomen en het pad is opgereden. Zoals verwacht.

De voordeur van het huis valt dicht en ik weet waar ze uiteindelijk naartoe gaat. De liefde die papa mij gaf, gaf hij ook aan haar. Monika had geen respect voor hem en stak hem neer. Snel steek ik het erf over.

Ik loop zachtjes de trap in het huis op, hoor het gekraak van de overloop en zie haar voor het raam staan. Het witte jurkje staat haar goed. Ze kijkt uit over het erf, zoals ze vroeger altijd deed. Ik zag haar iedere dag staan vanuit mijn zolderkamer boven de schuur. Ze heeft mij nooit gezien.

'Hallo,' zeg ik zacht. Ze draait zich om, ik zie haar schrikken. Ik weet wie ze nu ziet, het duurt meestal maar even, ik wacht rustig af.

69

4 september 2018, Sønderho, Denemarken

Monika kijkt om zich heen, langzaam trekt de nevel in haar hoofd op. Er rijdt een tractor achter de auto door, het past net. Verbaasd kijkt ze naar de lege bestuurdersstoel naast haar. Ze stapt uit, loopt om de auto heen en gaat achter het stuur zitten. Hoe diep ze ook nadenkt, ze heeft geen idee waarom ze op de passagiersstoel zat. De sleutel zit nog in het contactslot en ze draait hem om. De 5-cilinder motor komt roffelend tot leven.

Het onkruid schuurt langs de bodem van de auto wanneer Monika stapvoets het overwoekerde pad oprijdt. Ze stopt voor een half openstaand hek en laat het voorraam zakken. Een zilte zeelucht waait de auto in, vrijwel direct bekruipt haar een vaag gevoel van angst. In haar hoofd openen zich allerlei laatjes met herinneringen die lang gesloten waren. De herinneringen beklemmen haar, ze voelt het tintelen in haar vingertoppen, haar rechtervoet trilt op het rempedaal. Ze kijkt uit over het weiland richting het grijze wad, waar de zon in wordt weerspiegeld, er is geen gevaar te bespeuren. Haar schouders ontspannen.

Ze stapt uit. Het naambordje op het hek is verschoten door de zon en het zout van de zee. De naam die nauwelijks leesbaar op het bordje staat, doet haar rillen. “Nymark”. In gedachten is ze plotseling hier, op het pad, lang geleden en loopt aan iemands hand. Het gezicht van de persoon blijft in nevelen gehuld. Het hek laat zich eenvoudig openen, ze kijkt het pad af. Nog steeds vraagt ze zich af hoe ze hier in vredesnaam gekomen is. Van de autorit kan ze zich niets herinneren. Heeft ze getankt? Dat moet haast wel. De tankinhoud toen ze de parkeergarage bij station Zuid inreed … Isabel! Haar jas heeft ze niet meer aan. Waar kan ze dan haar telefoon hebben gelaten. Vertwijfeld doorzoekt ze de auto. Niets. Misschien kan ze beter teruggaan naar Esbjerg om haar zus daarvandaan te bellen en door te geven dat alles in orde is. Ze kijkt naar het huis.

Langzaam rijdt Monika het pad af naar de plek waar ze is opgegroeid. Het huis is in haar herinnering groter, had een pannendak in plaats van het riet dat er op ligt. De woning verkeert in slechte staat, een aantal ramen is kapot, een deel van het dak is in de tuin, wat vroeger de moestuin was, terechtgekomen. Het rechterdeel overwoekerd door een bramenstruik. Er naast staat een flinke boom. Een nieuw laatje opent zich in haar hoofd, het boompje dat ze heeft gekweekt en in de tuin heeft geplant, is tot een volwassen den uitgegroeid.

Haar blik verplaatst zich naar het raam op de eerste verdieping waar ze vaak naar buiten keek. Ze laat het rempedaal opkomen, de auto rolt het beton van het erf op. Ten hoogte van de voordeur zet ze de auto stil. Voor de eerste keer sinds 1998 zet ze voet op het erf.

De voordeur van het huis klemt en laat zich met moeite openen, alsof het haar wil behoeden voor de herinneringen uit het verleden. Met een doffe dreun slaat de deur tegen de muur van de hal. Het ruikt er bedompt, ze loopt de volgende ruimte in. In de keuken hangt dezelfde muffe lucht als in de hal. Monika snuift.

Het lijkt vermengd met de geur van haar favoriete eten: æbleflæsk.

In de woonkamer staat een beschimmelde gele bank. Ze herkent de vorm, maar vooral de kleur, dat voor altijd in haar geheugen gegrift staat, sinds ze op een avond de man, waarvan ze dacht dat het haar vader was, betrapte met de huishoudster, mevrouw Andersen. De volgende avond was hij voor de eerste keer naar haar slaapkamer gekomen, tot ze hem maanden later neerstak en alles beter had moeten worden.

De trap naar de eerste verdieping is minder steil dan ze dacht. Er staan afdrukken van een sportschoen in het stof. Voorzichtig stapt ze op de tweede trede, slaat de derde over en stapt op de vierde. Ze bukt zich en duwt met haar hand op de zevende. Hij kraakt. De geur van oud zweet en een ranzige rokersadem vult haar neus. Snel neemt ze de laatste treden en staat op de overloop. Het licht, dat via het raam waar ze net vanuit de auto naar keek op de overloop valt, wordt gefilterd door een groezelig glasgordijn.

Monika loopt haar oude slaapkamer in die, op een oude bureaustoel na, leeg is. Ze gaat op de stoel zitten, kijkt rond en luistert naar de geluiden die bij een verlaten huis horen: het gekraak van het dak, de wind die door de kapotte ramen waait, een gorgelend geluid vanuit de afvoer van de kapot geslagen wastafel. Op het dakbeschot is een lichte rechthoekige afdruk te zien. Onder een punaise zit een stuk papier geklemd. Er is nog net een deel van de letter “B” zichtbaar. *Britney*. Monika staat op, kijkt uit over het wad en denkt na over de moorden. Waarom is ze in godsnaam hierheen gereden.

Dan ziet ze de vlek op de houten vloer, vervaagd door het stof dat de afgelopen achttien jaar is neergedwarreld. Met haar schoen veegt ze het stof weg, een roodbruine vlek wordt zichtbaar. Een spoor van spetters loopt richting de overloop. Ze volgt het naar de kamer van Isabel. Vanuit de deuropening kijkt ze door een groot gat in het dak naar de duinen in de verte. De bloedspetters eindigen bij een grotere vlek. Er gaan plotseling meer laatjes open, ze denkt aan de steekpartij, Isabel die op haar geschreeuw af kwam, haar wilde helpen. Ze moet haar geraakt hebben. Shit.

Vanuit het raam op de overloop kijkt Monika op het erf, naar haar auto en naar de schuur. Hoe vaak heeft ze hier niet gestaan. Smachtend naar een ander leven, samen met Isabel, weg van hier, van deze plek.

'Hallo,' hoort ze achter zich zeggen.

Monika draait zich om en schrikt hevig als ze haar vader weer ziet staan, met zijn broek op zijn knieën en met een rood gekleurd kruis. Haar ademhaling stokt, terwijl haar hartslag omhoog schiet. Het beeld van haar vader ebt weg als een vervagend hologram, geleidelijk wordt duidelijk dat ze naar zichzelf kijkt in een oranje overall.

'Wie ben jij?' Monika kijkt vol ongeloof naar de vrouw die enorm op haarzelf, Isabel en de andere zussen lijkt.

'Siobhán. Je kent me niet meer? We hebben samen in de opvang gezeten.'

Monika schudt haar hoofd. 'Wat doe je hier?'

'Jou welkom heten.' Siobhán kijkt op haar telefoon. 'Je iPhone is in beweging. Zo te zien rijdt ze op de Dokvej richting de veerboot.'

‘Mijn iPhone? Wie bedoel je eigenlijk?’ Dan pas ziet Monika het wapen dat op haar is gericht. Dat van haar ligt in de auto.

‘Isabel. Het loopt helemaal zoals papa het plan bedacht heeft,’ zegt Siobhán.

Monika doet een stap naar voren. ‘Ik weet amper hoe ik hier gekomen ben. Je hebt me gedrogeerd?’

‘Ik had gehoopt dat je samen met Isabel hierheen zou komen, maar ik moest voor Zuzanna in Den Haag zijn, dus heb ik je maar gelijk meegenomen. De GHB-mix die ik je heb toegediend was sterker dan de andere keren, omdat ik meer tijd nodig had. Het moest net zoals bij de andere keren lijken alsof je een DIS-aanval hebt en je niet meer weet wat je hebt gedaan.’

‘Die andere keren ...’ Monika doet nog een stap naar voren.

‘Jouw medicijnen waren daar heel geschikt voor. Tot die Zweedse bitch zich ermee bemoeide. Stop, dat is dichtbij genoeg.’

Monika blijft abrupt staan. ‘Wat wil je van me?’

Siobhán kijkt op haar telefoon en gooit een oranje overall die ze in haar linkerhand heeft naar Monika. ‘Aantrekken.’

‘Waarom?’

‘Opschieten. We gaan naar het lab.’ Even later lopen ze over het erf naar de schuur. ‘Naar beneden. Papa wacht op je.’

Halverwege de betonnen trap kijkt Monika om. ‘Je bedoelt Oskar? Hij is al jaren dood en je ...’

‘Wacht maar af.’ Siobhán zet een militaire nachtkijker op haar hoofd, de lenzen klapt ze nog niet voor haar ogen.

Onderaan de trap lopen ze een oud laboratorium in. Verbijsterd kijkt Monika naar de ravage die is aangericht. Glasdeeltjes glinsteren in het licht, apparatuur is op de grond gesmeten, werktafels zijn met een zwaar voorwerp kapot geslagen en delen van het systeemplafond liggen in stukken op de vloer. Alles is overdekt met een dikke laag stof.

Siobhán ziet de verbijstering bij Monika. 'Ik heb mij laten gaan nadat papa naar de gevangenis moest.' Ze wijst naar een kamer waar in het strijklicht van een bouwlamp een blauwe stoel te zien is met beensteunen. 'Dit is de plek waar we geboren zijn.'

Monika aarzelt.

'Hier rechtdoor.' Siobhán duwt Monika richting een deur.

Bij iedere stap die Monika zet, voelt ze de spanning in haar lichaam toenemen. Het geknars van glas en andere rommel onder haar schoenen gaat over in het gespetter van water wanneer ze een lager gelegen deel van het lab in lopen waar een laagje water staat. Het water stroomt haar schoenen in. Het ruikt naar de zee, die hier nooit ver weg is. Ze kijkt terloops naar Siobhán. Wat is ze van plan. Siobhán zei net iets over ... Isabel is onderweg, ze moet tijd zien te rekken, tot zij hier is.

De deur schuurt over de vloer van het lab en ze stappen een gang in. Er staat een bouwlamp op de grond, die de gang in een blauw spookachtig licht zet. In de gang is het droger, er ligt een dun laagje vochtig modder op de vloer. Monika voelt hoe haar rechtervoet wegglijdt, ze houdt het niet tegen, klampt zich vast aan Siobhán en trekt haar mee naar beneden in een gefingeerde val.

Er klinkt een oorverdovend schot.

Monika laat Siobhán los en valt op haar rug op de modderige vloer en kijkt naast zich.

Siobhán staat alweer. 'Flik dat niet nog een keer! Volgende keer schiet ik raak!'

Monika krabbelt overeind, de overall komt met een zuigend geluid los uit de modder.

Siobhán duwt haar de volgende ruimte in. 'Daar is papa. Ik heb niet gelogen.' Het klinkt arrogant.

Ontsteld kijkt Monika naar het lichaam dat op een stoel zit. Ze herkent hem direct: Jens. Ze hapt naar adem, door de aanblik en de vreselijke geur. 'Oh, nee!' jammert ze. 'Wat heb je met hem gedaan?' Monika schuifelt dichterbij, staart geschokt naar het lichaam dat in verregaande staat van ontbinding verkeert. Onder zijn T-shirt bolt het lichaam van Jens op. Haar blik verplaatst zich naar zijn lippen, die gezwollen zijn, alsof hij een Duckface selfie maakt. De lippen die ze voor het laatst gekust heeft toen ze bij hem wegging, hem in de steek liet. Op een campingtafeltje dat naast Jens staat, ligt zijn verschrompelde oor naast een aantal injectiespuiten, een tang en zaag.

Monika denkt aan de video, de verschrikkelijke beelden zijn hier opgenomen. Het wordt haar teveel, traag zakt ze door haar knieën.

'Stel je niet zo aan. Je keek niet eens naar hem om, liet hem stikken in de gevangenis.'

Monika staat op. 'Dit is Oskar niet. Dit is mijn vriend Jens!'

'Je liegt! Dit is papa!'schreeuwt Siobhán. Woedend loopt ze op Monika af en haalt uit met het wapen.

Dan valt het licht uit, het wordt aardedonker.

70

4 september 2018, Sønderho, Denemarken

Owen rijdt de Dokvej op naar de veerboot en stopt naast het loket. 'Een retour?'

'Ik ben wel van plan weer terug te gaan naar Malmö.' Isabel kijkt Owen aan en glimlacht. 'Of Amsterdam.'

De telefoon van Monika gaat over. Isabel neemt op.

'Monika?' hoort ze iemand zeggen.

Isabel herkent de stem. 'Gerhardt?'

'Waar is Monika? Ik kan haar op haar zakelijke mobiel niet bereiken.'

'Ze is verdwenen.' Isabel doet verslag van de gebeurtenissen in Amsterdam.

'Jezus. Uit het ziekenhuis weggelopen?'

Isabel hoort Gerhardt zuchten.

'Kun je naar mijn kantoor in Den Haag komen, het is dringend.'

'Ik ben op dit moment in Denemarken.'

'De Nederlandse politie heeft me gebeld. Er is een zesde moord gepleegd. De dader is gefilmd. Ze hebben het kenteken van de auto. Dat was afgeschermd, maar ze hebben vanwege de ernst van het misdrijf toestemming gekregen van de Nederlandse minister van justitie om het vrij te geven. De auto is van Monika.'

Isabel denkt aan het telefoontje van de Nederlandse rechercheur en het filmpje dat hij doorstuurde. De vrouw in het filmpje leek op Monika en op haarzelf. Inmiddels weet ze beter: Siobhán doet alsof ze Monika is. Tenzij de naam op de grafsteen ...

Owen rijdt de veerboot op, die vrijwel direct vertrekt.

'Ben je daar nog?'

'Ik moet het kort houden, maar het is niet Monika die je op het filmpje ziet.' Ze vertelt hem over de rechercheur die haar belde en het graf in Esbjerg.

'Je weet het zeker?'

'Mijn onderbuik wil er nog niet aan.' Isabel ziet het eiland snel dichterbij komen 'Ik moet ophangen, ik bel je zo snel mogelijk terug.' Ze drukt het gesprek weg.

'Ging dat over Monika?' vraagt Owen.

'De Nederlandse politie weet inmiddels dat de auto in het Tesla-filmpje van Monika is.'

Een van de medewerkers van de veerdienst klopt op het raam.

Isabel laat de ruit zakken. 'Hallo.'

'Dag Isabel.'

Verbaasd kijkt Isabel naar de man, die ze op begin zestig schat. Dan herkent ze hem, het is de vader van haar klasgenoot Bodil.

'Mijnheer Pedersen!' Isabel stapt uit.

'Hebben jullie vandaag een reünie?' vraagt hij.

'Van school bedoelt u?'

'Met je zussen. Monika, en iemand die als twee druppels water op jullie lijkt, heb ik vanochtend overgezet. Monika herkende mij volgens mij niet. Ik vond haar wat afwezig, het leek wel of ze iets ...' Mijnheer

Pedersen maakt een gebaar alsof hij iets opsnuift. 'Begrijp je?'

'U zei dat u nog iemand hebt overgezet die op mij lijkt?'

'Ik dacht in eerste instantie dat jij het was, maar de vrouw reageerde niet toen ik haar bij jouw naam noemde. Ze kwam nogal schichtig over.'

'Ze waren met de auto?'

'Een oude Volvo-station met buitenlandse kentekenplaten. Die andere vrouw zat achter het stuur. Ik heb er verder niet meer opgelet, de overtocht duurt maar kort.'

De veerboot mindert vaart en legt aan. 'U moet aan het werk. Doet u de groeten aan Bodil?'

Isabel stapt weer in.

'Een bekende van je?' vraagt Owen.

'Hij was een van de agenten die als eerste na de steekpartij aanwezig was.'

Owen rijdt de veerboot af.

'Monika is volgens hem aan het einde van de ochtend met de auto naar het eiland gekomen, samen met nog iemand die op ons lijkt.' Siobhán, denkt ze. De grafsteen met Monika's naam is nep, een dwaalspoor, het kan niet anders. Isabel zwaait naar mijnheer Pedersen.

'Ik moet hier rechtdoor?'

Isabel knikt afwezig wanneer ze de hoger gelegen huizen van Norby aan zich voorbij trekken ziet trekken. Al snel rijden ze het dorp uit. Het landschap wordt weidser, vakantiehuizen worden afgewisseld door weilanden en bossen.

'Er stond Gammeltoft Vej op dat bord. We hadden daar linksaf gemoeten,' zegt Leif vanaf de achterbank.

Isabel kijkt om de hoofdsteun. 'Verderop kun je volgens mij ook nog linksaf.'

Owen mindert vaart en slaat bij een volgend kruispunt af.

Isabel gaat rechtop zitten. Ze herkent niet veel meer van de omgeving. De camping was er in ieder geval nog niet, of ze kan het zich niet herinneren. 'Verderop, een pad naar rechts in.'

'Is het die schuur?'

Isabel kijkt naar een schuur die Owen aanwijst. Het ligt vlak langs de weg.

'Het lag verder naar achteren, volgens mij. Daar is het.' Isabel merkt dat haar stem schor klinkt.

Owen slaat het pad in en stopt. 'Er is iemand voor ons over het pad gereden.'

'Laat de auto hier maar staan.' Isabel stapt uit.

Owen en Leif volgen haar voorbeeld.

Ze lopen het pad op.

Isabel wijst naar het naambordje op het hek. 'We zitten goed.'

'Gaat het?' Owen pakt de hand van Isabel.

'Ja, hoor. Het is alleen vreemd om hier weer te zijn. Ik herken ook niet veel meer.' Isabel wijst naar het wad. 'Het is eb, zo te zien'

'Is dat haar auto?' onderbreekt Leif.

Isabel laat haar hand over de zijkant van de Volvo glijden. 'Ze zijn niet direct vanuit Amsterdam hierheen gereden, vermoed ik. Monika is de 31e verdwenen, dat is vier dagen geleden.' Ze denkt aan het bezoek dat ze aan Kopenhagen bracht toen Monika ziek was, aan de factuur die ze zocht en de kilometerstand die ze wilde controleren.

‘Het huis ziet er aan de binnenkant niet al te best uit.’ Leifs neus laat een vette afdruk achter op het woonkamerraam. ‘Ik kijk even binnen.’

‘De schuur of het huis?’ Owen laat de hand van Isabel los.

‘De auto.’

71

4 september 2018, Sønderho, Denemarken

Isabel trekt het portier open en voelt met haar hand onder de bestuurdersstoel. Ze laat de Glock aan Owen zien.

'Hoe wist je dat?'

Isabel haalt haar schouders op en kijkt naar Leif die het huis uit komt lopen.

'Het is leeg,' zegt Leif. 'Er is volgens mij geen kelder.'

'De kelder zit onder de schuur.'

Niet veel later staan ze naast het trapgat.

'Een aggregaat, voor de verlichting, denk ik.' Leif loopt om een ronkend apparaat waar kabels op aangesloten zijn, die langs de muur de kelder in verdwijnen. Hij bekijkt het bedieningspaneel.

Op een houten kist ligt een kunststof koffer in camouflagekleuren. Isabel opent hem. De koffer is leeg op een gebruiksaanwijzing na. 'Iemand heeft een nachtkijker.'

'Zo te zien heb je een plannetje,' zegt Owen.

Isabel legt haar bedoelingen uit. 'We hebben twee kleine zaklantaarns, dat moet voldoende zijn. Iemand van ons moet het aggregaat bedienen.'

Leif steekt zijn hand op. 'Dat doe ik wel ...'

Vanuit de kelder klinkt een schot.

'Jezus, er wordt geschoten.' Owen doet een stap richting de trap.

Isabel houdt hem tegen. Ze houdt het wapen omhoog. 'Ik ga als eerste. Stel eerst de tijd in. Na tien minuten uitzetten, twee minuten wachten en dan weer aan.'

Owen en Leif starten tegelijkertijd de stopwatch op hun telefoon.

'Doe voorzichtig,' zegt Leif.

Owen en Isabel sluipen de kelder in. Recht vooruit is het oude laboratorium hel verlicht.

'Ze heeft hier niet bespaard op verlichting,' zegt Owen. 'Het lijkt Times Square wel.'

Isabel stapt het lab in. 'Ik heb nooit iets geweten van deze plek. Er waren wel altijd andere mensen aanwezig. Als kind let je daar niet op. Tijd?'

'Nog negen minuten. Eerst links checken?'

Ze lopen naar een deur links van hen die open staat. De ruimte erachter is donker. Ze knippen hun zaklantaarns aan. De lichtbundels verlichten rekken waarin vijftig centimeter hoge weckpotten staan, langs een muur staan drie ladekasten. Er is niemand.

Isabel reageert verbijsterd. 'Mijn God! Hoeveel zijn het er niet?'

'Ik tel er zomaar dertig tot veertig, misschien meer.' Owen bekijkt een van de baby's die op sterk water in een weckpot drijft. 'Ik zie geen rare afwijkingen zoals je soms in een museum ziet. De baby's mankeren zover ik kan zien niets.'

'In de ogen van de toekomstige ouders waren ze niet goed genoeg. Misschien stond de kleur haar ze niet aan, hadden ze liever een meisje in plaats van een jongen.'

'Sommige mensen zouden een moord doen voor een gezond kind.'

Isabel knikt. Ze trekt een ladekast open en haalt er een dossier uit. 'Moet je horen.' Isabel leest de tekst voor die op een formulier staat. 'Ordernumber 1984-37, Customer: Family L. Bianchi, Aosta, Italy, Requirement: female, white skin, blue eyes, blond hair. Dit is een bestelling voor een Agnetha van ABBA.'

Owen wijst met zijn vinger een tekst aan op het dossier. 'Wat betekent dat?'

'Afvist? Dat betekent "afgekeurd".' Isabel wijst naar de weckpotten. 'Dit zijn de afgekeurde baby's waar Sean het over had. Niet te geloven dat dit echt mogelijk was. Ik hoopte eigenlijk dat Sean "BabyCon" ter plekke verzon om ons aan de praat te houden. Tijd?'

'Iets meer dan vier minuten.'

Ze sluipen terug het laboratorium in. Halverwege het oude laboratorium is het een chaos. Op de rand van een werkbank staat een groot apparaat. Owen geeft er een duwtje tegen. De machine beweegt.

Isabel trekt Owen naar achteren. 'Shit. Ik dacht dat dat ding zou omvallen.'

Ze lopen verder door een laagje water. Isabel richt haar wapen op een deur. Niet veel later staan ze in een gang. In de modder op de grond ziet ze schoenafdrukken die naar een volgende ruimte lopen. Er wordt iets geroepen. Gevolgd door een haast hysterisch antwoord.

'Dat was Monika?' fluistert Owen. 'Wie is die andere vrouw?'

'Siobhán, vermoed ik. Tijd check.'

'Twintig seconden.'

Isabel gebaart naar het einde van de gang.

Owen knikt en kijkt op zijn telefoon. 'Vijf, vier, drie ...' Het licht springt uit en hij rent de gang in.

Er wordt geschoten, twee kogels boren zich in de muur van de gang. Er klinkt uitzinnig gelach.

'Papa had al voorspeld dat je dit zou doen. Ik zie je wel, bitch!' schreeuwt een vrouw.

Er klinkt een schot uit de richting van de schuur.

Isabel kijkt verschrikt om. Het licht dat ongeveer nu aan had moeten gaan blijft uit. Ze denkt liever niet aan de reden waarom Leif het niet heeft aangedaan. Er loopt blijkbaar boven nog iemand rond waar ze geen rekening mee heeft gehouden. *"Hope for the best, prepare for the worst"* is er door haar instructeurs bij de SOG ingeramd. Haar idee om het licht aan te doen terwijl hun tegenstander een nachtkijker op heeft en daardoor even verblind wordt kan de prullenbak in. In plaats daarvan hebben ze er een probleem bij. Ze appt Owen haar vermoedens, ziet dat het telefoonsignaal wegvalt en stopt haar telefoon in haar broekzak.

De vrouw blijft schreeuwen, haar stem echoot door het lab, het is onsamenhangend. Isabel sluipt een volgende ruimte in, die zich naast waar Monika en de andere vrouw zich bevinden ligt. De modder kleeft aan haar handen en broek. Het ruikt er sterk naar de zee en iets rottends, wat ze niet kan duiden. In het licht van haar zaklantaarn herkent ze een oud model ectocrib die in twee rijen van vijf stuks staan opgesteld. Ze kijkt nieuwsgierig door het vuile glas. Er is geen vloeistof te zien zoals in Londen, op de bodem ligt het skelet van een kind.

'Fuck' vloekt Isabel binnensmonds. De lichtbundel van haar zaklantaarn glijdt over een andere ectocrib waar nog een laagje vloeistof in staat. Tegen een van de ruiten ligt het skelet van een volwassen mens. De rechtervoet die nog in de vloeistof ligt, is nog als zodanig herkenbaar. Isabel gaat staan. Haar maag komt langzaam maar zeker in opstand. Ze loopt zonder nog naar de andere ectocribs te kijken naar een dubbele deur waarvan er een op een kier staat en kijkt voorzichtig door het kapot geslagen ruitje de ruimte in waar Monika zich bevindt. Vanuit de gang schijnt heel vaag daglicht naar binnen. Met haar zaklantaarn schijnt ze rond. Monika ligt op de grond, naast een persoon die op een stoel vastgebonden zit. Even houdt ze de man, waarvan ze vermoedt dat het Jens is, gevangen in het licht. Met haar schoen duwt ze voorzichtig de deur open en stapt naar binnen.

'Isa,' hoort ze Owen rechts van haar fluisteren. Net als ze wil antwoorden wordt er een wapen in haar rug geduwd.

'Laat vallen,' zegt een vrouw achter haar.

Isabel herkent de stem van het gegil zojuist en gooit haar wapen naar rechts. Het klettert tegen een bureau aan waarvan ze alleen vaag de omtrek kan zien.

'Naar Monika.' De vrouw duwt Isabel vooruit.

'Ben jij Siobhán?' Isabel schuifelt voorzichtig richting Monika.

'Heel goed. Doorlopen. Ga op je knieën naast papa zitten.'

Langzaam beginnen de ogen van Isabel aan het donker te wennen. Plotseling springt het licht aan. Isabel reageert meteen, draait zich om en slaat Siobhán met haar vuist vol op haar kin. In een reflex haalt Siobhán de trekker over.

Er klinkt een schot.

'Auw!' schreeuwt Isabel. De kogel heeft haar knie geschampt. Isabel haalt nog een keer uit naar Siobhán, die in elkaar zakt. Het wapen valt op de grond. Isabel bukt om het op te pakken.

'Laat die maar liggen!'

Isabel kijkt naar de vrouw die de ruimte in komt wandelen. Ze herkent haar direct.

72

4 september 2018, Sønderho, Denemarken

Een moment weet Isabel niet wat ze moet zeggen. De synapsen in haar hersenen leggen de puzzelstukjes op hun plek.

'Vita Andersen?'

'Schop dat ding naar mij toe.'

Isabel geeft een schop tegen het wapen, dat door de modderige ondergrond niet ver komt.

'Help Monika overeind. Ik executeer geen mensen die op de grond liggen.'

'Je ziet er jong uit voor iemand van in de zeventig. Ben je ook een experimentje van Oskar?'

Vita haalt haar schouders op. 'Als je dat zo wilt noemen. Feit is: ik ben fit en jij zo dood.'

'Net zoals de anderen? Waarom moesten die eigenlijk dood?'

'Papa wilde dat!' schreeuwt Siobhán terwijl ze naar Jens wijst.

'Rustig. Kom hier staan,' zegt Vita.

Siobhán krabbelt overeind.

'Dat is je vader niet. Dat is de ex van Monika,' zegt Isabel.

'Je lult maar een eind weg. Ik hou papa voor mij alleen en krijg zijn geld.'

'Welk geld?' vraagt Isabel.

'Zijn erfenis natuurlijk.' Siobhán steekt een middelvinger op naar Isabel.

Monika laat zich weer op de grond zakken.

'Siobhán,' zegt Vita. 'Kom hier!'

'Houd je mond! Ik ben je gecommandeer meer dan zat.'

'Het wordt zo eb. En je moet ze nog prikken ...'

'Schiet ze dan neer, verdomme.'

'Natuurlijk,' zegt Vita. 'Als je even opzij gaat dan maak ik er meteen een einde aan.'

'Waarom gebruik je Siobhán? Krijg je soms een deel van de erfenis? En daarna? Vermoord je haar? Is dat je plan?' Isabel zet een stap in de richting van het pistool van Siobhán dat op de grond ligt.

Siobhán kijkt Vita aan. 'Wat bedoelt ze? Papa heeft het plan ...'

Het licht knippert.

Vita richt haar wapen op Isabel. Er klinkt een schot. In het voorhoofd van Vita verschijnt een kogelgat. Een moment lijkt het lichaam van Vita niet te weten wat te doen, dan zakt het in elkaar op de modderige vloer. Het licht knippert weer, alsof het aggregaat bijna uitvalt.

Isabel kijkt dankbaar naar Owen die aan komt lopen. 'Net op tijd.'

Ze helpen Monika overeind.

'Kunnen we hier alsjeblieft weg?' vraagt Monika.

Siobhán pakt een kastje uit haar de zak van haar overall. 'Ik snap er niets meer van! Hoe zit het met het plan? Vertel! Anders druk ik op deze knop en loopt alles hier onder water!'

'Jij hebt je zussen vermoord, Siobhán. Dat is wat er aan de hand is,' zegt Isabel.

'Dat moest van papa.'

Monika schudt haar hoofd. 'Je bent gestoord!' Ze wijst naar Jens. 'Hoe vaak moet ik het nog zeggen? Dat is je vader niet!'

'Wel! Ik ben niet gek!'

Isabel wijst naar Vita. 'Het plan van Oskar bestaat niet. Dat heeft zij verzonnen. Ze heeft je gebruikt, of eigenlijk misbruikt voor haar eigen plan.'

'Ze was aardig en begreep mij.' Siobhán lijkt even na te denken. 'Jullie liegen!'

'We gaan.' Owen schudt zijn hoofd. 'Dit heeft geen zin.'

'Nee!' schreeuwt Siobhán. Ze houdt het kastje omhoog. 'We blijven allemaal bij papa.'

Het licht valt uit, de ruimte verandert in een donkere tombe.

'Die kant op!' wordt er geschreeuwd.

Het licht springt weer aan.

Isabel draait rond, haar wapen in de aanslag. Monika ligt weer op de grond, Siobhán strompelt naar een grote stalen buis.

De drukgolf van de explosie smijt hen op de grond. Direct stroomt zeewater vanuit de buis met donderend geraas de ruimte in.

Isabel komt overeind. Drie van de vier bouwlampen zijn kapot, de laatste begint te knipperen wanneer het water een verlengsnoer bereikt dat op de grond ligt. Ze helpt opnieuw Monika met opstaan.

Owen helpt haar.

'Je bloedt,' zegt Isabel.

'Het stelt niks voor. We moeten opschieten, het loopt snel vol.'

Isabel kijkt naar het lichaam van Jens dat door de drukgolf is opengebarsten. Ze draait haar hoofd weg en begint door het water te waden dat al bijna tot aan haar knieën staat.

Owen tilt Monika op zijn schouder. 'Snel. We hebben maar een paar minuten.' Hij duwt Isabel de gang in met zijn vrije hand.

Isabel stoot met haar onderbeen tegen een lichaam. Ze herkent Siobhán aan de aan flarden gereten overall. Ze ligt op haar rug in het water. Isabel probeert haar op te tillen, het lichaam komt iets boven het water uit. Haar blik wordt naar het bovenbeen getrokken, haar hersenen willen niet accepteren waar ze naar kijkt. Siobhán hoest, ze tilt een arm omhoog en opent haar ogen.

'Laat haar!' schreeuwt Owen. 'Kom!'

'Nee!' Isabel trekt het lichaam aan de overall achter zich aan en waadt het grote lab in. Het water staat inmiddels tot boven hun knieën, ze komen moeizaam vooruit. Boven het gebulder van het water uit klinkt een doffe klap wanneer een muur van de gang het begeeft. Het waterpeil stijgt nog sneller. Voor zich ziet Isabel Owen moeizaam de trap op lopen en uit het zicht verdwijnen. Ze sleept het lichaam achter zich aan. Leif rent de trap af, het water in, zijn hoofd zit onder het bloed. Samen slepen ze het lichaam de schuur in. Uitgeput laat Isabel zich op de betonnen vloer vallen. Ze sluit haar ogen en laat de gebeurtenissen van de afgelopen maanden aan zich voorbij trekken, tot aan de ontknoping in de kelder, de explosie, het water, het bovenbeen met het litteken, Siobhán ... Ze schiet overeind. 'Waar is eh ... '

Owen, die Leif aan het verbinden is, kijkt om. 'Ze liep die trap op.'

Isabel kijkt bezorgd naar Leif. 'Wat is er gebeurd?'

'Opeens stond er een vrouw met een wapen achter me. Ik kon nog net wegduiken, ben om de schuur gerend. Ze schoot op me. Ik struikelde achter de schuur over een stuk betonijzer dat uit de grond stak. Toen ik bijkwam heb ik het aggregaat weer aangezet.'

Owen draait het verband om het hoofd van Leif. 'Je overleeft het wel.'

'Ik ben naar boven,' zegt Isabel.

'Moet ik niet even naar je knie kijken?'

'Dat is niks.'

'En zij?' Owen knikt naar de vrouw in de oranje overall die zich opricht.

'Verzorg haar en wees een beetje aardig. Het is je toekomstige schoonzus.'

'Wat?' Owen wil nog meer vragen, maar Isabel is de trap al opgerend.

Isabel komt uit in een lange gang met aan de rechterkant een blinde muur en aan de linkerkant een aantal deuren. De achterste deur staat open. Isabel voelt aan de eerste deurkruk, op slot. De volgende deuren zitten ook op slot. Voorzichtig kijkt ze om de deurpost van de laatste kamer. De ruimte die ze inkijkt is ingericht als appartement. Er staat een bed, tv, planten en er is een keuken met alle benodigde apparatuur. Aan een muur hangen foto's van Oskar. Op de koelkast is een vergeelde poster van een lachende Britney Spears geplakt, de linkerbovenhoek mist. Bij het zolderraam staat Siobhán. Isabel kijkt naar haar. Ze ziet een gestoorde moordenaar, maar nog meer het slachtoffer van Oskar en vele anderen die haar pad kruisten. Isabel loopt de kamer in.

'Siobhán.'

'Vanuit deze kamer keek ik altijd naar jullie. Naar jullie leven met papa.' Siobhán draait zich om.

'Je woonde hier?'

'Papa wilde mij voor zichzelf houden, omdat ik geestelijk niet zoals jullie ben. Dat voor zichzelf houden is trouwens niet echt gelukt.'

'Wat bedoel je daarmee?'

'De mensen in de kamers hiernaast, ze wilden ... dingen van mij. Hoe weet je eigenlijk dat ik Monika niet ben?'

'Toen we voor het water vluchtten, stuitte ik op een lichaam. Ik dacht dat jij het was. Owen wilde dat ik je daar achterliet, maar ik zag dat het lichaam een klein litteken had op het bovenbeen. Hier.' Isabel wijst een plek aan in haar lies. 'Daar heeft Monika een wijnvlek laten weghalen.'

'Fuck.'

'Je hebt Monika's leven deels overgenomen.'

'Alleen voor de moorden. Het moest lijken alsof Monika de dader was. Terwijl zij gedrogeerd was, pleegde ik de moorden. De sporen moesten naar haar leiden, zoals met de auto. Uiteindelijk moest ze hier gevonden worden, samen met jou en Jens.'

'Ik heb even gedacht dat zij de moorden pleegde. Die mappen in de kluis bij haar thuis moest ik zeker ook vinden?'

Siobhán knikt.

'En met Kerst? Hoe heb je dat Chinese meisje zover gekregen?'

Siobhán glimlacht. 'Ik heb haar aangesproken in het dorp en gevraagd of ze het cadeau boven op de stapel cadeaus wilde leggen. Ze dacht echt dat ik Monika was. Daarom vond ze het niet erg om ook de amandel in het dessert van Monika's moeder te stoppen. Papa was zo trots dat ik dat verzonnen had.'

'Denk je echt dat Jens Oskar is?' Isabel rilt als ze denkt aan het laatste beeld dat ze van Jens heeft.

'Ik mis hem heel erg. We hadden het zo goed samen.'

Isabel zucht. 'In de kelder had je het niet meer onder controle.'

'Ik moest improviseren, in het plan was geen rekening gehouden met die vrienden van je.'

'Toen het licht uitviel heb je Monika richting die buis geduwd, ben je zelf op de grond gaan liggen en hebt de knop ingedrukt. Waren daar die oranje overalls voor, maakte het deel uit van het plan?'

'Die waren volgens Vita om twijfel te zaaien mocht het tot een vuurgevecht komen. Het kwam nu goed uit. Het opblazen van de buis had ik voorbereid. Het zeewater moest de sporen wissen nadat jullie waren gedood.' Siobhán gaat op bed zitten.

Isabel neemt naast haar plaats. 'Die gaatjes in het hoofd van de slachtoffers. Waar waren die voor?'

'Heb je goed naar Vita gekeken?'

'Ze zag er net zo jong uit als toen ze hier huishoudster was.'

'Precies. Ik moest hersenvocht aftappen. Papa's broer, Soren, maakte er een medicijn van waardoor ze je jong bleef.'

'Dat meen je niet.'

Siobhán staat op. Woedend kijkt ze Isabel aan. 'Wat hebben jullie toch? Niemand gelooft mij! Ik heb Vita en Soren daarover horen praten.'

'Ik geloof je wel.'

Siobhán bedaart en kijkt weer naar buiten. Een moment is het stil in de kamer.

Isabel staat op.

'Wat ga je doen?'

'Ik ga samen met Monika, zodra ze weer de oude is, een afspraak maken bij een notaris in Kopenhagen.' Isabel loopt de kamer uit.

'Wacht even. En ik?' Siobhán rent achter Isabel aan, de trap af. In de schuur pakt ze Isabel beet. 'Ik heb er ook recht op.'

'Je hebt je rechten verspeeld.' Isabel rukt zich los. Ze kijkt opzij en ziet Owen bij de auto van Monika staan.

Siobhán duwt Isabel onverwacht naar achteren.

Isabel struikelt en valt naast het trapgat naar het laboratorium op de vloer. Het zeewater kabbelt tegen de een na bovenste trede. Ze draait weg als Siobhán haar probeert te schoppen, pakt het onderbeen van Siobhán beet en glijdt over de rand van het trapgat.

Het water voelt kouder aan dan toen ze de kelder uitvluchten. Wanneer Isabel boven komt, stoot ze haar hoofd en merkt dat ze in het laboratorium zijn. Het water staat net tien centimeter onder het plafond. Iemand trekt haar onder water. Siobhán.

Isabel haalt diep adem, duwt en trekt, komt weer boven, haalt wanhopig adem, dan komt ze los. Naast haar ziet ze het paniekerige gezicht van zichzelf.

Siobhán gilt. 'Help! Ik zit ergens aan vast. Help me, alsjeblieft.'

Isabel duikt onder water, op de tast trekt ze aan de overall van Siobhán, er beweegt iets massiefs in haar richting. Een moment is ze in gedachten terug in het laboratorium van een half uur geleden. Owen gaf een duwtje tegen een machine die half op de werkbank stond, kapot geslagen, met rafelige randen. Ze had Owen naar achteren getrokken.

Isabel probeert het apparaat tegen te houden, maar het is te zwaar. Steeds sneller glijdt de machine naar haar toe. Met een aantal krachtige zwemslagen brengt ze zichzelf in veiligheid, haalt diep adem wanneer ze boven komt. Ze voelt de machine langs haar scheenbeen glijden. Het lichaam van Siobhán wordt door de machine verder onder water getrokken.

Hoestend en proestend komt Isabel boven water, strompelt de laatste treden op en valt op handen en knieën op de betonnen vloer.

'Isabel!' Owen komt over het erf naar haar toe gerend.

Isabel gaat staan, wankelend loopt ze de schuur uit. Uitgeput valt ze in de armen van Owen.

'We moeten iemand ... De lichamen ... maar wie?'

'Dat heeft Monika geregeld'

Isabel kijkt hem verbaasd aan.

'Monika is lichtgewond. Het gaat goed met haar. Gerhardt regelt dat de lichamen en de weckpotten worden verwijderd uit de kelder.'

'Dat is ...' Isabel draait zich om naar de schuur. Een traan loopt over haar wang.

Owen omarmt haar, trekt haar tegen zich aan. 'Hé, je hoeft niet altijd de stoere Isabel te zijn. Niet voor mij, dat weet je.'

'Siobhán vertelde over haar leven in die kamer daarboven. Het moet zo eenzaam zijn geweest. Het misbruik door Oskar, maar ook in de opvang daarna. Het had zo anders kunnen lopen als ze goed was begeleidt. Die moorden, daar kun je haar eigenlijk niet voor verantwoordelijk stellen, ze is misbruikt door Vita zonder dat ze het wist.'

Epiloog

13 december 2018, Kopenhagen, Denemarken

Verbouwereerd staren Isabel en Monika op een scherm naar een stilstaand beeld van een oude man. Op de achtergrond wordt het lamplicht van de camera weerkaatst in een grijze celdeur.

'Dat was het.' De notaris klikt het scherm uit en legt de afstandsbediening voor zich neer. 'De afhandeling van de nalatenschap duurt normaliter een aantal weken. Met Kerst zijn we een aantal dagen gesloten, houd het op begin februari.'

'Heeft u enig idee welke waarde de nalatenschap vertegenwoordigt?' vraagt Monika. 'Oskar somde net nogal wat op aan vastgoed en aandelenpakketten.'

'Exact weet ik dat op dit moment niet, omdat de waarde van vooral het vastgoed nog steeds hard stijgt. Als ik een schatting ...'

Monika glimlacht. 'We hangen u niet op aan de laatste cent.'

'Rond de zeventig miljoen dollar.' De notaris wijst achtereenvolgens naar Monika en Isabel. 'Gedeeld door twee.'

'Niet te geloven,' zegt Isabel. 'Zou ik daar een nieuwe auto van kunnen kopen wanneer ik mijn zesdehands Toyota inruil?'

Er valt een stilte. De notaris schuift wat papieren bij elkaar, stopt ze in een kartonnen map. 'Ik ga een en ander voor u in orde maken. Mijn secretaresse maakt met u een afspraak voor de definitieve afhandeling.' Hij geeft Monika en Isabel een hand.

Wanneer de notaris achter een deur is verdwenen draait Isabel zich naar Monika. 'Het meest opvallende vind ik dat hij geen enkel berouw toonde voor zijn gedrag.'

'Dat is zeker vreemd. Het voelt niet fijn.' Monika drinkt haar glas leeg.

'Ik voel eigenlijk alleen negativiteit. Al dat geld maakt niet goed wat hij ons en Siobhán heeft aangedaan.' Isabel kijkt op haar telefoon en staat op. 'Zullen we gaan?'

'Waar gaan we heen?'

'Dat zul je wel zien.'

Isabel loopt een bunker op en spreidt haar armen. 'Ons geheime plekje, weet je nog?'

Monika gaat op het beton zitten. 'Ik had al zo'n vermoeden dat we hierheen gingen toen we de veerboot af reden. Jammer dat de zon zich niet laat zien.' Ze kijkt om. 'Het huis en de schuur zijn gesloopt. Er wordt een opvanglocatie voor kinderen zoals Siobhán gebouwd naar jouw idee. De gemeente was meteen enthousiast.'

Isabel gaat naast Monika zitten. 'Wat fijn. Als het één kind kan behoeden voor de ellende die Siobhán heeft meegemaakt, ben ik al tevreden.'

Ze schuiven wat dichter naar elkaar toe. Monika laat haar hoofd tegen die van Isabel steunen. 'Je hebt mijn leven gered. Twee keer zelfs, hier en destijds met Kurt.'

'Toen ik je naam op de grafsteen zag staan dacht ik dat ik je echt kwijt was. Ik heb me nog nooit zo ontheemd gevoeld.'

'De steen is vervangen, mijn naam is … Voorlopig ben ik niet van plan dood te gaan.'

Samen kijken ze over het natuurgebied voor hen, naar het strand en de wolken boven zee. Over het strand rijdt een auto richting Sønderho. De wind trekt wat aan.

'Dat stuk grond van je bij Malmö, waar we Kurt hebben begraven.'

'Wat is daar mee?' vraagt Isabel.

'Ik vroeg het me op die bewuste avond al af. Je hebt het toch niet speciaal voor dit doel gekocht?'

Isabel schudt lachend haar hoofd. 'Er moet ooit een zomerhuisje op komen. Het is fijn dat Gerhardt ook Kurts lichaam heeft weg laten halen.'

'Wat ga je eigenlijk met het geld doen?'

'Blijf je in Den Haag werken?' pareert Isabel de vraag.

'Voorlopig zit ik goed bij de C.I.U. Gerhardt heeft de Nederlandse politie een waterdichte verklaring gegeven voor de auto. En van de gebeurtenissen in het laboratorium zijn alleen Owen, Leif en wij op de hoogte.'

'Owen en Leif houden hun mond wel.'

'Zeker.'

'Wanneer je bij de C.I.U. blijft werken, wil ik bij je in de buurt komen wonen.'

'In Nederland?'

'Er staat een mooi appartement te koop bij het station in Delft. Ik wil de komende tijd bij je in de buurt blijven.'

Monika trekt Isabel tegen zich aan en geeft een kus. 'Je gaat niet met Owen samenwonen?'

'Later misschien. Ik zal best vaak bij hem in Amsterdam zijn.'

'Wanneer gaat hij ook alweer naar Melbourne? Misschien kunnen we in die tijd samen op vakantie?'

'De summit is volgens mij ergens in mei of juni volgend jaar. Die vakantie is een goed idee.'

Een windvlaag waait over het natuurgebied. Ze schuiven nog iets dichter tegen elkaar aan.

Monika rilt. 'Het is echt fris.'

Isabel pakt een gele Netto-tas die naast haar ligt. Ze haalt er twee plastic glazen uit en een fles goedkope champagne. 'Over een tijdje drinken we Dom Perignon, we moeten het nu met deze aanbieding doen.'

'Wilde je daarom per se stoppen bij de Netto?'

Isabel schenkt de champagne in de glazen. 'We hebben elkaar weer gevonden, dat hebben we nog niet kunnen vieren.'

De glazen tikken wanneer ze proosten.

Monika en Isabel
komen terug in 'Novitsjok'!

Woord van dank

Een boek schrijven doe je niet alleen. Hoewel je als schrijver vanzelfsprekend de woorden en zinnen tikt, ben je voor de feiten (hoewel het verhaal fictief is) aangewezen op experts die meer weten over een onderwerp of locatie.

Onderstaande mensen en instanties ben ik veel dank verschuldigd. Met de informatie die zij mij hebben gegeven heb ik het verhaal accurater kunnen maken.

Politie Kopenhagen, Denemarken; Recherche Politie Haaglanden, Nederland; Kriminalpolizei Kreis Oberwallis Brig, Zwitserland; Politie Oberbayern, Zuid-Duitsland en de Federale Gerechtelijke Politie Limburg, België voor de uitgebreide beantwoording van mijn vragen over de organisatie en locaties van bureaus en afdelingen.

Kapitein Hester, Public Affairs Officer, april-juli 2020, Camp Marmal, Mazar-i- Sharif, Afghanistan voor de uitgebreide informatie over de restaurants en de dagelijkse gang van zaken op het kamp.

Marieke Verheij, GZ-psycholoog bij GGZ Delfland, voor de opzet van de brief van de psycholoog en de informatie over DIS.

De deelnemers aan de Querido Academie Gevorderden cursus en de Querido Meesterproef voor de feedback en het meelezen.

Olga Majeau, een inspirerende cursusleidster met oog voor de mens achter de cursist. Bedankt voor de feedback, de tips en je enthousiasme. Ik heb veel van je geleerd.

Helle Kongevang en Tina Colls, voor de informatie over Sønderho en Denemarken.

Femmy ten Cate, Elisabeth Stegeman, Laurie Kemp en Colette Sibbel, voor jullie uitgebreide feedback en enthousiasme. We gaan door met de Meesterproef 2.0.

Dennis van der Coelen en Ronald Overdijk voor de antwoorden op mijn basejumpvragen.

Sander de Jong van Van Kessel Luchtbehandeling B.V. voor de beantwoording van mijn vragen en de tips m.b.t. het juiste gebruik van ventilatiekanalen in mijn verhaal.

René Custers van VIB.be, voor de uitgebreide beantwoording van mijn vragen over DNA, klonen en genen.

Rick Jansen van Lenntech B.V. voor de informatie over de werking van ozon en ozongeneratoren.

Verder wil ik iedereen bedanken (en dat zijn er velen) die mijn vragen hebben beantwoord, maar liever niet genoemd wilden worden.

Mijn grootste dank gaat uit naar mijn vrouw Esther voor het vertrouwen en de support.

Verantwoording

Voor de inhoud van dit boek ben alleen ikzelf verantwoordelijk. Ik heb in delen van het boek de informatie die ik heb gekregen van de experts gebruikt, maar ook naar mijn hand gezet. Wanneer er fouten of onmogelijkheden in het verhaal zijn geslopen, komen deze geheel op mijn conto. Het verhaal is en blijft fictie, waarin veel, zo niet alles, mogelijk is. Mocht u zich herkennen in een van de personages, dan berust dat vast op toeval.

De Vigenère-code

De Vigenère-code is een geheimschrift dat bekend is geworden door Blaise de Vigenère. De code werkt met een sleutelwoord dat onder de te coderen tekst gezet moet worden. Als voorbeeld nemen we de tekst uit het verhaal: "Je kunt mij vinden in de kelder." Het sleutelwoord is "Sønderho". Voor de letter "ø" houden we de normale "o" aan.

Tekst:
Jekuntmijvindenindekelder
Sleutelwoord:
SønderhoSønderhoSønderhos
De code wordt:
bsxxrktwbjvqhvuwfrrnicksj

Voor de oplossing volg je de omgekeerde weg: "S" van Sønderho, codeletter is "B", bijbehorende letter van de tekst is dan "J". Hieronder staat het Vigenère alfabet. In de bovenste horizontale rij staan de letters van het alfabet van de te coderen tekst. Links verticaal staan de letters van het alfabet van het sleutelwoord.

	A	B	C	D	E	F	G	H	I	J	K	L	M	N	O	P	Q	R	S	T	U	V	W	X	IJ	Z
A	A	B	C	D	E	F	G	H	I	J	K	L	M	N	O	P	Q	R	S	T	U	V	W	X	IJ	Z
B	B	C	D	E	F	G	H	I	J	K	L	M	N	O	P	Q	R	S	T	U	V	W	X	IJ	Z	A
C	C	D	E	F	G	H	I	J	K	L	M	N	O	P	Q	R	S	T	U	V	W	X	IJ	Z	A	B
D	D	E	F	G	H	I	J	K	L	M	N	O	P	Q	R	S	T	U	V	W	X	IJ	Z	A	B	C
E	E	F	G	H	I	J	K	L	M	N	O	P	Q	R	S	T	U	V	W	X	IJ	Z	A	B	C	D
F	F	G	H	I	J	K	L	M	N	O	P	Q	R	S	T	U	V	W	X	IJ	Z	A	B	C	D	E
G	G	H	I	J	K	L	M	N	O	P	Q	R	S	T	U	V	W	X	IJ	Z	A	B	C	D	E	F
H	H	I	J	K	L	M	N	O	P	Q	R	S	T	U	V	W	X	IJ	Z	A	B	C	D	E	F	G
I	I	J	K	L	M	N	O	P	Q	R	S	T	U	V	W	X	IJ	Z	A	B	C	D	E	F	G	H
J	J	K	L	M	N	O	P	Q	R	S	T	U	V	W	X	IJ	Z	A	B	C	D	E	F	G	H	I
K	K	L	M	N	O	P	Q	R	S	T	U	V	W	X	IJ	Z	A	B	C	D	E	F	G	H	IJ	J
L	L	M	N	O	P	Q	R	S	T	U	V	W	X	IJ	Z	A	B	C	D	E	F	G	H	IJ	J	K
M	M	N	O	P	Q	R	S	T	U	V	W	X	IJ	Z	A	B	C	D	E	F	G	H	IJ	J	K	L
N	N	O	P	Q	R	S	T	U	V	W	X	IJ	Z	A	B	C	D	E	F	G	H	IJ	J	K	L	M
O	O	P	Q	R	S	T	U	V	W	X	IJ	Z	A	B	C	D	E	F	G	H	IJ	J	K	L	M	N
P	P	Q	R	S	T	U	V	W	X	IJ	Z	A	B	C	D	E	F	G	H	IJ	J	K	L	M	N	O
Q	Q	R	S	T	U	V	W	X	IJ	Z	A	B	C	D	E	F	G	H	IJ	J	K	L	M	N	O	P
R	R	S	T	U	V	W	X	IJ	Z	A	B	C	D	E	F	G	H	IJ	J	K	L	M	N	O	P	Q
S	S	T	U	V	W	X	IJ	Z	A	B	C	D	E	F	G	H	IJ	J	K	L	M	N	O	P	Q	R
T	T	U	V	W	X	IJ	Z	A	B	C	D	E	F	G	H	IJ	J	K	L	M	N	O	P	Q	R	S
U	U	V	W	X	IJ	Z	A	B	C	D	E	F	G	H	IJ	J	K	L	M	N	O	P	Q	R	S	T
V	V	W	X	IJ	Z	A	B	C	D	E	F	G	H	IJ	J	K	L	M	N	O	P	Q	R	S	T	U
W	W	X	IJ	Z	A	B	C	D	E	F	G	H	IJ	J	K	L	M	N	O	P	Q	R	S	T	U	V
X	X	IJ	Z	A	B	C	D	E	F	G	H	I	J	K	L	M	N	O	P	Q	R	S	T	U	V	W
IJ	IJ	Z	A	B	C	D	E	F	G	H	IJ	J	K	L	M	N	O	P	Q	R	S	T	U	V	W	X
Z	Z	A	B	C	D	E	F	G	H	I	J	K	L	M	N	O	P	Q	R	S	T	U	V	W	X	IJ